문학 속의 신라정신 연구

송희복

글과마음

책머리에

신라는 한국인의 선험적 고향과 같은 시공간이다. 한국인의 유전적 원형질 및 한국어의 본래적 기원도 여기에 집중되어 있다. 지금은 사라져버린 시공간이지만 언제나 오늘의 우리에게 비추어주고 있는 오래된 과거, 또한 아득히 먼 장(場)이다. 역사의 잘잘못이나 가치의 잣대가 담겨있는 오래된 기표다. 그럼에도 불구하고 21세기가 시작되면서 고구려와 대조영의 열풍과 함께, 신라를 폄훼하는 생각들이 독버섯처럼 번져가고 있었다. 고대에 존재했던 공동체들, 예컨대 고조선과 고구려와 백제와 신라와 가야는 우리의 다섯 손가락으로 비유할 수가 있다. 깨물어서 아프지 아니한 손가락이 어디에 있겠나?

내가 신라를 깔아뭉개려는 사람들의 의도나 내면풍경을 오랫동안, 곰곰이 생각해보니, 다름이 아니라 동시대의 정치적인 견해로 귀결되는 게 아닌가 생각했다. 난데없이 반일(反日)이 가치개념으로 떠올랐다. 나는 지금도 의아하게 생각한다. 반일이 우리 시대의 정신인가? 시대정신이란 게 그토록 가볍고 자해에 가까운 것인가? 정치가 문화를 지배하거나, 역사를 주무를 수가 있는가? 그렇다, 라고 양보를 한다고 하더라도, 먼 과거인 신라를 잘라내서 가까운 과거인 일제강점기나 박정희 시대에 갖다 붙이는 것이 과연 온당한가 하는 생각을, 나는 결코 떨쳐낼 수가 없었

9

다. 아무리 이것저것 생각해도, 의도적인 일이거나 조작이 아니고선 다른 것을 생각할 수가 없었다.

나는 돌이켜보니 「동아시아세계와 신라인의 시심」(2008)에서부터 「신라는 조각난 마음의 거울인가」(2019)에 이르기까지 11년 동안에 걸쳐 신라에 관한 논문을 적잖이 발표해 왔다. 이 중에서 아무래도, 내 생각을 가장 집중적으로 발현한 것은 원고 분량도 적지 않은 「신라의 발견이라니, 신라가 고작 발견의 대상인가」(2013)이다. 이 글은 더 가다듬고, 첨삭해서 높은 완성도를 기약하려고 한다. 이것을 제외하고, 신라와 관련된 논문을 모아서 서책의 형태에 담으려고 한다.

출판 비용이 여유로워지면, 쓰고 싶은 많은 논문들을 더 써볼 계획을 가지고 있었지만, 신라와 관련된 기존의 내 논문들이 해가 지나갈수록 심리적으로 멀어져가고 있었다. 이것들이 사장되면 어쩌나 하는 안타까움으로 인해, 나는 최소한의 비용을 들여서 최소 양의 권수로 출판하기로 했다. 제목은 '문학 속의 신라정신 연구'로 정했다. 앞서 말한 대로 「신라의 발견이라니……」를 제외하는 대신에 짧은 글들을 새로 써서 보완하기로 했다. 이 책에 실려 있는 논문인 「뻐꾸기가 따라 울어서, 보라등빛에 칡꽃 피고」는 「서정주의 시 세계에 비추어진 반(反)근대성의 생각 틀」(2013)과 「꽃 한 송이가 피어 있다고 생각하는 것의 기쁨」(2014)을 10여 년 만의 개제(改題), 개고(改稿) 본으로 확장해 이 책에 다시 수록했다.

내가 신라를 접한 지 십 여 년에 걸쳐 겪은 사실은 신라가 사람들의 관심에서 엷어져간다는 점이었다. 이 점은 신라가 동네북이 되어도 무관심한 일반인들과 인정세태를 탓할 일이 아니라고 본다. 황량한 세태에 정신의 독버섯이 번져가도 속수무책인 오늘날에, 게다가 정치적 이해관계에 맞춰 신라를 바라보면 안 된다는 것이 내 신라관의 요체다. 이런 점에서 나의 책이 신라의 역사상(像)을 바르게 비추어보기 위한 글쓰기의 결과 정도가 되었으면 한다.

이 책을 내는 사적 감회를 다음의 시조 한 수로 달래려고 한다. 석굴암 대불은 단순한 석불이 아니라, 신라정신의 표상이기도 하다. 육당 최남선의 시조집 『백팔번뇌』(1926, 동광사)의 50쪽에서 따온다.

대(大)신라 산 아이가
님이 되어 계시도다.

이 얼울(윤곽)을 이 맵시요
이 정신에 이 솜씨를

누구(라)서 숨 있는 저를
돌부처라 하느뇨.

2024년 시월상달에
지은이 적다

11

차 례

제1부 : 서설적 쟁점

신라는 조각난 마음의 거울인가
사다함과 미실은 정말 사랑했을까
– 필사본 『화랑세기』 진위를 중심으로
난타 당한 신라, 왜곡된 신라관

신라는 조각난 마음의 거울인가

1

한 대학교 출판부에서 『신라의 발견』(2008)이란 제목의 단행본이 간행되었다. 참여정부 시절에 국가 차원의 적지 않은 연구 지원비를 받아 공동으로 연구한 결과물이라고 한다. 주지하듯이 참여정부의 국책 사업의 일부는 세칭 친일을 색출해내는 데 있었다. 마치 서울 수복 이후에 부역자를 색출하는 것과 뭐가 다르냐고 하는 거다. 학문 연구가 정치적인 타깃을 정해 놓으면 의도가 불순해지는 것은 필지의 사실이다. 신라 담론의 쟁점을 점화한 이는 '신라의 발견' 팀의 쌍두마차의 역할을 한 윤선태, 황종연이다. 이들은 『신라의 발견』(동국대학교 출판부)이란 저술의 형태를 통해 신라 인식의 부정적인 성향을 드러내면서 일제강점기 체제하의 조선인의 제국식민화를 부추겼다거나, 화랑의 예를 통해 조선인을 일본제국의 충량한 신민으로 만드는 역할을 했다거나 하는 자의적인 혹은 작위적인 결론을 도출해내는 데 적잖은 역할을 하고 있다.

논쟁 과정에서 말들이 있었듯이, 두 사람에게, 또 신라의 발견 팀에 탈(脫)민족주의의 입장에서 근대(성) 및 식민주의를 특권화하려는 학문적인 저의가 엿보인다. 신라 경주 문화를 의도적으로 훼손하려는 것은 수정주의의 시각에서 역사 및 문학 인식을 새롭게 선점하기 위함인 듯하다. 신라의 입장에서 보면 동네북처럼 난타(亂打)를 당한 형국이라고 할 수밖에 없었다.

신라가 근대 조선인에게 자기 인식과 자기 개조의 주요 수단으로 출현할 여건을 만든 것은 일본인들이었다. 그들은 통일신라라는 관념을 확립시키고 신라의 국가 · 사회 · 문화의 재구성에 진전을 거두었으며, 신라 유적을 인멸의 상태로부터 구해내고 경주를 동방 예술의 성지이자 관광 명소로 변화시켰다. (……) 신라는 일본제국의 질서에 대한 조선인의 저항에 영감을 주었다기보다 오히려 조선인의 제국식민화를 부추겼다. 화랑의 예에서 보듯이 조선인을 일본제국의 충량한 신민으로 만드는 역할을 했다. (50~51쪽)

신라의 발견 팀은 이미지를 조작하는 이상한 문장을 자주 쓰고 있다. 의도적이냐의 여부가 논란이 되겠지만, 합리적인 회의가 느껴지는 문장 구성이 한두 번이 아니다. 인용한 황종연의 글을 읽고, 속이 시원하다면, 이런 사람 역시 속의 답답함과 속의 시원함을 구분하지 못하는 사람이다.

신라는 일본제국의 질서에 대한 조선인의 저항에 영감을 주었다기보다 오히려 조선인의 제국식민화를 부추겼다? 신라가 제국식민화를 부추기다니? 유령이 아니고선 사라진 과거가 진행 중인 현재에 작용할 수 없다. 주어는 일본인이나 일본제국주의여야 한다.

만약 한걸음 양보해, 일본인이나 일본제국주의자들이 조선인의 제국식민화를 위해 신라를 이용했다, 라고 하면 그런 대로 이해됨 직하다. 흘러가버린 시간 속에서 아예 죽었거나, 아니면 과거 속에서 생떼처럼 안주하는 신라를 탓하거나 하는 것은 탓하는 대상을 잘못 찾은 것이다. 윤선태의 경우도 마찬가지다.

오늘에 사는 한국인들에게 상술한 '통일신라'의 표상은 너무나 친숙하고 자명한 것이어서 그것의 역사적 기원은 의심할 필요조차 없는 것처럼 느껴진다. 그러나 이 친숙한 '통일신라'의 표상은, 다시 말하건대, 근대의 발명품이다. (……) '통일신라'의 표상이 구축되기 시작한 식민지시기에 '제국 일본'의 지배자이자 피지배자인 '일본'과 '조선'이 발명한 각각의

'통일신라'의 표상은 식민지시기를 배경으로 '주체-타자-전통'이 역동적으로 만들어내는 근대적 주체 구성의 복잡한 맥락을 분석할 수 있는 핵심적인 코드인 셈이다. (78~79쪽)

통일신라의 표상이 근대의 발명품이란 얘기는 신라가 통일하지 않았다는 말보다 한결 치명상을 주는 주의주장이다. 다른 것은 차치하고서라도, 왜 하필이면 북한의 주장을 답습하느냐 하는 거다. 북한의 역사관을 살펴보면, 삼국통일을 인정하지 않고, 고려에 의한 후삼국의 통일, 즉 고려의 통일을 최초의 민족 통일로 인식하고 있다. 전33권의 방대한 역사서술인 북한의 『조선전사』(1979~1983)에는 '삼국통일'이란 표현이 없다. 신라의 통일은 '국토 남부의 통합'이요, 고려의 통일이야말로 '최초의 민족 통일'인 것이다. 북한의 역사가 말하는바 가장 혁명적인 역사관이야말로 합법칙적인 역사 발전의 틀에 대한 설명 방식인 것이다.

나는 신라의 발견 팀이 좌파적인 역사관이나, 북한의 역사관을 맹목적으로 추종하는 소위 '종북사관'을 가졌다고는 결코 보지 않는다. 북한의 역사관이 엿보이지만, 신라에 의한 통일을 간과하거나 무시하는 관점을 원용하려는 저의의 흔적은 없다고 본다.

다만 아쉬운 사실이 있다면 일본이 신라를 발견하였다거나 삼국통일을 발명했다거나 하는, 논리에도 정서에도 맞지 않은 얘기를 해놓고선, 다들 학인으로서, 과연 자기 성찰의 기회를 단 한번이라도 스스로 가져 보았는가 하는 점일 따름이다. (졸고, 「신라의 발견이라니, 신라가 고작 발견의 대상인가」, 국제언어문학회 엮음, 『신라의 재발견』, 국학자료원, 2013, 83~84쪽, 참고.) 삼국통일을 보는 시각과 종전 선언의 문제는 정치적으로도 민감한 사안이다. 이 문제는 학자들에게 맡겨야지, 정치인들이나 일반인들의 논쟁거리로 확산되어선 좀 곤란하다. 정치의 이해가 학문을 압도할 수 있기 때문이다. 압도하면, 선동한다.

2

신라의 발견 팀이 가장 비판적으로 바라본 것은 화랑이다. 신라의 화랑이 어떠한 과정을 밟으면서 제도화, 습속화되어 갔는지에 관해선 안중이 없다. 화랑에 관해선 잘 모르지만, 화랑을 일제강점기와 대한민국 건국기에, 또 독재 정권의 시기에 정치적으로 나쁘게 이용했으니, 화랑 자체가 문제가 있는 게 아니냐, 하는 논리이다. 이런 논리가 정치의 논리이지, 어디 학문의 논리인가?

> …… '조선적인 것'의 핵심을 낭가, 풍류, 국선도, 동방정신 등의 '화랑도'의 이명(異名)을 통해 명명하고 본질화하고 있다는 사실이다. 오염되지 않은 순정한 형태의 '조선적인 정신'을 본질화·실체화한 후에 전개되는 이러한 담론은 근대 일본의 내셔널리즘이 고대 일본에 실정성을 부여했던 사유 방식과 유사하다. (226쪽)

화랑이 국가주의 이데올로기로 얼마간 이용된 것은 맞다. 일제강점기에 화랑은 이상적인 신민의 자질을 갖춘 모델로 투사되었다. 해방 이후부터는 화랑이 북한과 대치하는 상황에서 반공의 전사와 통일의 일꾼으로 소환되었다. 초대 문교부 장관인 안호상과, 제헌국회의원인 김범부, 박정희 시대의 고위 관료인 이선근은 화랑의 국민교육화에 간여했다는 점에서 화랑의 이데올로그였다.

신라의 발견 팀이 결론적으로 겨냥한 것은 '김동리, 서정주 등의 남한 문단의 주류들은 화랑으로 대표되는 신라정신을 축으로 하여 남한식 민족문학을 구성해갔다.'(254면)는 데 두게 된다.

하지만 화랑에 대한 순수한 역사적 존재성은 미시나 아카히데(三品彰英)의 연구 결과처럼, 화랑의 무리에게 의협 정신이 풍부했고, 정의의 신념이 두터워 역자를 도와 사회 안녕과 보호에 임했고, 사법적인 기능을 가지고 마을에 잠입한 적국의 첩자를 색출하는 기능을 가졌다는 데 있었다.

요컨대 신라정신이라는 것은 적어도 7세기 이전까지 화랑정신이었고, 해방 직후의 미군정 하에서는 이른바 '건국 정신'이기도 했다. 1946년 8월 3일에 진주사범학교에서 간행된 『화랑전기』의 서문을 쓴 김성봉의 머리말에도 잘 반영되어 있다. (김성봉 찬, 『화랑전기』, 진주사범학교, 1946, 2면, 참고.)

한때, 시인 서정주의 시적인 중심 개념이 되었던 신라정신은 1960년을 전후로 우리 문단에서 비평적 관심과 첨예한 찬반을 불러일으켰던 논의거리의 하나였다. 신라정신이란 용어는 언제부터 비롯했는지 잘 알 수 없다. 대체로 보아 시인 서정주가 1950년대 중반에 처음으로 사용했던 것은 확실한 것 같다. 그의 신라에의 관심은 교수 자격 심사위원회에 제출한 일종의 소논문인 『신라연구』(1960)와 자신의 네 번째 시집인 『신라초(新羅抄)』(1960)에 이르러 한껏 고양되기에 이른다.

주지하듯이, 그는 해방기에 우파 진영의 문인으로 활동했다. 그는 정치적으로 반공주의자였고, 반공을 반근대성의 정치적인 표상으로 삼았었다. 좌우 대립으로 분열된 해방 조선이 향후 통일되어야 할 당위성은 신라의 삼국통일로 대입되는 역사적 현재성에 있는 것이기 때문에, 마치 루카치가 고대그리스를 '선험적 고향'이라고 했던 것처럼 그에게 있어서의 신라 역시 경험 이전의 고향으로서의 황홀경의 낙토에 해당되었다. 더욱이 그의 삶에 있어서의 한국전쟁은 이 환각의 사상을 공고하게 해 주었다. 한국 전쟁이 한창 진행하고 있던 1951년 여름에 그는 음독자살을 시도했다. 이 사건 이후의 그는 현실의 찰나를 뛰어넘는 역사를 통해 모색하게 된다. 그는 민족정신의 본향(本鄕)으로 생각되는 신라사의 책들을 정독해 읽기 시작했다고 회고한 바 있었다. 여기에서 그의 신라정신은 배태된다. 이것은 시의 사상의 틀이라고나 하겠다.

　시인 서정주에게 신라정신을 형성하게 한 배후의 인물이 있다. 김범부라고 하는 동양학자이다. 본명은 김정설이고 범부는 아호이다. 이 인물은 소설가 김동리의 백형(伯兄)으로 잘 알려져 있다. 최근에는 시인 김지하가 재조명해야 한다고 역설하고 있는 사상가이다. 이런 점에서 볼 때 서정주의 신라정신이라는 것도 기실 소위 범부 사상의 변용이라고 할 것이다. 서정주에게 사상의 은사(恩師)가 있다면, 그 한 사람은 박한영이요, 다른 한 사람은 김범부(정설)인 것이다.

　서정주의 글 가운데 김범부에 관한 글이 두 편 남아 있다. 하나는 1966년 김범부가 타계했을 때 영결식장에서 자신을 '고애후학시생(孤哀後學侍生)'이라고 칭하면서 낭독한 조문이요, 다른 하나는 『미당수상록』(1976)에 수록된 「범부 김정설 선생의 일」이라는 산문이다. 그가 김범부에 대한 '후학시생(後學侍生)'임을 스스로 밝힌 것은 자신이 김범부의 제자임을 말하는 것이다.

　서정주는 해방 전부터 김범부에게서 가르침을 받았던 것으로 보인다. 서정주는 1936년 『시인부락』 동인 시절에, 문우 김동리의 소개로 가형인 김범부를 처음으로 만난 듯하며 자주 찾아가서 서양철학이나 동양사상 등에 관해 고견을 들었다. 독일 유학을 다녀온 김범부는 서정주로 하여금 칸트의 철학에 관한 눈을 떠 주게 하였을 것이다. 해방이 된 후에는 김범부가 신라사 속에서 민족의 진로를 모색하는 사상적인 기획을 의도했으나 6·25로 인해 좌절했다. 이 좌절은 세대적인 한계이기도 했다는 것이다. 우리 세대는 한계가 있으니 자네 세대가 풀어야 할 숙제라는 것. 이 숙제가 곧 다름이 아니라, 김범부가 해방 후에 국민윤리에 관한 특강을 행할 때 '화랑의 정신이 신라의 정신인 것'이라고 말한 바 있었거니와, 신라사 속에서 민족의 진로를 찾는, 소위 신라정신이란 것이다.

　어쨌든, 서정주의 신라정신은 교수 자격 심사위원회에 제출한 일종의 소논문인 『신라연구』와 시집인 『신라초(新羅抄)』에서 잘 구현되었다. 이를 계기로 신라정신의 논쟁도 점화된다. 찬반의 대비점이 가장 뚜렷이 발견되는 것은 문덕수의 「신라정신에 있어서의 영원성과 현실성」(현대문학, 1963, 4.)과 김윤식의 「역사의 예술화—신라정신이란 괴물을 폭로한다」(현대문학, 1963, 10.)이다.

김범부의 『화랑외사』와 김동리의 『신라편』은 일종의 픽션으로서의 메타역사이다. 김동리의 『신라편』에 있는 내용이 김범부의 『화랑외사』에 빠져 있는 것으로 보아서 김동리의 『신라편』은 그의 형이 이루어놓은 메타역사를 보충하고 보완한 유사적(遺事的)인 성격의 초(超)메타역사라고 할 수 있다.

그의 소설에 불가사의한 미지의 인간상이 적지 않다. 잔존하는 풍류인, 화랑, 무속인 등의 캐릭터는 김범부의 비주류적인 역사관인 외사관적(外史觀的)인 역사의식의 영향력에서 자유롭지 못하다.

김범부는 해방기 국가 건설기에 새로운 국가이념의 충실한 인간상을 요구하였던 것으로 보인다. 김범부의 『화랑외사』는 자신이 구술하고 그의 제자인 시인 조진흠이 받아 적어 원고를 만드는 형식을 취했다. 책의 편집이 갖추어진 때는 1948년이었으나, 실제로 출판된 것은 6년 후인 1954년이었다고 한다. 발표자는 이 원전을 본 적이 없으며, 현재 소장하고 있으면서 활용하고 있는 텍스트는 1967년에 공간된 유고판(遺稿版)이다.

김범부는 신생국 국민의 이상적인 인간상을 화랑에서 찾았다. 그가 특히 관심을 가진 사람들은 물계자(勿稽子)와 사다함(斯多含)이었다. 물계자는 화랑의 전신에 해당하는 대선인(大仙人)이요, 사다함은 초기 화랑의 대표적인 인물이었다.

신라정신은 문인들에 의해 한동안 적극적으로 구현되어 왔다. 일반적으로 신라정신이라고 하면, 화랑정신이라고 생각하는 경향이 있다. 상당히 국가주의 이데올기가 내포된 것으로 알고 있다. 이것이 일본 '대화혼(大和魂)'처럼 어쩔 수 없이 국수(國粹)의 관념이 내포된 것으로 생각하는 데로 모아진다. 하지만 신라정신과 대화혼은 서로 다르다고 보는 관점이 박경리의 대하소설인 「토지」에도 다음과 같이 반영되어 있다.

당신들은 당신네 문화의 대표적인 정신을 사비(寂)와 와비(侘)로 농축해 말하는데, 쓸쓸하고 적막하고 그렇게만 처리해 버린다면 안타깝겠지요. 와가(和歌)나 하이쿠(俳句)의 풀어나갈 수 없는 피안의 세계 사이교(西行)나 잇사(一茶)를 들고 나오겠지요. 나도 실은 사이교를 무척 좋아하지요. 맑은 줄기의 봉우리, 그러나 당신들은 리얼리즘에 접근한 무라사키 시키부(紫式部)의 『겐지모노가타리(源氏物語)』를 매우 귀한 것으로 모셔놓기는 하나, 일연의 『삼국유사』의 세계에는 아득히 미치지 못하오. 인간과 자연과 신비, 우주적인 것이 혼연일체가 된 높고 아름다움에 비하면 『겐지모노가타리』는 인간 잡사, 인간 정사의 나열이며, 귀신도 칙칙하고 밑바닥에서의 맑음이 없어요. (……) 와비나 사비 그런 추상적인 것을 조선에서는 풍류라고나 할까요? 그것은 상식이지요. 어떤 교양하고도 통할 거요. 표피지요. 물론 조선에 있어서도 한(恨)이라는 것도 추상적 표현이라 할 수 있겠지만, 그러나 와비나 사비가 사라져 가는 것이라면 한은 오는 것이요, 절실한 기원이요. 당신네들의 피를 물처럼 착각하는 것은 와비나 사비의 정신세계 때문일까? 끈적끈적한 피, 그것이 한이요. 진실만이 창조를 강조하고 진실에의 의지만이 창조력이 되는 것이며 그것은 또한 개체로서, 네, 개체로서……벚꽃은 거짓이요, 죽음은 아름답고 깨끗한 것은 아니요. 죽음을 고통 없는 아름다운 것으로 길들여온 당신네 야마토 다마시(大和魂)는 거짓이요, 약자의 엄폐술이며……(『토지』, 제10권, 솔, 1993, 152쪽.)

인용문은 친일 귀족인 조병모의 차남으로서, 친일 귀족이기를 거부하나 독립투사도 되지 못하는 불행한 지식인 조찬하가 일본인 오가다 지로를 향해 마음속으로 마음껏 내뱉고 있는 말이다. 이 인용문은 작가 박경리의 문학사상이며, 소설 『토지』에 일관된 주제의식의 한 변형이기도 하다.

3

　신라를 처음으로 발견한 부류는 신라의 발견 팀이 생각한 대로 일본제국주의자들이 아니었다. 이미 조선 시대에도 신라를 발견한 흔적이 없지 않다. 고려 중기에 신라의 역사적 존재성을 기록으로 남긴 이래 이른바 15세기 영남 사림파의 선비들이 신라를 관심의 대상으로 삼았다. 첫 번째 신라의 발견인 셈이다. 조선시대 영남 유학의 종장(宗匠)인 김종직은 악부의 형식으로 「동도악부」를 남겼고, 그의 제자인 조위도 「계림팔관」을 남겼다. 그밖에도 15세기 영남 사림파가 자신의 지역에 대한 문화적인 흔적에 적잖이 자긍심을 가진 것으로 파악되고 있다. 하지만 산문보다는 율문으로 기술하면서 회고의 영탄에 빠진 것은 그들이 가지고 있던 신라 인식의 한계를 보여준다.

　본격적인 신라의 발견은 조선 후기라고 하겠다. 조선 후기의 실학적인 분위기 속에서 신라가 서서히 발견되는데, 우선 안정복의 방대한 역사서술 『동사강목』에 그의 역사적으로 본 신라관 편린을 엿볼 수가 있다. 그는 신라를 통해 조일 7년 전쟁 중에 훼손당한 민족적인 자존심을 신라를 통해서 대리만족하고자 한 점도 보이고 있어 주목된다. 『동사강목』의 기술 체재는

　　강(綱 : 벼리) : 그물의 줄, 큰 줄거리, 주제문
　　목(目 : 눈) : 그물코, 세부적인 부연 설명
　　안(按 : 살핌) : 추가 정보 혹은 논평

으로 이루어져 있다. 말하자면 중요도가 위쪽부터 놓인 역(逆)피라미드 구성법이라고 할 수 있다. 서기 583년(계묘년) 진평왕 5년 때의 일이다. 한 줄 문장의 강(綱)이 쓰였다. 신라가 왜(倭)의 서변(西邊)을 토벌하

였다. 이에 대한 목(目)은 존재하지 않는다. 그런데 특이하게도 아주 상세화된 안(按)이 있다. 안의 일부를 인용해본다.

『해동기』에는, "왜왕 민달(民達) 12년 계묘(癸卯)에 신라가 서변을 토벌하였다."라고 적혔으나 신라와 백제가 왜와 접경하여 그 환을 자주 입었는데 교빙과 정벌에 대해서는 사적(史籍)에 드물어서, 바다를 건너서 왜국을 정벌하였다는 일은 듣지 못하였다. 왜사 『연대기』에는, "응신(應神) 천황이 신라 유례왕 때를 당하여, 신라 군사가 명석포(明石浦)에 와서 흰 말을 죽여 맹세를 받아간 일이 있었는데 지금도 그 나라 적간관(赤間關) 동쪽에 백마총이 있다." 하고, 또 "신라가 토벌하여 온 일이 두어 곳이 있었다." 적혔으나, 우리 역사에는 전하여지지 않는다. (『국역 동사강목 · 2』, 민족문화추진회, 71면.)

안정복은 우리나라가 예나 제나 일본에게 당하지만은 않았다고 본 것이다. 안의 행간을 살펴보면 신라는 신라 나름의 정신적인 주체성을 가지고 있었음을 시사해 주고 있다. 안정복은 실학의 관점에서 신라를 보았다. 실학은 개신유학(성리학)에 대한 회의를 근본 유학으로 회귀하는 데서 찾으려 했다. 그것은 진보적이기는 하지만 보수적인 측면도 강했다. 신라를 유교적인 프레임에 맞추어보려고 했기 때문에 토착 신앙이나 불교에 대해서는 매우 부정적이다. 신라 초기에 시조 묘역에 사당(신궁)을 세웠는데 왕의 누이동생인 아로(阿老)에게 의례를 주재하게 한 것을 두고, 안정복은 '누이동생으로 주제(主祭)하게 한 것은 오랑캐 풍속으로 의(義)가 없는 일이다.'(『국역 동사강목 · 2』, 213면.)라는 안(按)을 달아 놓는다. 황룡사 구층탑을 건립한 것을 두고서는, 다음과 같이 심하게 폄훼한다.

신라가 이때에 전쟁이 바야흐로 시작되었으니 정사를 하는 데 있어서 마땅히 곡식과 재물을 저축하여 군국(軍國)의 비용을 삼았어야 할 것인데, 쓸데없는 곳에 다 없애고 그 신의 도움만을 바랐으니, 슬프다! 나라가 망하지 않는 것이 다행이다. (『국역 동사강목 · 2』, 132쪽.)

서기 645년 을사년 기사에 나오는 안(按)의 내용이다. 황룡사 구층탑 건립이 망국의 원인이 될 만한 것인가, 하는 생각은 오늘날의 시점에서 볼 때 보편타당성이 결한 견해임에 틀림없다. 글의 내용이 실사구시와 이용후생을 표방하고 있지만, 정작은 반(反)불교적인 정서가 자리를 잡고 있다. 실학적인 관점의 신라 인식을 구체적으로 살펴보기 위해서는 앞으로 『동사강목』의 신라 기사 가운데 안의 부분들을 가려 내어 검토해볼 필요가 있다. 그밖에도 실학자의 신라 인식이 어떻게 이루어졌나 하는 부분을 총체적으로 확인할 필요성도 있다.

딱히 실학자라고는 볼 수 없지만 (우리가 아는 실학자의 다음 세대인) 김정희는 상당히 실학적인 성격의 인물이다. 그는 경주 김씨의 후손으로 경주를 정신적인 고향으로 생각했던 사람이다. 그는 실학의 광범위한 한 영역에 포함될 수 있는 금석학의 대가였다. 지금 서울에서는 그와 관련된 전시회가 열리고 있다. 관련된 기사문 일부를 덧붙여본다.

1816년 7월 추사 김정희는 북한산 비봉에 올라 비석을 발견했다. 무학대사비로 알려진 비석이었다. 이끼 낀 비석을 만지니 글자가 보였다. 몇 번 탁본을 하니 진흥왕의 '眞(진)' 자가 드러났다. 이듬해 6월 다시 비봉을 찾은 추사는 모두 68자를 판독한 뒤 진흥왕순수비로 단정했다. 북한산비의 발견은 조선 금석학의 시작을 예고했다. 자신감을 얻은 김정희는 본격 비석 조사에 나섰다. 경주를 돌며 진흥왕릉, 분황사 화쟁국사비, 무장사비, 문무왕릉비를 찾아 확인하고 고증했다. 그렇게 '깨진 빗돌을 찾아다니며(搜斷碣)' 추사는 금석학자로 태어났다. (경향신문, 2019, 10. 17.)

김정희의 사례를 통해 조선 시대의 신라 인식에 대한 하나의 실마리를 찾을 수 있다. 신라에 대한 긍정적인 인식은 신라정신의 정확한 실체를 파악하기 위한 또 하나의 실마리가 될 수 있다.

신라정신의 전모를 객관적으로 파악하기 위해선 신라-왜의 관계사

랄지, 일본의 자료도 적극적으로 활용되어야 한다고 본다. 하나의 예를 들어보자. 필자가 지금으로부터 10여 년 전에 경주에서 발표한 원고가 단행본에 포함되지 않고 개인용 하드디스크 속에 10년 넘게 방치되어 있는 게 있다. 발표 제목은 「동아시아세계와 신라인의 시심(詩心)」이었다. 그 일부를 인용문으로 처리하지 않고 본문으로 재활용해 본다.

신라계 진씨(秦氏)의 일족은 일본국 여명기에 한반도에서 일본으로 도래했다. 진하승(秦河勝) 즉 하타노 가와카츠는 잠업과 직물을 일본에 전한 사람으로 잘 알려져 있고, 또 그가 세운 절 광륭사는 신라 적송(춘양목)으로 만들어진 목조 보관미륵보살 반가사유상이 있다. 이 불상은 일본 신국보 제1호로 유명하다. 『만연집』에 노래 한 수가 전해지고 있는 가인 하타노 고에마로(秦許遍麻呂)도 신라계 진씨의 도래인이다. 그의 시는 일종의 연시로서 무척 인상적이다.

露霜に
あへる黄葉を
手折り來て
妹はかざしつ
後は散るとも

이슬과 서리로 가득한 단풍을 손에 들고 와 사랑하는 사람과 함께 즐겼고, 단풍이 진다고 해도 아쉽지 않다는 것. 무상의 관념을 노래한 사랑의 노래다. 신라계의 가인이 노래한 경우로선 희귀한 사례다.

4

나는 신라정신으로 우리 시대에 활용 가치가 높은 것으로 최치원의 풍류 사상이 아닌가 생각한다. 그는 경계인으로서 살았고, 경계인으로 재조명되고 있다. 경계인은 고중세의 용어가 아니라, 현대의 용어이다.

27

경계인(境界人 : marginal man)이란, 나치즘을 등지고 미국으로 향한 쿠르트 레빈(K. Lewin, 1890~1947)이 사용한 심리학 용어이다. 요즈음은 사회학적인 용어로 더 많이 사용되고 있다. 오랫동안 소속되었던 집단을 떠나 새로운 다른 집단으로 옮겼을 때, 본래 집단의 사고방식이나 행동양식을 금방 버릴 수 없고, 새로운 집단에도 충분히 적응되지 않는 경우를 말한다. 우리나라에서는 최인훈의 소설 「광장」에서 주인공 이명준이 경계인으로 묘사되면서부터 이 용어가 주목을 받기 시작했다. 우리 시대의 경계인으로서 재독 사회학자 송두율이나 이주 결혼 여성을 떠올릴 수 있지만, 모든 지식인이면 누구나 어떤 형태로든 경계인의 의식을 가지고 살아가고 있다.

현대의 개념 틀을 통해볼 때, 고운 최치원은 고중세의 사람이지만 현저히 경계인의 의식을 가지고 살아갔다. 그의 생애는 한마디로 말해 경계인의 삶을 살아간 생애였던 것이다.

첫째, 그는 신라와 당(唐)이라는 나라의 경계선 위에 섰던 사람이다. 유(留 / 遊)의 시기에 17년간을 재당 활동을 했고, 출(出)의 시기에 13년간을 통해 신라 관료로서 살았고, 처(處)의 시기에는 적어도 최소한 10년(+ a) 동안 은일지사로서 은둔과 소요를 일삼았다. 그의 시편 「가을 밤에 비 내리는 가운데(秋夜雨中)」에서는 '이 중국에 뉘라서 외국인을 가련히 여기랴?(海內誰憐海外人)' 라고 한탄한다. 이 한탄이야말로 경계인이 가지기 쉬운 정체성의 혼란이랄까, 자아의 분열상이랄까, 하는 것을 보여주고 있다. 그에게 있어서의 경계선은 바다인 셈이었다.

둘째, 토착사상과 외래사상의 경계선에 서 있었다. 오늘 내가 발표할 풍류에 관한 개념이 이 대목에서 주요한 발상의 틀로 제기되고 있다. 또한 외래사상 가운데에서도 유교와 불교의 경계선에 서 있기도 했다. 그가 누대에 걸쳐 동국의 유종(儒宗)으로서 추앙을 받았지만, 퇴계 이황에 의해 그가 부처에게 아첨한 자라고 낙인이 찍히기도 했다. 유교 중에서도 성리학의 프레임에 의하면 최치원의 유교는 공맹의 도를 실천하는 정도의 원시유교에 지나지 않았던 것이다.

셋째, 오늘날의 관점에서 보자면, 그는 보편주의와 민족주의, 신라와 고려, 보수와 진보의 경계선상에 놓여 있기도 하다. 이런 점에서 볼 때, 지금의 후기 근대 사회에서도 쟁점이 될 수 있는 인물이기도 하다. 다시 말해, 그는 언제든지 시대의 추이나 양상에 따라 재해석되고, 재조명될 수 있는 역사적인 인물이기도 한 것이다.

주지하는 사실이거니와, 최치원은 진감선사(眞鑒禪師) 혜소(慧昭)에 관해 글을 남겼다. 선객 혜소와 유자 최치원은 서로 다른 시대를 살다 간 분이다. 최치원은 친불교적인 인물이다. 자신의 동복형(同腹兄)이 신라 말기에 화엄종의 유명한 승려였던 현준(賢俊)이었다는 사실도 그다지 알려지지 아니한 사실이다. 그가 유불선 삼교에 두루 능통하였기에 조선시기에 들어서면 서산 대사와 같은 선승에게는 크게 추앙을 받았지만, 일부의 성리학자, 실학자에게는 비판의 대상이 되기도 했다. 그는 폐쇄적인 사상의 도그마에 갇혀 있지 아니하고, 울타리를 넘나드는 매우 개방적인 자세를 취했다.

최치원의 사산비명 가운데 혜소를 평한 비문의 마지막에 다문화 시대를 살아가는 우리에게 큰 울림을 전해주고 있다.

……지난 세월 중국에서 이름을 얻었고, 장구(章句)로써 살지고 기름진 맛을 보았으나 아직 성인의 도에 흠뻑 취하지는 못하였다. (우물 안의 개구리처럼) 우물 안에 깊숙이 엎드려 있었던 것이 오직 부끄러울 뿐이다. 하물며 법(法)은 문자를 떠난지라 말을 붙일 데가 없으니, 굳이 말한다면 끌채를 북쪽으로 두면서 남쪽의 영(郢) 땅에 가려는 격이 되리라.

혜소와 최치원은 모두 다문화적인 인간상이다. 두 분 모두 중국으로 가 공부했다. 혜소가 구법승이라면, 최치원은 유학사라고 하겠다. 또 모두 귀국해 뜻을 펴려고 했다. 최치원은 우리에게 중국의 한문과 같은 문자가 없음을 한탄하고 있다. 아직 성인의 도에 취하지 못해 부끄러운 것은 혜소에게도, 자신에게도 해당된다고 하겠다. 하지만 혜소는 불교음악인 범패를 받아들여 오늘날에 이르기까지 쌍계사에서 계승하게 하고, 최치원이 시문으로써 후대의 문사와 유자에게 자못 큰 영향력을 끼쳤으니, 어찌 마냥 중세 보편주의자라고 비판만 할 수 있겠는가?

우리도 이제 우물 안의 개구리처럼 자기만족에 빠지지 말고, 넓은 세계로 눈을 돌려야 한다. 지금(2019) 우리는 일본처럼 자연과학 중심의 노벨상 수상자 23명을 배출해야 하는 시점에 있다. 천여 년 전의 혜소와 고운처럼 다문화적인 감각을 익혀야 하는 게 아닌가 한다. 그래야만 미래에 무언가의 영향을 남길 수 있을 것이다.

역사서 『삼국사기』 권4에 실려 있는 최치원의 「난랑비서(鸞郎碑序)」는 매우 의미심장하게 남아 있는 비문이다. 비록 전문이 아니고 병서(竝序)의 일부분에 지나지 않지만 화랑의 예를 통해 풍류의 해석을 내린 최치원의 생각은 우리 고유 사상의 근원을 탐구하려는 뚜렷한 목적의식에서 비롯되었다고 볼 수 있다. (최영무, 『역주 최치원 전집 · 2』, 아세아문화사, 1999, 316면, 참고.) 이 병서의 앞부분은 우리 사상사의 비밀을 푸는 입문의 열쇠와도 같은 것이다.

　　나라에 현묘한 도가 있으니, 풍류라고 이른다. 이것의 가르침을 세우는 근원은 『선사』라는 책에 상세히 갖추어 있다. 따라서 풍류는 유불선 세 가르침을 포함해 뭇 중생과 접해 이들을 교화한다. (國有玄妙之道, 曰風流. 設敎之源, 備詳仙史. 實內包含三敎, 接化群生.)

한마디로 말하면, 풍류는 삼교를 포함해 군생과 접화한다. 이 고대적 고유 사상은 유불선 세 가르침을 포함하면서도 이 유불선에 의해 엷어져 온 것도 사실이다. 이후에 풍류는 동양 예술의 대유법으로 사용되기 시작했다. 이 풍류를 두고 '유풍여류(遺風餘流)'의 준말, 즉 남아있는 풍속과 시류(時流)를 가리키는 말로 부회된 것이 아닐까 생각한다. 아니면, 앞의 풍류와 뒤의 풍류는 전혀 다른 낱말의 패러다임이 아닌가도 생각된다. 대체로 보아, 풍류는 중국에서 시문(詩文)을, 우리나라에서 음악을, 일본에서 춤을 각각 지칭한다. 우리는 전통 사회에서 현악기 연주를 '줄풍류'라고 했다.

우리 고유 사상인 풍류는 신라시대에 이미 제도화되었다. 먼저 토착 신앙의 형태로 이른바 '신궁(神宮)'이 있었고, 그 다음에 화랑도를 가리키는 '낭도'가 생겨났었다. 이 현묘한 도의 제도는 유교적 합리주의에 의해 꺾였다. 대신에 이것이 일본으로 도래하여 일본의 국가 이데올로기가 되었다. 전자는 신도(神道)이며, 후자는 무사도이다. 루스 베네딕트가 말했듯이, 일본 문화의 두 수레바퀴는 국화와 칼로 상징화된다. 국화는 일왕(천황)의 가문을 상징하는 문양이다. 칼은 사무라이의 힘 있는 세계를 가리킨다. 평화와 전쟁을 각각 상징하는 단어이다.

풍류가 일본화되어 갔다는 논리는 별로 달갑지 않을 것이다. 그러나 이 풍류는 우리의 삶 속에 아직까지 남아있는 것도 사실이다. 저 붉은 악마의 자발적인 응원 문화, 말춤과 방탄소년단의 한류 현상은 논리로서는 표현하기 힘들다. 현묘한 도에 의한 혼돈적 질서의 세계상이 깃들여 있는 것 같다. 김지하는 풍류에 대해 철학보다 도리어 예술 쪽에서의 접근이 여실하다고 했다. 그는 풍류를 가리켜 일종의 생명미학으로 본다. 그래서 그는 최치원의 '접화군생'을 두고 '뭇 삶을 가까이 사귀어 화(化)한다.'라고 풀이한다. 혼돈적 질서를 다스리는 자기조직화랄까?

유교적 합리주의나 성리학에서는 '이(理)'를 중시하는 경향이 강하다. 이 이성과 이치의 우주적 질서는 소위 '코스모스'의 세계이다. 이 반대편에 '카오스'라는 혼돈의 세계가 있다. 우리의 고유 사상은 본디 카오스의 세계였다. 한과 신명과 엇박자와 무(巫)와 음주가무의 뒤풀이……. 성리학의 프레임에 들지 않는 현묘의 세계상이랄까? 정신분석학에서 말하는 무의식, 리비도, 아우라 등도 혼돈이다. 코스모스와 카오스를 접화하면 '기(氣)'가 형성된다. 이 기를 우리가 흔히 말하는 '끼'라고 해도 좋다. 이 기질과 기운의 혼돈적 질서를 두고, 우리는 '카오스모스'라고 말한다. 혼돈의 고유 사상이 유불선을 포함해 종합적인 단계의 풍류 사상을 이룩한 것이 바로 카오스모스이다. 노래에 있어서 판소리 명창이 부르는 귀곡성의 '지리산 삭힘'으로서의 시김새랄지, 나훈아가 「사나이 눈물」에서 보여준 바 반박자 쉬면서 홱 낚아채는 강음부랄지 하는 것은 카오스모스로서의 풍류의 진경이 아닐까 한다.

왜 지금 최치원의 풍류 사상인가?

지리산 구석구석에 그의 흔적이 남아있다. 지리산의 화개 마을은 꽃이 처음 피기 시작하는 입구이다. 지금은 영호남 지역감정을 포용하는 마을의 상징이다. 선인은 지리산 산신령이거나 자연의 주재자인 마고할미가 아닐까? 자아와 세계가 조응한다. 인간이 자연화하면 초시간성의 유토피아가 실현된다. 이처럼 지리산의 사상은 포용의 관용주의를 지향하고 있다.

사다함과 미실은 정말 사랑했을까
─필사본 『화랑세기』 진위를 중심으로

1. 필사본 『화랑세기』, 공개되다

　필사본 『화랑세기』가 처음으로 공개된 해는 1989년이었다. 공개된 텍스트는 필사본인데다 초록본이었다. 그 후에 모본이 공개되어 전모가 드러났다. 같은 해에 쓰인 논문 「'화랑세기'의 사료적 가치」(『정신문화연구』, 제36호)가 이에 관해 가장 먼저 발표된 논문이 아닌가, 여겨진다. 이 논문의 결론이 지금까지도 의미 있는 울림으로 다가온다. 그럼에도 불구하고, 이것이 아이러니컬하게도 한동안 있어왔던 진위 논쟁의 시발점이라고 생각된다.

　　화랑의 후손인 김대문이 아니고서는 어찌 역대 화랑의 세계를 어떻게 상세하게 기록할 수가 있겠는가. 그러므로 이 책은 김대문의 저술이 아닌 후세 사람의 위작이라고 추측하는것은 의미가 없다고 생각된다.[1]

　필사본 『화랑세기』의 원저술자로 추정되는 김대문은 이 책에 등장하는 화랑들 중의 상당수가 집안의 조상들이다. 위화랑은 현조부(5대조)이고, 예원각간은 조부이며, 『화랑세기』 주역의 한 사람이라고 할 수 있는 사다함은 종(從)증조부다. 당대 신라의 손꼽히는 집안에서 성장한 그는 서기 704년에 한산주 도독으로 임명을 받는다. 이런 점에서 볼 때, 원본 『화랑세기』는 7세기 말에서 8세기 초에 저술된 것으

---

1) 한국정신문화연구원 편, 『신라화랑연구』, 고려원, 1992, 157쪽.

로 보인다.

한산주는 지금의 경기도에 대체로 해당된다. 그 아래에, 1소경 27군 46현으로 구성되어 있다. 주치(主治)의 지역은 광주라고 한다. 고려 때의 역사서인 『삼국사기』에 의하면, 그는 『고승전』, 『화랑세기』, 『악본』, 『한산기』 등의 저술을 남겼다. 이 저술물들이 『삼국사기』에 '지금까지 보존되어 있다.'라고 한 것으로 보아서는 『화랑세기』의 원본이 적어도 12세기에 이르기까지 보존된 것으로 보인다. 문헌에 의하면, 지금의 경기도에 관한 신라시대의 인문지리서인 『한산기』는, 19세기의 실학자 이규경의 원고 『오주연문장전산고』에 언급되어 있다는 점에서, 한 2백 년 전에 이르기까지 전승된 것으로 보인다.

원본 『화랑세기』의 사상적 기저는 토착사상과 외래사상으로 이루어져 있었을 것이다. 대체로 풍류와 유불(儒佛)로 나누어지는 것 같고, 그 경계선에 선(仙)이 놓여있었던 것 같다. 본문은 『삼국사기』에 겨우 16자만이 전해지고 있다. 『화랑세기』의 유교적 가치가 여기에 수용된 것이다. 충(忠)과 용(勇)의 덕목을 강조하기 위해서였다.

賢佐忠臣
從批而秀
良將勇卒
由是而生[2)]

내용이 단편적이지만, 이런 게 아닌가 한다. 현명한 재상과 충성스러운 신하가 따르면서 견주어 빼어났고, 좋은 장수와 용맹한 군졸은 이로 말미암아 나왔다. 산문이라기보다 본디 4언의 고시로 쓰인 것 같다.

---

2) 『삼국사기』 권 제4, 신라본기 제4, 진흥왕 37년 조.

2. 생소한 내용들과, 이질적인 단어

한국사를 전공한 학자들 중에 노태돈은 필사본 『화랑세기』의 초록본이 공개되었던 1989년부터 이것에 대해 관심을 넓게 가졌다. 만약 이것이 원본에서 필사를 했다고 하면, 필사자 박창화의 일본 궁내성 재직기간(1934~1945) 중에 그랬을 것이라고 보았다. 하지만 자료의 필사와 전승 과정이 매우 불투명하고, 초록본을 굳이 만들 이유가 석연치 않다는 점에서, 사료적 가치를 부정적으로 보았다. 그는 1995년과 1997년에 각각 다음과 같은 결론에 도달했다.

> 필사본 『화랑세기』는 김대문의 『화랑세기』가 아닌 후대인의 위작이다.[3]
> 김대문의 저서가 아닌 것은 확실한 만큼, 이 책은 위작이다.[4]

노태돈은 필사본 『화랑세기』의 위작설을 처음으로 제기한 학자다. 그는 이것을 애초부터 텍스트 비평의 측면에서 정교하게 살펴왔고, 이 점에서 기여한 바가 적지 않다. 지금까지도 위작설을 믿는 학자들이 적지 않다. 노태돈에 이어서 위작설을 제기한 권덕영은 위작의 근거를 한 걸음 더 나아갔다. 필사본 『화랑세기』에 등장하는 인물들이 역사적 인물인가? 박창화가 가공한 허구의 인물로 보고 있다.

필사본 『화랑세기』에 등장하는 420여 명의 인물 가운데 24명이 신라 금석문에서 확인되는데, 이들은 예외 없이 기존의 문헌 자료에서 동시에 확인되는 인물이다. 다시 말하면, 필사본 『화랑세기』에만 보이는 240여 명 가운데에서 단 한 명의 인물도 신라시대 금석문에서 독자적으로 확인되지 않고 있다. 필사본 『화랑세기』가 신빙성을 가지려면 이 책에서만 나오는 240여 명 가운데 최소한 한두 명이라도 금석문에서 확인되어야 한다. 그럼에도 전

---

3) 노태돈, 『한국사를 통해 본 우리와 세계에 대한 인식』, 풀빛, 1998, 308쪽.
4) 같은 책, 394쪽.

혀 확인되지 않는다는 것은, 필사본 『화랑세기』에 등장하는 많은 사람들이 모두 가공의 인물이고 그 내용이 허구라는 사실을 말해준다.

필사본 『화랑세기』가 박창화가 일본에 있을 때 원본을 필사한 것이라고 주장하는 측에서 귀담아들을 만한 의견인 것은 틀림없다. 하지만 고대의 금석문에 등장하지 않는다고 해서 모두 가공의 인물인가 하는 단정적인 견해를 어떻게 받아들여야 할 것인가가 문제다. 나 자신 역시 금석문에 새겨지지 않는 인물이라고 해서 역사적 인물이 아니라는 논리는 무슨 논리인가 하는 생각에서 벗어나지 않는다.

원본 『화랑세기』는 역대 제왕을 중심으로 서술한 주류의 역사가 아니라, 화랑 풍월주들의 삶을 기록한 비주류의 역사다. 인물 역시 유교적인 왕후장상이라기보다 선불(仙佛) 융합적인 방외인에 가깝다. 역사서의 성격에 비추어보자면, 본기(本紀)보다는 열전(列傳)에 적합한 인물들이다. 금석문에 새겨져야 할 인물로서, 이황 · 이순신 유의 인물이 유리한지, 아니면 김시습 · 전우치 유의 인물이 유리한지를 형평성 있게 고려해보아야 한다.

노태돈과 권덕영에 의하면, 필사본 『화랑세기』가 공개된 이후에 고대의 인물로 급부상한 미실 역시 가공의 인물일 수밖에 없다. 한때 그의 연인이었던 사다함은 역사 인물로서 존재감이 없었다. 가공의 인물과 실존인물이 만나는 허구의 장이 과연 필사본 『화랑세기』가 지닌 하나의 정체성일까?

기존의 사관 및 사상적인 안목에서, 필사본 『화랑세기』를 바라볼 때 사람들은 경악을 금치 못한다. 인간관계도 복잡하거니와, 성적 얽힘의 관계는 상상을 초월한다. 신라의 귀족 사회에서 섹스와 혼인은 지극히 자연스러운, 하나의 정치적 행위였다. 미실은 필사본 『화랑세기』의 핵심인물이다. 이것을 가장 빈번하게 역사 연구의 장으로 끌어들인

---

5) 권덕영, 「필사본 '화랑세기' 진위 논쟁 10년」, 『한국학보』, 제99집, 2000, 여름, 45쪽.

학자는 이종욱이다. 그는 별도로 『색공지신 미실』(2005)을 저술하기도 했다. 미실이 남성을 편력하는 과정에서 만난 사다함 역시 필사본 『화랑세기』의 중요인물이기도 하다.

　사다함과 미실은 10대의 소년소녀로 만났다. 이들의 사랑은 필사본 『화랑세기』에 실린 시가에서 확인된다. 561년에 가야가 반란을 일으키자 진흥왕이 태종(이사부)에게 명하여 진압토록 했다. 이때 사다함이 큰 전공을 세웠는데, 출전에 앞서 연인 미실이 사다함에게 향가(鄕歌) 한 수를 건넨다. 주지하듯이, 향가는 향찰 문자로 쓰인 고시가다. 필사본 『화랑세기』가 진본이라면, 국문학의 유례없는 대발굴이다. 본디 제목이 없지만, 현대의 독자를 고려해 「그대를 보내는 노래(送郞歌)」로 통일하는 게 적절해 보인다. 이 노래는 8구체 향가이기에 온전한 형식이 아니다. 창작 연도가 561년이라면, 가장 오래된 향가일 수 있다.

　風只吹留如久爲都
　郞前希吹莫遣
　浪只打如久爲都
　郞前打莫遣
　早早歸良來良
　更逢叱那抱遣見遣
　此好郞耶執音乎手乙
　忍麼等尸理良奴

　바람이 분다고 하되,
　그대 앞에 불지 말고.
　물결이 친다고 하되,
　그대 앞에 치지 말고.

빨리빨리 돌아오라.
다시 만나 안고보고.
오호, 그대여 잡은 손을
차마 물리려 하느뇨.

이 역본은 국어학자 정연찬의 해독을 참조하면서 필자가 윤색한 텍스트 모형이다.[6] 필사본 『화랑세기』의 진위 논쟁은 국문학계로도 확장되었다. 만약 이것이 위작이라면 향가 「그대를 보내는 노래」 역시 위작일 수밖에 없다. 국문학계에서도 의견이 엇갈리는 면이 없지 않지만, 향가 한 편이라도 더 확보하려는 마음이 앞서 국문학자들은 대체로 '위'보다는 '진'에 방점을 찍으려고 한다. 국문학계로서는 인지상정이다.

미실이 사다함에게 노래를 주었듯이, 사다함 역시 미실을 잃은 고뇌를 시로 적기도 했다. 제목은 세칭 「청조가」다. 내 생각으로는 「푸른 새의 노래」라고 하는 것이 좋겠다. 이 작품은 향가를 한역(漢譯)한 것이다. 불완전한 향가라는 점에서, 나는 국문학자로서 아쉽기 그지없다.

그런데 필사본 『화랑세기』의 존재 자체를 부정하는 이들은 박창화가 1920, 30년대의 오구라 신페이와 양주동이 해독하거나 재구한 문법적 관습의 틀에 맞추어 향가 「그대를 보내는 노래」를 창작한 것으로 간주할 수밖에 없었다. 이에 관해서 가장 기본적인 면을 살펴보자. 이 노랫말 중에서 '바람이'는 '풍지(風只)' '물결이'는 '낭지(浪只)'에 각각 해당된다. 국문학자 이도흠은 논문 「필사본 '화랑세기'의 사료적 가치에 대한 국문학적 고찰」에서, 「그대를 보내는 노래」에 나타난 주격조사 '지(只)'는 기존의 향가에서 전례가 없다는 점에서 오구라 신페이와 양주동이 해독한 원리에서 벗어난다고 했다. 만약 박창화가 오구라 신페이와 양주동의 해독을 참고해 「그대를 보내는 노

6) 김학성 지음, 『한국 고시가의 거시적 탐구』, 집문당, 1997, 107쪽, 참고.

래」를 창작했다면, 주격 조사 '시(是)'를 사용했을 것이라고 보았다.[7]

그건 그렇고, 사다함과 미실은 정말 사랑했을까?

두 사람의 행적을 깊이 살펴보면, 아무래도 정략적인 내용들이 적잖이 개입되어 있다. 사학자 이종욱은 사다함이 친구 무관랑의 죽음을 애통해하면서 여위고 병들어 7일만에 죽었다지만, 실제로는 미실을 잃은 슬픔으로 인해 죽었을 것으로 추정하고 있다.[8]

한 정신과 전문의가 쓴 의미 있는 책이 있다. 제목은 '오셀로와 데스데모나, 그들은 정말 사랑했을까?'이다. 좋은 집안에 늘 갇혀 살았던, 아름다운 백인 여성 데스데모나가 강렬한 호기심에 사로잡히고, 단순하고 무식한 흑인 장군 오셀로는 자신이 가지지 못한 외모, 좋은 가문에 미혹된다. 하지만 오셀로의 열등감이 오해를 만나 질투를 잉태한다.[9] 뿌리 깊은 열등감은 사랑의 뿌리를 내리지 못하게 한다. 오셀로는 데스데모나가 언제 떠날지 모른다는 생각에 늘 불안해한다. 그러니까 서로에 대한 믿음이 전제되지 않는 사랑은 진정한 사랑이라고 보기 어렵다.[10] 사다함과 미실의 경우도 마찬가지다. 사랑은 뿌리를 내리지 못하고 물이나 공중에 뜬 채로 돌아다닌다. 사랑의 유동성, 부동성이 오래 가지 못할 사랑이라는 점에서 진정한 사랑으로 보기에는 쉽지 않다.

이들의 사랑이 문학적인 성격을 띠면서 흥미로운 관심을 불러일으키고 있음에도 불구하고, 노태돈과 권덕영 등의 학자들은, 인기 있는 역사소설로 그려지고, 또 TV사극으로도 재구성된 미실을 두고 허구적인 가공의 인물에 지나지 않는다고 주장한다. 이에 대해 역사학 전공자가 아닌 나로서는 무척이나 조심스럽다. 그런데 그들의 논리적인 전

---

7) 이종학, 『화랑세기를 다시 본다』, 도서출판 주류성, 2003, 23~24쪽, 참고.

8) 이종욱 지음, 『색공지신 미실』, 푸른역사, 2005, 66쪽, 참고.

9) 전현태 지음, 『오셀로와 데스데모나, 그들은 정말 사랑했을까?』, 좋은책만들기, 2010, 222~223쪽, 참고.

10) 같은 책, 231쪽, 참고.

거나 근거가 옹색해 보이는 인상을 떨쳐버릴 수 없는 것도 사실이다. 대체로 보아서, 그들이 한자로 표기된 두어 자의 단어에 집착하고 있어서다.

노태돈이 문제로 삼은 단어들은 구체적으로 '야인(野人)', '청예(靑裔)', '마복자(摩腹子)'이다. 야인은 우리가 생각하는 야인이 아니며, 청예와 마복자는 거의 처음 듣는 어휘이다.

그는 필사본 『화랑세기』가 왜인(倭人)을 두고 '야인'이라고 한 것이 다른 사서에서는 전례가 없다고 한다.[11] 표현의 전례가 없어서 위작이라면, 위작 아닌 사료는 대폭 줄어들 수밖에 없다. 한편 가야국의 시조인 김수로 왕을 가리켜 필사본이 '수로청예(首露靑裔)'라고 표현한 것도, 문제를 삼았다.

> 이는 『동국여지승람』 고령군 조에 인용된 최치원 『석이정전(釋利貞傳)』에서 전하는 '금관국주 뇌질청예'의 '청예'와 '수로'를 조합한 단어이다. 이 역시 다른 곳에선 보이지 않는 단어로서, 다분히 조작된 감을 금할 수 없다.[12]

소위 '수로청예'가 필사자의 조작이라면, 필사자 박창화는 엄청난 박람강기의 소유자이다. 그 방대한 문헌의 한 구석(고령군 조)에 있는 것까지 조작으로 동원으로 된다는 건 초인적이다. 만약 그가 이 미세한 정보를 알았다고 해도, 단어를 조합해 얻을 게 무엇인가, 하는 의문이 남는다. 필사본 『화랑세기』의 '마복자' 역시 허위사실로 볼 수만은 없다. 마복자란, 자신의 정부(情婦)가 낳은 타인의 아들을 자신의 아들처럼 아끼고 보살피는 것이라고 한다. 노태돈은 질투야말로 인간 본능의 하나인데, 가능하겠느냐고 한다.

---

11) 노태돈, 앞의 책, 360쪽, 참고.
12) 같은 책, 361쪽.

하지만 고대에는 지금의 풍속이나 문화와 차이를 드러낸 각별한 제도가 있다. 우리나라의 취수혼(levirte)이 바로 그것이다. 우리나라뿐만 아니라 그밖에도 선험적 가치를 부여할 수 없는 사회적 의제(擬制)가족 관계가 적지 않다. 그럼에도 불구하고, 노태돈은 요컨대 과거의 사실을 자기 식으로 재현하고자 한 창작욕 그 자체가 위작의 동기가 아닌가, 했다.[13]

권덕영 역시 단어에 집착했다. 이를테면 '전주(殿主)'와 '전군(殿君)'은 다른 고대사서에는 보이지 않고, '모계(母系)'는 현저히 근대 용어라는 것.

물론 일반론이지만, 전주와 전군이라는 용어가 『삼국사기』와 『삼국유사』에 기록이 없다고 해도 신라시대에 사용되지 않았다고 단정할 수 없다. 내가 더 이해할 수 없는 것은 모계다. '나'의 어머니 직계가족들, 예컨대 어머니의 할아버지, 아버지, 오빠를 통틀어서 신라시대에 어떻게 표현했을까? 부계를 두고 '내(內)계', 모계를 두고 '외(外)계'라고 했을까? 모계는 한자 구성 원리에서 볼 때 가장 단순한 조어다. 이 가장 단순한 조어를 신라 때라서 사용되지 않았다는 논리가 도리어 믿기지 않는다.

내가 필사본 『화랑세기』를 비판하는 입장을 지켜볼 때, 비유하자면 마치, 갖가지 세기(細技)를 부리다가 결정적인 한 방의 골마저 얻지 못하는 답답한 축구경기를 보는 것 같다. 그것이 개인의 창작물로 쉽사리 치부하기에는 너무 체계가 정연하고, 또한 역사기술적(historiography)이다.

난잡한 성적 얽힘의 인간관계를 흥미 위주의 창작으로 보아선 안 된다. 유교의 관점을 넘어 문화인류학적으로 접근해야 한다. 박창화는 전통 유학과 근대 학문을 동시에 공부한 사람이었다. 자신인들 난

---

13) 같은 책, 376쪽, 참고.

잡한 성관계를 두고서, 얼씨구, 하면서 좋아했을 리가 없다.

3. 만약 그들이 정말 사랑했다면

역사에는 가정이 있을 수 없지만, 사다함과 미실 사이에, 진정한 사랑이 실현되었더라면 어땠을까? 나는 그들의 염사(艶事)가 『화랑세기』에 결코 기록되지 않았을 것이라고 본다. 만약 그렇다면, 짐작건대 미실은 『삼국사기』와 『삼국유사』 속의 역사 인물로 남게 되었을지도 모른다.

그들이 정말 사랑했다면, 미실은 『삼국사기』에서 유교적 덕목에 맞게 정(貞)이나 절(節)의 잣대에 맞추어졌을 것이다. 반면에 『삼국유사』에서는 두 사람이 산천을 순례하고 유오(遊娛)하면서 선도(仙道)의 도반(道伴)으로서 심신을 닦고 가무를 연행하고 제의를 숭상하면서 살았을 것이다.

그들이 정략적인 만남을 꾀한 것으로 보아, 짐작건대 서로가 진정으로 사랑하지 않았음을 반증한다. 한 사람의 죽음과 함께 둘의 열애는 온전히 식어갔다. 만약 그들이 정말 사랑했다면, 그들의 열애가 『화랑세기』에 굳이 장식되지 않았을 것이다. 우리는 이것을 두고 역사의 아이러니이거나, 아니면 사랑의 역설이라고 해야 하나?

난타 당한 신라, 굴절된 시각의 신라관

1

2008년에 『신라의 발견』이란 제목의 단행본이 간행되었다. 참여정부 시절에 국가 차원의 적지 않은 연구 지원비를 받아 공동으로 연구한 결과물을 한 대학교 출판부에서 일반 독자들도 볼 수 있도록 공간한 학문적인 공동 연구의 저작물이다. 이것이 간행되고 나서 인문학에 관해 연구하고 있는 학자들 사이에 논쟁이 일어났다. 근래에 발간된 인문학 저서로서는 이처럼 비상한 화젯거리와 날카로운 쟁점이 된 적이 없을 성싶은 것이 아닌가 하고 생각이 들 정도였다.

경주 지역을 중심으로 한 어문학 분야의 학회가 있다. 경주와 인근 지역의 학자들이 중심이 되어 전국 학회를 표방하면서 결성되어 20년 가까이 활동해오고 있는 국제언어문학회는 국어국문학, 영어영문학, 중어중문학, 일어일문학 학자들이 연합하여 구성한 통섭지향의 학회이다. 이 학회는 현재 본인(필자)이 회장 직을 수행하고 있으며, 한국연구재단 등재후보지 학회로 등록되어 있다. 본 학회는 『신라의 발견』이란 제목의 단행본이 간행된 것을 잘 알지 못했다. 이 단행본이 공간된 후 1년이 지나서야 비로소 인지할 수 있었다. 2009년 계간 '창작과 비평' 지를 통해 당시 고려대 국문과 교수였던 김흥규가 반론 형식의 논쟁문를 발표하고, 또 이것이 신문에 보도됨으로써 인문학계뿐만이 아니라 본 학회에서도 비상한 관심거리로 부상하게 된 것이다.

이 무렵 국제언어문학회는 신라 문화의 거점인 경주를 지역의 중심으로 삼고 있는 학회이지만 워낙 중앙으로부터 소외된 궁벽한 학회이기 때문에 제 목소리를 낼 엄두조차 내지 못했다. 내가 회장으로 취임한 2012년부터 비로소 『신라의 발견』에 대한 학문적인 대항 논리를 계발하여 우리 입장이 담긴 반론적인 성격의 문제 제기를 밝혀야 되지 않겠느냐 하는 얘기들이 오가곤 했었다. 그렇게 하려면 국제학술대회와 단행본을 발간해야 하는데 소요될 예산이 당장에 필요했다. 햇수로 3년에 걸쳐 지역 사회의 세 군데 기관, 단체에서 1천3백만 원의 지원을 받아 올해 2013년 8월 21일에야 '신라의 재발견'이란 주제의 국제학술대회를 개최할 수가 있었던 것이다.

신라의 재발견의 전제 조건이 된 것은 앞서 밝힌 신라의 발견이다. 신라 담론의 쟁점을 점화한 것은 이 '신라의 발견' 팀의 쌍두마차의 역할을 한 윤선태, 황종연라는 이름의 인문학자들에 의해서다. 이들은 『신라의 발견』(동국대학교 출판부)이란 저술의 형태를 통해 신라 인식의 부정적인 성향을 드러내면서 일제강점기 체제하의 조선인의 제국 식민화를 부추겼다거나, 화랑의 예를 통해 조선인을 일본제국의 충량한 신민으로 만드는 역할을 했다거나 하는 자의적인 혹은 작위적인 결론을 도출해내고 있다. 소위 신라의 발견 팀이 내놓은 연구 결과물인 『신라의 발견』에 씌어 있는, 처음부터 끝까지의 내용은 한마디로 말해 신라 흠집 내기, 그 이상도 그 이하도 아니었다. 신라에 대한 경외심과 최소한의 애정은 최소한이라도 찾아볼 수 없다는 것이 가장 주요한 특징을 이루고 있다. 그들 팀 구성원들에게는 김흥규의 지적처럼 탈(脫)민족주의의 입장에서 근대(성) 및 식민주의를 특권화하려는 학문적인 저의가 엿보인다. 신라 경주 문화를 의도적으로 훼손하려는 것은 수정주의의 시각에서 역사 및 문학 인식을 새롭게 선점하기 위함인 듯하다. 신라의 입장에서 보면 동네북처럼 난타(亂打)를 당한 형국이라고 할 수 있다.

2

신라의 발견 팀이 공동의 연구 저서로 발간한 『신라의 발견』 중에서 필두(筆頭)에 놓인 논문은 「신라의 발견─근대 한국의 민족적 상상물의 식민지적 기원」이다. 일종의 기조 논문이라고 할 수 있다. 이 논문을 쓴 이는 황종연이다. 그는 신라의 발견 팀을 이끈 팀장이라고 할 수 있다.

그는 일본인이 발견하고 구축해 놓은 초석 위에 신라가 근대 한국의 민족적 상상물이 된다는 것을 애써 강조한다. 한 예로 일제강점기의 문예지 『문장』에 신라 숭배의 증거가 역력하다는 것. 박종화의 연작시와 양주동의 학술논문이 그 실례로 제시되고 있다. 그러나 내가 영인본으로 복간된 『문장』 전집을 확인해 보니 이 두 가지 사례 정도 밖에 더는 없었다. 이 두 가지 사례를 두고 신라 숭배의 증거가 역력하다는 것은 부분을 전체화하는 오류이다. 사실상, 박종화의 석굴암 불상시만 해도 좀 그렇다. 신라를 숭배한 것이 아니라 나라 잃은 상황에도 침묵하는 부처님을 원망하는 항일적인 내용의 시다.

> 일본인이 구축한 신라라는 상상계를 조선 민족의 문화적 자원으로 전유하는 것은 1930년대가 지나는 동안 조선인의 지적·예술적 작업의 중요한 부분을 이루게 된다. 그 한 예가 신라가요 해독에서 오구라 신페이를 능가하는 업적을 세운 양주동의 연구라면, 현진건의 「무영탑」과 이광수의 「원효대사」로 대표되는 허구적인 신라 이야기가 다른 한 예다.(『신라의 발견』, 동국대 출판부, 2008, 29면, 이하 쪽수만 적음.)

이광수는 주지하듯이 친일한 것이 틀림없다. 작품의 내용이 어떻든 간에 「원효대사」는 논외로 하자. 황종연은 현진건의 「무영탑」마저도 일제 권력과 타협하는 가운데 신라가 활용되었다고 터무니없이 말한다. 이 과정에서 정작 현진건의 또 다른 역사소설 「흑치상지」는 의

도적으로 배제되고 있다. 배제된 저의가 정확히 알 수 없지만, 이 작품은 「무영탑」과 같이 비판적으로 적용될 수가 없다는 데 있는 것 같다. 「흑치상지」는 '흑치상지'라는 영웅을 통해 일제에 대한 민족의 저항과 민족 부흥을 암시하는 역사소설이다. 이 소설은 강제로 중단된 미완의 작품이다. 주지하듯이 「흑치상지」와 「무영탑」은 같은 시대의 작품이다. 같은 적용이 가능하지 않다면 동시대의 같은 작가에게 이중의 잣대가 적용된다. 이 때문에 한쪽의 평가가 배제되지 않을 수밖에 없다. 물론 여기에서 되물음이 놓인다. 소설 「무영탑」이 그렇게 문제가 있었던 작품이었던가? 문제가 있었다면, 무엇이 문제였는지를 상세히 설명했어야 했다. 두루뭉술하게 넘어갈 문제가 아니라면.

최승희의 춤 역시 고대 일본의 재현이라는 맥락과 상응하는 낭만적 역사주의 풍조의 일부로 간주된다. 황종연은 '최승희의 공연작에는 석굴암 보살 조상(彫像)에서 이미지를 차용한 춤이 있었던 모양이다.' (48면)이라고 추측한다. 1937년에 만들어진 그녀의 「보살춤」을 염두에 두고 말한 것이다. 그 근거로 그녀의 남편인 안막의 축시를 제시하였다. 어쨌든 지금 살아 있는 사람 중에는 최승희의 춤을 본 사람은 아무도 없다. 마치 그만이 혼자 본 것처럼 말하고 있다.

최승희의 보살춤이 석굴암 이미지를 차용한 것 같다는 추론에 기대어서, 교묘하고도 기막힌 논리의 비약이 이루어진다. 즉 최승희가 춤의 수단으로써 황국신민화에 기여했다는 결론을 이끌어내는 데 성공을 거두고 있다. 근대 한국의 민족적 상상물의 식민지적 기원은 이와 같이 현진건의 소설에 이어 최승희의 춤이라는 신라 표상에 의해 찾아질 수 있다는 것이다. 다시 말해 신라는 아시아−태평양 전쟁기의 치명적인 상징이란 것이다. 결국 그는 이렇게 말한다.

신라는 일본제국의 질서에 대한 조선인의 저항에 영감을 주었다가보다 오히려 조선인의 제국식민화를 부추겼다. 화랑의 예에서 보듯이 조선인을

일본제국의 충량한 신민으로 만드는 역할을 했다. (51면)

아시아-태평양 전쟁기에 '모든 예능은 삼엄한 통제 아래에 놓여 전쟁 협력 이외의 독자적인 활동은 불가능한 상황에 빠졌다' 라는 시대적인 당시의 상황 논리는 애써 외면하고 있다. 신라의 발견 팀이 구사하는 논조 중에서 많은 부분에 걸쳐서 시대 상황이, 그러니까 그렇다, 라고 하는 상황 논리가 난무하고 있는 데도 불구하고 말이다. 상황 논리란, 자신에게 유리하면 부풀어지고, 자신에게 불리하면 은폐되는 것이 결코 아니다.

상황논리가 아니라, 사실은 단순 논리다. 일본 제국주의가 신라를 이용했으니, 신라가 책임져라! 그래서 우리는 신라를 비판한다. 일본 제국주의가 신라를 이용했으면, 일본 제국주의를 비판해야지, 왜 신라를 비판하느냐는 거다. 물론 이 이후에 벌어진 일이기는 하나, 생떼 같은 소들을 미친 소로 몰아버린 광우병 사태의 억지 논리를 연상시킨다. 심리학에서 전치(displacement)란 게 있다. 일본 제국주의의 잘못을 신라에 뒤집어씌우는 것도 전치다. 일본인이 구축한 신라라는 상상계? 라캉의 용어로 분식하고 있다. 허상이라고 해도 될 텐데, 굳이 상상계라고 해야 했을까? 그렇다고 억지 논리가 근사해 보이는 건 아니다. 의도적으로 뒤집어씌우고, 적당하게 덧칠한 게 바로 '신라의 발견' 인 것이다.

3

역사학 쪽의 논문을 쓴 이는 윤선태였다. 그는 「'통일신라' 의 발명과 근대역사학의 성립」을 발표하면서 '통일신라는 실제로 존재했다기보다는 누군가에 의해 우리 민족의 기억으로 계속해서 덧씌워진 것이었다.(56면)' 라는 매우 의미 있는 발언을 남겼다. 이 문장을 보면, 신라를 주어로 삼음으로써 뭔가 모종의 저의를 감추고 있다거나 뭔가 이미지를 조작하고 있다거나 하는 느낌을 떨쳐낼 수가 없다. 문장의 주어는 '누군가'가 되어야 함에도 불구하고 말이다. 통일신라는 객관적인 실체이다. 또 역사적으로 실재했던 엄연한 과거이다. 이것이 조작된 이미지의 결과물이라면 조작한 정치 세력이거나 이에 부합한 학자들의 탓으로 돌려야지 통일신라의 탓으로 돌려선 안 된다. 이것 혹은 이들이 문장의 주어로부터 탈각됨으로써 면죄부를 받은 듯한, 실로 야릇한 인상이 남아있지 아니한가?

신라의 통일을 부정적으로 보는 관점은 이미 사학계에서 논의된 바 있어서 새삼스러운 것이 되지 못한다. 삼국통일의 부정을 통한 남북국론이 보다 객관적인 인식틀이 될 수 있다는 얘기가 공공연히 나온 것도 사실이다. 이보다 한 술 더 뜬 형국이 신라의 발견 팀 구성원 일부가 제시하고 있는 부정적인 통일관이다. 다음의 두 인용문이 가장 전형적인 것이 아닐까 한다.

신라가 근대 조선인에게 자기 인식과 자기 개조의 주요 수단으로 출현할 여건을 만든 것은 일본인들이었다. 그들은 통일신라라는 관념을 확립시키고 신라의 국가·사회·문화의 재구성에 진전을 거두었으며, 신라 유적을 인멸의 상태로부터 구해내고 경주를 동방 예술의 성지이자 관광 명소로 변화시켰다. (50면)

윤선태는 통일신라가 실제로 존재했다기보다는 누군가에 의해 우리 민족의 기억으로 계속해서 덧씌워진 것에 지나지 않는다고 했다. 1892년에 출판된 『조선사』의 저자 하야시 다이스케(林泰輔)가 그 시원이라고 본다. 신라의 발견 팀원들에 의하면, 통일신라론은 신라 시대의 일통삼한(一統三韓) 의식이나 조선 시대의 신라정통론과 질적으로 다르다. 그것은 근대에 새롭게 발명된 담론인 셈이다. (55~56면, 참고) 왜 이렇게 신라의 삼국통일이 문제가 되는가?

이것이 문제가 되기 때문에, 문제적이란 거다.

신라의 통일은 한국인에게 너무도 자명한 것이자, 또한 친숙한 것이다. 역사 문헌의 사료나 동종 및 석비 등의 금석문 자료에서도 기록되어 있다. 신라인들의 뚜렷한 통일 의지는 황룡사 구층탑 조성 과정에서도 분명히 나타나고, 김춘수와 김유신의 전기적인 삶에서 일통삼한의 관념이 확인되며, 국사학자 신형식에 의하면, 신문왕 6년(685)에 세워진 청주 운천동 사적비의 내용 중에서 '백성이 합하여 삼한이 되고 땅을 넓혀……창해에 살아(民合三韓而廣地……民滄海而)'라는 표현에서도 역력하다.

20세기에 신라의 삼국통일관을 바라보는 모델이 두 가지 있다고 상정해보자. 하나는 신라의 삼국통일을 인정함으로써 내선일체의 논리를 지향하는 것이며, 다른 하나는 신라의 삼국통일을 부정함으로써 고구려 고토(故土)의 중국화를 아쉬워하는 것이라고 하자. 전자가 부외(附外) 논리라면, 후자는 주체 논리이다. 어느 쪽이 국민정서에 합당한 얘기가 되는가? 후자에 손을 들어주는 것이 정치적인 입장이라면 이는 좀 냉정하지 못한 대중영합주의(populism)에 해당한다.

여기에서 좀 냉정하게 살펴볼 필요가 있다. 후자 식의 부정적인 신라관은 고구려 중심사관으로 채색된 북한의 공식적인 역사관이다. 북한의 관찬 사서들은 장수왕의 남하정책을 통일 의지의 표현이라고 말하면서도, 통일 이전 신라의 영토 확장을 가리켜 간악한 배족(背族) 행위라고 얘기한다. 이 편향적인 역사관은 신라의 삼국통일에도 그대로 적용되고 있다.

북한의 역사 서술에는 삼국통일이란 표현이 전혀 없다. 서른 세 권의 방대한 『조선전사』(1979~1983)에도 찾아 볼 수 없다. 신라의 삼국통일은 '신라에 의한 국토 남부의 통합'으로 규정되고 있을 따름이다. 반면에 '고려에 의한 후삼국의 통일'에서 보듯이, 북한 역사학계에서는 고려의 통일을 최초의 민족 통일로 설명하고 있다. 그들이 말하는 합법칙적인 역사 발전의 틀을 잘 파악할 수 있는 것이다.

윤선태는 과거에도 신라가 꼴사납게 대일본 저자세 외교를 일삼았다는 논문을 쓴 적이 있었다. 752년 신라의 대일 교역과 '바이시라기모쯔게(買新羅物解)'에 관한 논문이었다. '바이시라기모쯔게'란, 일본의 왕족이나 귀족이 신라 물품을 매입할 수 있도록 일본 조정에 허가를 요청한 문서라는 뜻의 매신라물해(買新羅物解)의 일본어 표기에 해당한다. 매우 의미 있는 사료인 것은 사실이다. 이 사료의 논쟁적인 해석과 관련된 윤선태의 논문은 그 나름의 학구적인 의의를 지닌다. 하지만 신라가 통일 이후에 일본에 오랫동안 저자세 외교를 견지했다고 주장하는 행간에는 신라가 일본에 대해 보여준 저자세 외교가 잘못된 삼국통일의 업보라는 생각이 깔려 있었다.

신라는 나당전쟁 이후 일본과 당이 연결하여 자신을 협격할 것을 우려해, 일본에게 저자세를 취했다는 것이다. 668년부터 700년까지 신라가 25회에 걸쳐 일본에 사절을 파견한 사실이 그 근거다. 그런데 733년에 당과 발해의 전쟁이 있었다. 이때 신라는 당을 후원함으로써 당과의 관계를 이전과 같이 회복했다. 이 때문에 신라와 일본은 한 동안 외교 갈등을 빚었다고 한다. 752년에 신라는 7척의 배, 총인원 700명의 대규모 사절단을 이끌고 일본을 방문했다. 외교 관계가 악화되어 일본과 발해가 협격할지 모른다는 것 때문에 일본과의 친선 도모를 위해 왕자가 직접많은 선물을 사들고 일본 측을 달래려 갔다고 본 것이다. 당시 신라에겐 일본이 절실한 존재였다는 것. 윤선태는 요컨대 신라의 일본에 대한 저자세 외교는 어쩔 수 없는 일이었다고 한다.

그의 주장은 대체로 이와 같은 것이다. 아닌 게 아니라, 8세기의 한일 관계는 서로 간에 외교적인 인식의 차이가 있었던 것은 사실이었다. 일본은 신라를 두고 중국의 조종국과 유사한 번국(藩國)으로 간주했고, 신라는 일본을 대등한 관계의 인국(隣國)으로 여겼다. 그는 민족 감정보다 학문의 객관적인 엄밀성을 추구하고 있다. 그가 『신라의 발견』프로젝트에서 통일신라에 대한 반감의 에토스를 보인 것도 이러한 맥락에서 인식한 결과인지도 모른다. 그렇다면 그에게도 타당한 일면이 없지도 않다고 봐야 한다.

어쨌든, 그가 「752년 신라의 대일 교역과 '바이시라기모쯔게(買新羅物解)'」라는 논문을 발표한 후에 이를 비판한 반론적인 성격의 논문도 있었다. 이희진의 「신라의 대일 저자세 외교의 허구」가 그것이다. 이희진은 세계에서 유례없이 신뢰할 수 없는 사료인 『일본서기』를 비판적으로 수용하지 않은 윤선태의 논문도 그것과 함께 허구적일 수밖에 없다고 비판하였다.

학문에 있어서의 민족 감정은 에토스라고 하는 집단적인 도덕 감수성에 지나지 않는다. 윤선태가 이를 넘어서 신라의 역사 실체를 정확히 바라보려고 한 것은 고무적인 사실이다. 그러나 자기 견해(가설)의 독창성을 위해 역사의 민감한 부분을 지나치게 성급하고 단순화하는 것은 재고되어야 한다고 본다.

4

신라의 발견 팀이 가장 집요하게 공격한 신라의 하위 과녁은 화랑이었다. 이 팀의 구성원들은 화랑이 애최 신민(臣民)의 자질을 가진 거라고 간주한다. 아시아—태평양 전쟁기에는 그것이 일본 군국주의를 위한 치명적인 표상으로 소환, 봉헌되고, 한국 전쟁기에 국가 이데올로기로 재활용되는 유행가와 군가에 의해 표상되기도 했다고 한다.

그밖에 달리 문제가 되고 있는 것이 있다면, 계급과 젠더의 문제이다. 징병의 분할적 동원은 계급적인 문제이며, 화랑을 후원하는 여성은 젠더적인 문제이다. 화랑으로 가장된 학병은 계급적, 성적인 차별을 받지 않았지만 전장에서 일부 개죽음을 당했다. 여기에 지금도 한일 간에 외교적인 쟁점이 되고 있는 종군 위안부 문제가 제기된다. 종군 위안부는 계급적이고도 성적인 차별의 이중고를 받았다. 인간 이하의 푸대접도 그런 푸대접이 없었다. 지금도 서방에선 성노예라고 하지 않는가?

신라의 발견 팀이 '젠더적 위계화'(238면)를 입 밖에 올리면서 누구 하나 종군 위안부 문제를 건드리지 않은 이유는 뭔가? 이 역시 침묵의 정치학인가? 학병보다 화랑이, 종군 위안부보다, 화랑을 후원한 여성과 같은 총후부인(銃後婦人)을 더 문제적으로 보았기 때문이다.

신라의 발견 팀에 의하면, 여성 이미지의 치명적인 표상은 군국의 어머니와 총후부인 외에도 최승희의 보살춤과 석굴암 본존불에서도 발견된다. 그녀의 보살춤은 하나의 예술 작품으로 향수되는 것이라기보다 특정의 척도에 의해 정치적으로 해석되는 것에 지나지 않는다.

일본의 한 문학 동인들이 참여한 단가집 『조선풍토가집(朝鮮風土歌集)』은 식민지 조선의 향토색을 잘 반영하고 있는 일본인 문학 작품집이다. 이른바 시적인 이국취향과 먼 곳에의 동경이란 낭만적인 충동을 잘 드러내고 있는, 특정 동인들의 사화집이 아닌가 한다. 나는 이 책이 어떤 책인지 잘 모른다. 다만 신라의 발견 팀이 보여주고 있는 가치관은 다음과 같이 부정적이다.

『조선풍토가집』을 엮은 이치야마는 석굴암 본존에 대해 (……)라면서 성적 판타지를 동원하여 여성화시켰다. (107면)

『조선풍토가집』의 가인들이 그려낸 신라라는 시적 공간은, 사실 오리엔탈리즘의 성적 욕망이 불러낸 환영인 셈이다. (276면)

이치야마 모리오(市山盛雄)라는 가인이 『조선풍토가집』을 만드는 과정에서 핵심적인 역할을 한 사람인 것 같다. 그가 석굴암 본존불을 보면서 쓴 단가 두 편이 『신라의 발견』에 인용되어 있다. 두 편 모두 여성적인 이미지를 빚어내고 있다. 이 중의 한편을 보자.

어깨 근처의
빛이 미끄러져
젖가슴에 닿으니
돌부처의 곡선이
풍만하고녀

肩のあたり光すべり乳房に及ぶ石の佛の線のゆたけり

 이 단가의 내용은 오리엔탈리즘의 관점에서 보면 식민주의의 지배
욕이 빚어낸 성적 욕망의 환상이라고 말해진다. 이렇게 말한 사람은
신라의 발견 팀 구성원의 하나인 구인모이다. 이 대목에서 좀 의문이
생긴다. 불상의 아름다움을 여성적인 섹슈얼리티와 관련하면 모두 식
민주의의 남근적(男根的)인 욕망의 변형인가? 또 다른 경우를 생각해
보자. 일본 가인들도 백제관음의 여성적인 아름다움에도 심취된 바 있
었다. 그들 중 누구 하나 백제관음을 조선의 예술품이라고 생각하지
않는다. 지금의 일본인들도 마찬가지다.

맑은 물 담긴 병을 들고
서 계시는 백제관음의
가슴 부드러운 살갗이
둘로 봉긋이 솟아 있음이여
난 결코 떠날 수 없네

澡瓶提げてたたすほとけの胸肌の二つ隆起よわれは消ぬべう.

 이 단가는 기타하라 하쿠슈(北原白秋)의 제자인 미야 슈지(宮修二)의
작품이다. 보다시피 이 작품도 관능적인 색조를 잘 드러내고 있다. 이
역시도 식민지 지배를 받고 있는 남의 나라 불상처럼 오리엔탈리즘의
성욕이 빚어낸 환상이 투영된 것이라고 볼 수 있겠는가? 일본의 가인

들이 석굴암 본존불을 보면서 신라의 치명적인 표상을 발견했다면, 또 그들은 백제관음의 고적한 자세를 통해 나라 시대의 심미적인 치명상을 감지하고 있기라도 하는 것일까? 나는 불상마저 오리엔탈리즘에 근거한 성욕의 심미적인 대상화로 간주하는 견해가 좀 지나친 억측에서 말미암은 게 아닌가 하고 생각해본다.

식민 종주국 영국과 식민지 인도의 문화적인 맥락을 밝힌 저서가 있다. 사학자 이옥순의 『여성적인 동양이 남성적인 서양을 만났을 때』(푸른역사)가 바로 그것이다. 식민주의가 남성이라면, 식민지는 여성이다. 동양과 서양, 지배자와 피지배자의 관계는 남성과 여성의 그것처럼 적용된다. 그 결과 여성적인 식민지 인도인은 남성적인 영국인의 타자로 설정된다. 이옥순은 이 책에서 인도의 무희(舞姬)가 영국 남성과 만나면서 느끼는 감정은 유혹적이며 관능적인 위험성과 연계된다고 했다(『여성적인 동양이……』, 74면, 참고). 이 사례의 하나는 키플링의 단편소설 「리스펫」(1988)에서도 확인된다. 식민 종주국 남성의 식민지 여성에 대한 유혹과 관능의 감정은 조선 기생에 대한 일본 화가의 환각을 그린 소설 가지야마 도시유키(梶山季之)의 「이조잔영」에서 잘 나타나 있다. 요컨대 식민 종주국과 식민지, 남성성과 여성성 등의 관계는 거의 공식처럼 굳어져 있다.

구인모는 방금 말한 일반적인 공식을 기계적으로 적용시키고 있다. 그의 생각은 또 하나의 오리엔탈리즘이다. 다시 말하면, 동양을 바라보는 서양의 태도가 신라를 바라보는 일본의 태도로 굴절시키는 데 조금도 주저함이 없이 그에게 있어서 그대로 수용되고 있다는 점이다. 석굴암을 바라보는 일본 가인(歌人)이 그것에서 여성적인 아름다움을 발견했다고 해서 오리엔탈리즘의 성적 욕망으로 간주하는 것이야말로 식민주의적인 편견에 의거한 자기중심적인 조급한 발상에 지나지 않는다.

5

2013년 8월 21일에 있었던 국제학술대회 '신라의 재발견'은 사람들의 초미의 관심사 속에서 개최되었다. 전(前) 서강대 총장 이종욱의 기조 발표 「잘못 만들어진 신라사 어떻게 극복할 것인가」에서부터 객석은 열기로 가득 찼다. 일본에서 만엽집(萬葉集)에 관한 한 국민적인 학자로 존경을 받고 있는 나카니시 스스무(中西進)의 「신라 향가와 만엽집」도 적잖은 반향을 불러일으켰다. 여섯 명의 발표자 중의 한 명인 필자도 「'신라의 발견'이 남긴 것, 이로 인해 재발견되는 것—비판적 리뷰」이란 제목으로 발표할 기회를 가졌다.

국제학술대회 '신라의 재발견'이 마친 후 얼마 되지 않아 일련의 일들이 아무런 인과 관계도 없이 그야말로 우연찮게 일어났다. 9월 4일에 일본의 공영방송인 NHK는 도다이지(東大寺)에 전해진 불경 일부에 각필(角筆)로 새긴 문자가 발견되었는데 이것이 신라의 문자로 추정된다고 보도함으로써 양국 학계의 관심사로 증폭되고 있다. 9월 5일과 6일에는 터키 이스탄불에서 한국—터키 국제문학 심포지엄이 있었다. 실크로드의 동쪽 끝인 경주와 그 서쪽 끝인 이스탄불이 서로 만나 앞으로 문화와 경제 교류를 이루자는 취지에서 성사된 경주 이스탄불 세계문화 엑스포 행사의 일환으로 열린 것이다. 신라와 이슬람권의 교역 등의 사례를 들어 신라의 국제적인 진취성에 관한 애기들이 오갔다. 필자는 이 심포지엄에 토론자로 참석했다. 그 후 몇몇 언론에서는 국립경주박물관에서 특별전 '조선시대의 경주'가 개최될 것이라고 예고했다. 고려 시대에 몰락한 왕도로서 박해도 심했고 지방 도시로 격하되었던 경주가 조선 시대에 이르러 제2의 수도를 암시하는 동도(東都)로서 새로운 대접을 받게 된다. 경주의 주요 사찰들은 17세기에 대규모 불사를 통해 재건되어 오늘날에 전하고 있다. 필자가 본 기사문은 「조선시대 경주는 제2의 수도였다」(매일경제, 2013. 8. 29)와 「고려

때 박해 받았던 경주, 조선이 끌어안은 까닭은」(중앙일보, 2013, 9. 16)이
었다.

　신라의 발견 팀은 신라의 망국 이후의 시대인 고려·조선조에 신라
담론이 사라졌다고 했다. 천 년 간에 걸쳐 단절된 신라를 발견한 것은
일본 제국주의자들이었다고 했다. 고려 때의 끊이지 않았던 신라 부흥
운동이나 조선 때의 사림에 의한 풍성한 동도(東都) 인식은 전혀 고려
의 대상이 되지 못했다. 이 연구 팀에 의하면 신라는 그야말로 철저하
리만치 '망각의 공동체'에 지나지 않았던 것이다.

　8세기 초에 편찬된 일본의 『고지키(古事記)』는 신라인의 진취적인
기상을 인정하면서 일본에 문물과 항해술을 전해주었다고 말하고 있
다. 일본에서는 일찍이 신라배를 가리켜 이나부네(猪名船)라고 했으며,
신라의 조선술을 전해준 도래인 집단을 가리켜 이나베(猪名部)라고 불
렀다. (국제학술대회 '신라의 재발견'에 발표자로 참석한 석학 나카니시 스스무
도 발표 중에 일본이 신라를 무시하면서 당나라와 직접적으로 문화 교류를 시도하려
고 해도 신라의 조선술과 한반도의 해안선을 이용하지 않을 수 없었기 때문에 신라의
존재를 쉽게 무시하지 못했다고 말했다.) 740년에 전해준 불경에 각필 문자
360개가 확인되고 일본의 법륭사 다라니경은 20년 더 오래된 (불국사
가 창건된 751년 당시의) 무구정광 대(大)다라니경의 영향권으로부터 벗
어날 수가 없었다. 윤선태가 752년 일본과 신라의 교역 문서를 통해
신라가 80년 이상에 걸쳐 대(對)일본 저자세 외교를 해왔다고 주장하
였는데, 이 주장에는 신라의 기술, 특히 조선술, 항해술, 인쇄술, 문자,
유리 기술, 불상 제조술 등의 하이테크를 일본에 전해주면서 어떻게
외교적인 저자세를 취할 수 있었는지에 관해서 전후의 맥락이 선뜻 와
닿지는 않는다.

　신라의 발견 팀은 일본 제국주의가 신라를 발견했다고 주장하고 있
으나, 사실은 자신이 일제가 신라를 발견했다는 것을 발견했음에 고무
되어 있다. 단행본 『신라의 발견』을 펼쳐보면, 외견상 현학적인 부분

들, 즉 현란한 각주도 있고, 접하기 힘든 일본어 문헌 목록도 많다. 현란한 각주가 있는 페이지일수록, 식민지 시대에 존재한 압도적인 인상의 문헌의 목록이 많이 제시된 페이지일수록 논거와 논리 전개의 효용성은 상대적으로 적다. 이 책이 지닌 성격 중에서 결코 간과될 수 없는 하나의 성격이다.

제2부 : 문학 속의 신라정신

동아시아세계와 신라인의 시심

1. 신라의 대외 문학에 관한 문제 제기

조동일의 『한국문학통사·1』(지식산업사, 1982)에 의하면 4쪽 남짓한 분량의 내용으로 된 '신라 문학과 대외관계'가 있다. 통일신라와 당(唐)에 직, 간접적으로 관련된 인물들의 문학에 대한 부분이다. 문학사적으로 중요도가 상대적으로 매우 높은 최치원을 제외한 입당(入唐) 유학생들의 시 세계를, 여기에서 간략하게 취급하고 있다. 그런데 조동일은 이 대목에서 문학사적인 평가를 그다지 긍정적으로 내리지 않았다. '신라 문학과 대외관계'의 마지막 문장은 이와 같다.

　　신라 문학은 결국 신라 안에서 자국의 역사와 밀착되어 창조될 때 비록 수준은 낮더라도 더욱 보람 있는 성과를 거두었다.[1]

대외 관계 속의 신라 문학이 거둔 성과는 상대적으로 볼 때 보람이 없다는 것. 물론 틀린 말은 아니지만 이러한 유의 생각이 강조된다면 폐쇄적이고 음습한 자국문학 중심의 논리에 빠지고 말 것이다. 여기에서 한국문학사가 그 자체로서의 완결성을 지닌 문학사인가 하는 사실을 되묻지 않을 수 없다.

2. 니시지마 사다오의 동아시아세계론

나는 최근에 국내에서 번역, 간행된 번역서 『일본의 고대사 인식—

---

1) 조동일, 『한국문학통사·1』, 지식산업사, 1982, 233쪽

'동아시아세계론'과 일본』을 흥미롭게 읽었다. 한때 일본의 역사학
자로 이름이 높았던 니시지마 사다오(西嶋定生)의 저서이다. 이 저서는
일본 학계에 엄청난 영향을 미쳤다고 전해지고 있다. 그의 독창적 가
설인 '동아시아세계론'은 일본 전전(戰前)의 역사관인 자기충족적인
일국사의 한계를 극복한 것으로 평가되고 있다. 그것은 다름 아니라,
일본사는 다른 나라와 격리된 완결된 구조의 역사가 아니라 대륙의
역사, 동아시아의 역사와 깊은 관계를 맺으면서 형성된 역사라는 것
이다.

고대 동아시아세계를 구성하는 지표는 네 가지로 나누어진다. 이를
테면, 한자 문화와 유교와 율령제와 불교가 그것이다. 이 중에서 한자
는 중국의 문자라기보다 천하가 공유하는 동문(同文)이다. 국제적인 통
섭을 가능케 하며, 더욱이 다른 공통 지표인 유교와 율령제와 불교를
매개로 하는 것이기 때문에, 가장 기본적인 문화적인 지표가 된다고
할 수 있겠다.

본래는 한어로 된 한문을 이해하기 위한 목적이었던 한자 습득이 주변 민
족의 자국어를 표현하는 기능도 더해져, 각각의 국내 기록이나 의사 전달을
가능케 했다. 조선에서 이두의 발생, 일본에서 만엽가나의 출현, 혹은 시대
는 많이 내려가지만 베트남의 자남(字喃) 등이 그것이다.

동아시아세계론의 관점에서 볼 때 고대 동아시아 문학공동체가 존
재한다면 그것은 한자를 매개로 한 한문학일 터이다. 독자적인 문화의
모색 과정에서 한국은 향찰문자, 일본은 만엽가나를 고안해 놓았다. 그
런데 이것들은 공통적으로 실용적인 공식문서를 작성하기 위한 문자
가 아니라 시가의 문학어로 활용되었다. 신라의 향가와 고대 일본의
만엽가(萬葉歌)가 그것이다.

---

2) 니시지마 사다오, 송완범 역, 『일본의 고대사 인식 : '동아시아세계론'과 일본』, 역사비평사,
   2008, 164쪽.

고대의 한국 및 중국에서의 한시는 천하동문(天下同文)의 연대의식에 의해 창작된 제일차적인 장르이다. 향가나 만엽가가 아무리 독자적인 문학의 소산이라고 해도 그 당시의 관점에서 볼 때 제이차적인 범주에 놓이는 문학창작물일 따름이다.

한자와 한문이 있었기 때문에 향찰과 만엽가나가 있었듯이 한시가 있었기 때문에 향가와 만엽가가 있었다. 이때 한자·한문·한시는 문화적으로 일차적인 범주이거나, 혹은 기본의 바탕이 된다는 것을 의미한다. 물론 여기에서 일차적이니 이차적이니 하는 애기는 가치중립적인 개념이다.

장르적인 성격을 시와 노래니, 이(理)의 문학과 정(情)의 문학이니 하면서 이분화한다고 해도, 한시와 향가/만엽가의 관계가 상호보완적인 것이지 대립적인 것은 아니다. 한자의 문화적인 수용, 한시의 문학적인 양식의 수용이 한국과 일본에서 각각 향가와 만엽가를 창출해낼 수 있었었듯이 한자와 한시는 민족의 특수성을 약화시키는 결과를 초래하지 않았다. 한국과 일본의 차이가 있다면 한국은 한시 쪽에, 일본은 만엽가 쪽에 상대적으로 많은 분량의 작품을 남겨 놓았다는 사실뿐이다.

3세기의 야마타이국 여왕 히미코와 5세기 왜5왕들은, 모두 중국 왕조로부터 책봉을 받았다. 그런데 이 관계는 6세기 초엽에 와서 소멸한다. 당시 한반도에서 고구려·백제·신라는 모두 북조나 남조, 혹은 그 둘 다로부터 책봉을 받고 있었음에도 불구하고, 일본은 남조 북조 어디하고도 정식 국교를 체결하지 않았다. (……) 그로부터 1세기 후, 스이코 천황 시대를 맞아 남북 각 왕조를 통일한 수 왕조에게 견사조공을 개시할 때에도, 고구려·백제·신라가 수 왕조에서 책봉되었던 반면 일본만은 책봉되지 않았다. 그리고 그 후의 당 왕조시대에도 견사조공은 계속 되지만 끝내 책봉되는 일은 없었다. 일본이 다시 중국 왕조로부터 책봉된 것은 이보다 900년이 지나서인 15세기 초에 명 왕조의 영락제가 아시카 요시미쓰(足利義滿)를 일본국왕으로 봉하면서였다.

그러나 일본이 책봉체제에서 이탈한 일은, 일본이 중국문화권에서 이탈을 의미하는 것은 아니다. (……) 중요한 것은 당시의 일본에 있어 중국문화 수용이 필요불가결했다는 일본의 주체적 조건을 이해하는 일이다.[3]

우리나라의 향가가 일본의 방대한 만엽가나에 비해 절대수가 부족한 것은 고대 동아시아의 독특한 국제정치의 질서인 책봉체제와 무관할 수 없다. 일본이 중국으로부터 책봉을 받지 않으면서 중국문화관에 귀속된 것은 그 나름의 지리적 조건과 문화 수용의 주체적 조건이 있었다는 것이다. 다시 말해 일본은 '한자에 의한 자국어 표현이 지닌 모순이 표면화'[4]된 것이 우리보다 빨랐으며 활발했다고 보인다. 따라서, 중국 책봉 체제의 외부에 존재했던 조공국으로서의 일본의 독특한 위상은 일본 문학의 독특한 위상과 상응 관계를 맺는다고 볼 수 있겠다.

고대 동아시아세계의 붕괴기에 해당하는 10세기는 일본 국풍(國風) 문화의 형성기라고 할 수 있다. 한자문화권으로부터 스스로 벗어나려는 노력이 이때부터 본격적으로 시작되었다. 일본의 가나 문자는 훗날 우리 한글의 경우가 그러하듯이 여성의 문자로 널리 활용되었다. 10세기 이후의 일본문학은 일본의 국풍 형성기와 궤를 함께 한다. 무라사카 시키부 등의 여성 문인들의 출현이 자국어로 된 문학의 꽃을 활짝 피우면서 일본의 독자적인 미의식에 기초한 국민문학의 가능성을 개척했던 것이다.

이에 반해, 우리문학의 경우는 고려 왕조가 송·요·금·원과의 책봉 관계를 더욱 강화시킴으로써 신라보다 오히려 더한 대륙지향적, 중국추수적인 제도로 인해 한문학의 융성을 기하였다. 이 과정에서 묘청과 김부식의 정치적 대결을 기점으로 사대파에 의한 국풍파의 몰락은 우리로 하여금 문학의 주체적인 형성의 기회를 사라지게 했다.

---

3) 같은책, 74~75쪽
4) 같은책, 200쪽

고려 시대에 신라의 향찰 문자를 계승한 시가는 고려 초기 외에는 없었고 민간에서 노래된 속요 역시 국자(國字) 창제 이후에 기재된 것들이다. 우리는 한자에 의한 자국어 표현이 지닌 모순을 일본보다 훨씬 덜 심각하게 받아들였다. 그렇기 때문에 고려 시대의 문학이 빈약할 수밖에 없었고, 동시대의 일본은 방대하고 수준 높은 자국어 문학을 산출해낼 수 있었던 것이다.

나시지마 사다오는 일본 문화를 대륙문화와 고유문화, 이를테면 이(理)의 문화와 정(情)의 문화로 크게 나눈 바 있었다. 그는 이의 문화를 대표하는 것으로 고대의 율령제와 에도 시대의 주자학을 꼽았다.[5] 그렇다면 일본의 문학 역시 이의 문학과 정의 문학으로 대별될 것 같다. 이의 문학이 동아시아세계 질서 속의 한문학이라면, 정의 문학은 일본의 독자적인 미의식, 예컨대 와비, 사비, 모노노아와레가 깃든 자국어 문학이 아닐까?

우리에게도 우리의 정의 문학이 있었다. 가장 대표적인 것이라면 두말할 나위조차 없이 신라 향가이다. 시조가 대표적인 국민문학으로 인정되기도 하지만 우리 문학의 대표적인 정(情)의 모델이 되기엔 이것의 장르적 성격에 유교적 이념의 긍정적 구현이라는 이(理)의 요인이 뚜렷이 각인되어 있다고 하겠다. 우리의 문학사는 이의 문학으로 일컬어진 한문학이 하나의 거대한 억압 구조로 작용했다. 그런데 향가는 한문학이 소멸되기까지 이것으로부터 자유로운 유일한 문학이었던 것이다. 이 대목에서 되짚어볼 수 있는 사실은 19세기 말 동아시아세계의 해체와, 한국·일본에서의 한문학의 소멸은 긴밀한 상응 관계를 맺고 있었다는 것이다.

---

5) 같은책, 288쪽

3. 『전당시』 소재시와 입당파의 시 세계

중국의 당대(唐代)는 시의 황금시대이다. 세계사에서 유례가 없는 시의 활황기를 맞이한 시대라고 할 수 있다. 이 시대의 시를 집대성한 것이 『전당시(全唐詩)』인데, 여기에는 비록 창해일속이기는 하나 일곱 명의 신라인들의 시가 실려 있다. 즉, 진덕여왕·왕거인·설요·김교각·김운경·김가기·최치원이 그들이다.

이 일곱 명의 신라인들의 시도 세 부류로 나누어진다.

첫째 유형은 당나라에 가지 않은 사람의 시이다. 진덕여왕과 왕거인의 시가 이에 해당한다. 둘째 유형은 불교적인 내용의 시를 쓴 설요와 김교각의 경우이다. 설요(薛瑤 : ?~693)는 당나라에 가서 장군이 된 사람의 딸로서 오늘날의 의미로 말하면 재중교포 2세이다. 15세에 비구니로 입문했다가 젊은 나이에 환속했다. 김교각(696~794)은 신라 왕자였다. 구법승으로 입당하여 중국에서 고승으로 거의 백수를 누리다가 입적했다. 그는 김동리의 소설 「등신불」에 나오는 만적선사의 모델이 되는 승려이다. 사후에 '지장보살'로 추앙을 받았다. 설요의 「다시 세상으로 돌아가며(返俗謠)」와, 김교각의 「산을 내려가는 동자에게(送童子下山)」는 대조적인 내용의 시다. 전자가 세상의 정을 이기지 못해 승려 생활을 그만두는 사람의 입장에서 씌어졌다면, 후자는 그런 사람을 보내며 읊은 시이다. 셋째 유형의 경우는 입당 유학생들의 시이다. 김운경은 빈공과에 급제하고 사신으로 신라에 왔던 사람이며, 김가기는 끝내 귀국하지 않고 도사로 일생을 마쳤던 사람이다. 최치원은 돌아와 뜻을 펴려고 했으나 뜻대로 되지 않아 입산하여 세상을 등진 사람이다. 이 세 사람 가운데 주지하듯이 최치원이 입당파 중에서 가장 대표적인 문인이다. 최치원의 시 중에서도 중국을 소재로 한 시, 이를테면 「윤주의 자화사에 올라(登潤州慈和寺)」, 「강남의 딸들(江南女)」, 「우강역정에서(芋江驛亭)」 등이 고대 동아시아 공동체 문학의 성격을 지닌 것으로 생각된다. 최치원은 입당 이후에 당나라로부터 벼슬을 받고 관직 생활을 하기도 했다. 그가 남경에서 잠시 머문 후에 양주(揚州)에서 지금의 부시장에 해당하는 준남절도사를 지냈다. 양주에는 그를 위한 기념관이 건립되어 있다. 그는 양주에서 두 명의 미인과 연애를 하면서 「쌍녀분(雙女墳)」, 「선녀홍대(仙女紅袋)」란 시를 쓰기도 했다. 물론 이 두 편의 시는 『전당시』에는 실리지 않았다.

『전당시』에는 실려 있지 않으나 박인범과 최광유 같은 입당 유학생들의 시도 좋은 참고 자료가 된다. 입당파의 시 세계 중에서 공통적인 것이 있다면, 비유자(悲遊子)의 정서를 머금고 있다는 점이다. 비유자란, 중국 양(梁)나라 때 시인이었던 강엄(江淹)의 시에 나오는 말이다. 축자적인 의미로 '나그네의 신세를 슬프게 여기다.'의 뜻이 되는데 후세의 시인들이 많이 써먹었다고 한다. 입당파 시인들의 시를 보면, 대체로 인간적인 고뇌를 반영하고 있으며, 이런 가운데 매우 서정적인 파토스를 환기하고 있다.

신라 시대의 한시를 구체적으로 살펴보기로 하자. 대외 관련성을 맺고 있는 신라인들의 시는 로고스적이라기보다 파토스적인 것이 특징적이다. 유교적인 합리주의나 유교 문화의 로고스적인 외현성이 나타난 사례의 대표적인 것은 진덕여왕의 「태평시(太平詩)」 정도이다. 당나라 황제의 덕을 칭송하는 것은 당시의 외교적인 의전으로 보아야 한다.

> 대당이 건거라의 대업을 여시어,
> 우뚝 황도 창성하시라.
> 창 멈춰 오랑캐 평정하시고,
> 문물 닦아 백성을 이으시라.
> 하늘이 숭고한 비 베푸사,
> 모든 사물을 다스려 밝은 이치 지녔어라.

깊으신 어지심 해와 달과 조화 이루고,
길운을 다루시어 좋은 때를 더하시라.
나부끼는 깃발 이미 빛나시니,
징과 북은 참으로 요란하도다.
오랑캐 중에 명을 어기는 자,
잘리고 뒤집혀 큰 재앙 입으리라.
온화한 바람이 우주와 어울리어,
멀리 앞서거니 상서로운 기운을 드리워서,
사계절이 옥촉과 조화하고,
일월과 오성은 만방을 살피시어,
산악과 재상을 내리사 오필케 하시고,
황제께서 충신을 등용하시도다.
삼황오제께서 모두 한 덕으로
우리 황실 당나라 길이 밝히소서.

— 진덕여왕의 「태평시」 (유성준역) 전문

민족주의의 시각에서 보면 이 시는 사대(事大) 사상의 극치로 여겨진다. 중국의 황제에게 아부하는 신라 여왕의 시는 몰주체적이다 못해 굴욕적일 수 있으리라. (필자가 젊은 시절에 읽은 글의 한 기억의 편린에 의하면 아무 문학평론가는 이 시를 가리켜 가장 치욕적인 문학 작품이라고 흥분한 바 있었다.) 그러나 동아시아세계론에 의하면 이 시는 고대동아시아 문학 공동체를 구성하는 한 부분일 뿐이다. 「태평시」는 당시 국제 질서의 상호 관련성을 인정할 때 충분히 있음직한 외교 관례의 제도적인 시 한 편일 따름이다.

인적 없는 절이 쓸쓸하니 넌 집이 그리웠겠지
내 방에 들러 작별 인사 했으니 이제 내려가렴
대나무를 보면 죽마를 타던 어린 시절이 떠올라
절집에서 공부하는 일은 늘 뒷전이었지

시냇가에서 물 길으며 달 부르던 일도 그만이고
차를 달이면서 꽃과 놀던 일도 이젠 없을거다
부디 잘 가거라, 눈물을 보이지 말고
이 노승에겐 안개와 노을이 있지 않느냐

— 김교각의 산을 내려가는 동자에게」(졸역) 전문

　고향의 어머니와 가족이 사무치게 그리워하던 동자에게, 신라 출신
의 승려 김교각은 집으로 돌아가기를 허락한다. 법(法)이 있기 이전에
속(俗)이 있고, 이(理)의 오묘한 것이 정(情)과 따로 나누어지는 게 아니
다. 그 역시 안개와 노을로 표상되는 감상의 세계에 빠지고 있다. 그에
게도 그가 살아온 고국이 있고, 그의 탯줄을 묻은 고향이 있기 때문일
터이다. 이러한 유의 비유자의 정서는 최치원의 시에도 적잖이 반영되
어 있다. 서정시로서의 품위와 격조가 높은 시 한편을 보자.

여기 올라 세상사 티끌 같은 일 잠시 접노니
흥망을 생각건대 한스러움만 더욱 이네
아침저녁 뿔피리 속에 파도는 일렁이는데
옛사람 오늘 사람 푸른 산 그림자에 묻혀 있구나
서리는 고운 가지 꺾고 꽃은 주인 없어도
따뜻한 바람 금릉 벌판 물어오니 풀은 저절로 봄을 이루네
사조(謝朓)여, 그대가 남긴 자취만 있어
후세의 시인 그나마 삽상한 마음 새롭게 하누나

— 최치원의 윤주의 자화사에 올라」(고운기역) 전문

　이 시에 표현된 두 가지의 지명이 있는데, 제목 속의 윤주(潤州)와 본
문 속의 금릉(金陵)이 그것이다. 이 두 개의 지명은 오늘날 남경을 가
리키는 것이다. 최치원은 중국에서 살던 중에 남경의 사찰인 자화사
에 올라 풍경을 바라보면서 자연의 유상을 묘파하는 가운데 인생의 무

상을 말하고 있다. 최호가 무한의 황학루에 올라 생에 대한 무상의 감회를 노래한 것과 비슷한 느낌을 주는 시이다. 최치원의 시편 「윤주의 자화사에 올라」에 반영된 무상의 감회는 이방인으로서 갖는 이국정조와 '비유자'로서의 정서에 편승된 것이 아닐까 여겨진다.

고대동아시아 공동체 문학을 이해하기 위해서 그밖에 일본과 중국, 발해와 일본의 시적 교류와 관련된 에피소드도 잘 활용되어야 할 것 같다.

4. 『만엽집』에 나타난 신라와 신라인의 흔적

『만엽집』 권3에 오오토모노 사카노 우에노 이라츠메(大伴坂上郎女)가 신라에서 온 비구니 리간(理願)이 죽었을 때 부른 추도의 시가 실려 있다. 이 시는 타국에 와서 가족들과 떨어져 생활해야 했던 이원의 심정을 잘 이해하면서 그녀의 죽음에 대해 슬프게 애도하고 있는 것을 내용으로 하고 있다. 신라인과 일본인의 감정적인 교류는 오늘날 우리가 알고 있는 것보다 더 긴밀한지도 모른다.

고대 일본의 동아시아 제국(諸國)과의 국교는 국가의 존망이 걸린 중대사였다. 7세기에서 9세기까지 견당사가 18번, 견신라사가 25번 있었다. 또한 신라에서 일본으로의 견사는 46번, 당나라에서의 그것은 3번 있었다. 『만엽집』에는 특수한 가군(歌群)이 있는데 권15에 신라에 파견된 사신들과 그들을 떠나보내는 이별의 노래 145수가 전해지고 있다고 한다. 『만엽집』 한 부분에 이렇게 많은 노래들이 실려 있는 것은 매우 드문 일이다.

이러한 특수한 가군은 일본 국내 연구자들에게 의문으로 남아있다고 한다. 『만엽집』이 중국의 영향도 많이 받았지만, 견당사로 파견된 사람들의 노래를 한 곳에 모아 수록하지는 않았다. 편찬 과정에 있어서 도래인과의 관계를 생각해야 할 부분들이 적지 않다고 보여진다.

『만엽집』권15의 견신라사 가군에서의 작자는 모두 17명이다. 이들 중에서 각별히 주목해야 할 사람은 세 사람 정도로 압축되어진다. 그 첫 번째 인물이 아베노 아손츠구마로(阿倍朝臣繼麻呂). 그는 서기 736년에 견신라대사가 되어 출발한다. 그 후 임무를 마치고 돌아오는 도중에 대마도에서 사망했다. 그가 남긴 5편의 노래는 다른 견신라사보다 양이 많다. 그 다음으로 주목할 수 있는 인물은 무토베노 무라지사바마로(六人部連鯖麻呂)이다. 약칭으로 무사바(六鯖)라고 일컬어지기도 한다. 정창원(正倉院) 문서의 기록에 의하면 758년경에 정6위(正六位)의 반열인 상이하수(上伊賀守)에 올랐으며, 만엽가 3수가 전해지고 있다. 그는 신라계 도래인의 후예로 알려져 있다. 그밖에 신라계 도래인의 후예로 하다노 하시마로(秦間滿)와 하다노 다마로(秦田麻呂) 등이 있었다.

이처럼 견신라사 가운데 신라계 도래인의 후예들이 많았던 까닭은 일본이 신라와의 교류와 친교를 위해 고국의 사정을 남보다 잘 아는 이들을 정치적으로 이용했다고 볼 수 있다.

그 중에 그가 신라로 파견될 때 동료 한 사람이 이키(壹岐) 섬에서 병으로 죽게 되었음을 애도한 내용의 시가 있다. 이키 섬은 일본 국토 중에서 신라로 가는 여정의 끝이다. 외국 사절단은 풍랑과 병으로 목숨을 잃는 경우가 많았다. 그들에겐 이키 섬은 진퇴양난의 상황을 말해주는 갈림길의 상황이다. "신라에 갈 것인가, 집으로 갈 것인가(新羅へか家にか歸る)"로 시작되는 시가 그것이다.

신라계 진씨(秦氏)의 일족은 일본국 여명기에 한반도에서 일본으로 도래했다. 진하승(秦河勝) 즉 하타노가와카츠는 잠업과 직물을 일본에 전한 사람으로 잘 알려져 있고, 또 그가 세운 절 광륭사는 신라 적송(춘양목)으로 만들어진 목조 보관미륵보살 반가사유상이 있다. 이 불상은 일본 신국보 제1호로 유명하다. '만엽집'에 노래 한 수가 전해지고 있

는 가인 하타노 고에마로(秦許遍麻呂)도 신라계 진씨의 도래인이다. 그
의 시는 일종의 연시로서 무척 인상적이다.

露霜に
あへる黄葉を
手折り來て
妹はかざしつ
後は散るとも

이 시가 가리키는 대강의 뜻을 산문으로 풀이하면 다음과 같다. "이
슬과 서리로 가득한 단풍을 손에 들고 와 사랑하는 사람과 함께 즐겼
네. 단풍이 진다고 해도 나는 아쉽지 않네." 세련된 비유의 기법으로
사랑과 아름다움의 짧음을 노래하고 있다. 사랑노래의 객관적 상관
물로 이끌어낸 노란 단풍은 내면세계로 활성화된 서정시의 순간적인
불꽃과 같다. 그 불꽃의 사그라짐은 인생의 무상감을 동반한다. 국내
의 '만엽집' 연구가인 최광준은 이 시를 해설한 바 있었는데 그 일부
를 짧게 인용해 본다.

> 하타노 고에마로는 만엽집(萬葉集)에 몇 안 되는 신라계 도래인이다. 만
> 엽집에는 한 수의 시가 남겨져 있다. 겨울의 문턱, 늦가을의 사랑하는 이와
> 의 잊지 못할 만남에 만족하는 작자의 심정이 잘 표현되어 있는 사랑의 노
> 래이다. 같이 있던 시간이 길었던 짧았던간에 그 시간은 인생에 있어 가장
> 소중했던 것이며 행복한 시간이 되었을 것이다.[6]

향가와 일본의 만엽가 사이의 대외관련성이 깊은 것으로 만엽가인
으로 몇 손가락 안에 드는 야마노우에노 오쿠라(山上憶良)의 경우가 가
장 대표적이라고 하겠다. 1997년 6월 20일과 21일에 걸쳐 한국비교
문학회에서 제1회 동시아시아 비교문학 국제학술대회를 개최한 바 있

---

6) 鈴木靖將畵, 崔光準 解說, 『つぼみ : 万葉集ゆかりの渡來人』, 山と溪谷社, 2002, 58面.

었다. 당시에 오사카여자대학에 재직하고 있던 나카니시 스스무(中西進) 교수는 만엽집 최고의 권위자로서, 이 대회에 참여하여 '동아시아 문학의 상호교류'라는 제목으로 발표한 바 있었다. 야마노우에노 오쿠라에 관해, 그의 발표문 중에서 다음과 같은 내용을 따올 수가 있다.

> 동아시아에 있어서 문학의 상호관계를 나타내는 가장 적당한 예로 일본의 8세기의 가인인 산상억량(山上憶良)을 들 수 있을 것이다.
> 사견(私見)에 의하면 산상억량이라는 일본명으로 칭하는 가인은 660년에 백제 땅에서 태어나 네 살 때 고국 멸망이라는 재난을 피해 아버지와 함께 일본에 온 인물인 것 같다. 백제 조정의 귀족이었을 것이다. 따라서 그가 생후 지니고 있었던 교양은 고대 한국문화에 의한 것이며 예를 들어 향가에 짙게 나타나 있는 불교사상이, 똑같이 억량의 작품에서도 나타난다. 애초에 '만엽집'의 화가(和歌)에는 불교색은 거의 없다. 그 속에서 억량에게 불교사상이 나타나는 것은 극히 이상하다. 즉 그가 한국에서 온 도래자라는 것이 당시의 일본에 극적이라고도 할 수 있는 큰 자극을 준 것이다.
> 한층 더 확대시키면 문화의 도래는 항상 이와 같은 변화를 그 나라의 문화에 가져다 준다. 그러나 억량을 형성하고 있는 것은 타고난 것뿐이 아니다.[7]

나카니시 스스무는 '만엽집'의 대표적인 가인 야마노우에노 오쿠라를 백제 유민의 아들로 추정하고, 또 그의 작품 세계가 향가에 반영된 불교적 세계관과 무관하지 않다고 이해하고 있다. 만엽가인으로서는 매우 예외적인 작가인 그의 작품 세계에 한반도적인 특성이 깃들어 있다는 사실을 감안하지 않고선 그에 관한 미스터리는 풀리지 않는다. 향가와 만엽가 사이에는 겉으로 드러난 지역적인 연속성이 존재하지 않는다. 그러나 문화의 상호교류라는 행간 아래에 한 작가를 매개로 대외관련의 연속선을 그을 수 있다. 이러한 사실을 우리는 알 수가 있다.

---

7) 한국비교문학회, '제1회 동아시아 비교문학 국제학술대회 발표요지집', 1997. 6. 20, 60쪽.

5. 재조명 돼야 할 혜초의 서정시

니시지마 사다오의 동아시아세계론은 책봉 체제에 바탕을 둔 동아시아 공동체 및 그 문화권이 어떻게 형성되었는가 하는 가설을 가리키는 것이다. 이것을 구성하는 문화 요소의 공동 지표는 한자문화, 유교, 율령제(律令制), 불교로 나누어진다. 그런데 그는 불교에 관해서는 거의 언급을 하지 않았다.

고대동아시아 불교권에는 7, 8세기에 걸쳐 격렬한 사상적인 논쟁이 있었다. 이른바 공(空)과 유(有)의 대립이라고 할 수 있다. 이를 두고 중관(中觀)과 유식(唯識)의 대립이라고도 할 수 있겠는데, 현대 철학의 개념으로 말하면 본체론과 현상론의 대립이라고 할 수 있겠다. 지속적인 공관(空觀)의 실천과, 이른바 원성실성(圓成實性)의 드러냄……여기에 신라승 원측(圓測)과, 현장(玄奘)의 법통을 계승한 규기(窺基)가 논쟁의 중심부에 서게 된다. 원측은 중국 교계로부터 이단으로 배척되지만 그의 불교 사상은 신라 본국으로 전해진다. 또한 그의 제자인 담광(曇曠)이 원측의 저술을 가지고 장안을 떠나서 돈황에 전파한다. 인도 승려 호법(護法, Dharmapala)의 학설을 연원으로 삼은 규기가 법상종을 성립시키자 일본의 선주(善珠)가 이를 계승한다. 선주가 이상과 같은 논쟁의 맥락에 참여함으로써 그 논쟁은 국제적인 성격으로 발전하기에 이른다.

혜초는 동아시아 불교권의 논쟁적인 분위기 속에서 신라에서 중국으로 건너갔고 또 중국에서 인도로 순례하여 되돌아왔다. 그의 불교적인 사상이 어느 지점에 내포되어 있는지에 관해서는 앞으로 전문적인 식견을 갖춘 연구자들에 의해 탐구되어야 할 것이다. 또한 그의 『왕오천축국전』이 문학사적으로 어느 정도의 국제적인 위상에 포함되는지에 관해서도 규명되어야 할 것이다.

그의 저술에 실려 있는 다섯 편의 서정시는 불가의 승려답지 않게 매우 주정적(主情的)이며 수사적인 세련미가 내포되어 있다. 조동일의 『한국문학통사』에도 시인으로서의 혜초에 대한 문학사적 평가가 유보되어 있다. 그의 서정시의 성격은 한자문화·유교·율령제가 미치지 않는 서역문화권으로까지 확장되어 더 광역화된 세계성을 확보하고 있다고 하겠다. 끝으로, 그의 시 한 편을 감상해보자.

고향에선 주인 없는 등불만 반짝이리
이국 땅 보배로운 나무 꺾이었는데
그대의 영혼 어디로 갔는가
옥 같은 모습 이미 재가 되었거늘
생각거니 서러운 정 애끊고
그대 소망 이루지 못함을 슬퍼하노라
누가 알리오, 고향 가는 길
흰 구름만 부질없이 바라보는 마음

—고운기 옮김, 「슬픈 죽음(便題四韻以悲冥路)」

허구적인 메타역사와, 역사적인 허구 양식

2008년에 『신라의 발견』이란 제목의 단행본이 간행되었다. 참여정부 시절에 국가 차원의 연구 지원비를 받아 공동으로 연구한 결과물을 한 대학교 출판부에서 일반 독자들도 볼 수 있도록 공간한 학문적인 공동 연구의 저작물이다. 이것이 간행되고 나서 인문학계에 몸을 담고 있는 학자들 사이에 논쟁이 일어났다. 최근에 발간한 인문학 저서로서는 이처럼 비상한 화젯거리와 날카로운 쟁점이 된 적이 없을 성싶은 게 아닌가 하고 생각이 들 정도이다.

그런데 이 『신라의 발견』이란 공동 연구가 보여준 부정적인 신라관의 극점에 바로 다음의 문장이 엄존하고 있다. 신라는 전체주의적 유토피아에 대한 환상이 빚어낸 가공의 세계이다.[1] 이 공동 연구에 대한 비판적인 리뷰의 단행본인 『신라의 재발견』이란 것도 최근에 공간되었다. 이 단행본에서 한 연구자는 각별하게도 세 가지의 관점에서, 소위 신라의 발견 팀이 신라를 민족 상상물의 식민지적 기원으로 보았다는 것, 신라의 발견 팀에 향가를 변종의 한문학으로 보는 의도의 위험성이 있다는 것, 특히 화랑 및 여성 이미지의 치명적인 표상에 주목하고 있다는 것에 집중하여 심화된 반론을 제기한 바 있다.[2]

본 연구는 우선 이 중에서 소위 신라의 발견 팀이 발견한 '화랑 및 여성 이미지의 치명적인 표상'이 어떻게 구성되었는가를 살펴본다. 아울러 이러한 유의 부정적인 시각과 서로 다른 선행적인 관점을, 김범부·동리 형제가 보여준 '픽션으로서의 메타역사'에서 확인하고자 한다. 이 두 사람은 화랑 및 여성 이미지의 표상을 문학적인 관점에서

---

1) 황종연 엮음, 『신라의 발견』, 동국대학교 출판부, 2008, 45쪽, 참고.
2) 국제언어문학회 엮음, 『신라의 재발견』, 국학자료원, 2013, 62~83쪽, 참고.

격상하여 그 픽션으로서의 메타역사를 의미 있게 재구성하려고 했음을 규명하려고 한다.

픽션으로서의 메타역사란 개념이 있다. 이는 역사학계에서 역사가 헤이든 화이트(Hayden White)의 '기이한 신조어'에 지나지 않는다는 비판을 받은 용어이기도 하다. 그는 역사의 본질이 서사라는 역사 서술의 형식에 있다는 사실을 전제로 한 사람이다. 아닌 게 아니라, 역사와 서사는 시작·이행·종결의 모티프로 작용하는 하나의 분명한 스펙터클을 구성 요소로 배치된다는 점에서는 공통적이다. 한 논문에 보면 이런 설명이 있다.

> 화이트는 자신의 서사이론을 가리켜 '역사시학(historical poetics)'이라고 부르는데 이는 역사서술의 문학적 성격을 강조하기 위한 표현이다. 화이트에게 역사의 문학적인 측면은 문체와 작문 스타일 등 수사적이고 수식적인 요소에 국한되지 않는다. 화이트가 강조하는 역사의 문학성은 본질적인 것이다. (……) 화이트는 사실과 허구라는 잣대로 역사와 픽션을 이항 대립적으로 구분한 것은 무의미하다고 주장한다. 화이트에 따르면 서사의 형식을 취하는 한 역사는 불가피하게 픽션의 성격을 띠게 된다. 서사형식에 대한 화이트의 분석은 이야기와 플롯구조에서 서사와 픽션의 형식이 그대로 일치함을 잘 보여준다. 픽션의 형식을 빌지 않고 역사를 서사로 만들 수 있는 방법은 없는 것이다.[3]

헤이든 화이트는 역사의 서사 양식을 무엇보다 중시한 매우 독특한 역사가이다. 그는 이처럼 픽션의 형식을 빌지 않은 역사를 서사로 만들 방법은 없다고 단언한다. 그에 따르면, '본래의 역사'라는 역사 고유의 영역은 따로 없다. 이것이 있다는 강고한 믿음의 환상을 폭로하면서 비판한 것의 압축적인 표현이 바로 '메타역사'라는 것이다. 역사

---

3) 안병직, 「픽션으로서의 역사 : 헤이든 화이트(Hayden White)의 역사론」, 『인문논총』, 제51집, 2004, 51쪽.

는 과거에 대한 진술이라기보다는 과거와 관련하여 역사가가 생각하는 것에 대한 진술일 뿐이다.[4]

『삼국사기』나 『삼국유사』가 본래의 역사라는 것은 어디까지나 상대적인 기준에 의거한 결과이다. 이러한 유의 옛 역사 문헌 역시 객관적인 사실(史實)에 대한 설화적인 성격의 메타역사이며, 김동리의 「기파랑」역시 역사소설의 형식에 의해 다시 씌어진, 『삼국유사』에 대한 일종의 메타역사인 것이다. 김동리에게 영향을 끼친 그의 가형 김범부(金凡父)의 저술물인 『화랑외사(花郞外史)』역시 본디 구술적인 성격의 메타역사이었던 것이다. 김범부는 역사가가 아니지만 역사적 현재성의 관점에서 역사가 재편되는 해방기에 구술된 것이다.

김범부의 『화랑외사』와 김동리의 『신라편』은 일종의 픽션으로서의 메타역사이다. 김동리의 『신라편』에 있는 내용이 김범부의 『화랑외사』에 빠져 있는 것으로 보아서 김동리의 경우는 그의 가형이 이루어 놓은 메타역사를 보충하고 보완한 유사적(遺事的)인 성격의 메타역사라고 할 수 있다.

그의 소설에 불가사의한 미지의 인간상이 적지 않다. 잔존하는 풍류인, 화랑, 무속인 등의 캐릭터는 김범부의 비주류적인 역사관인 외사관적(外史觀的)인 역사의식의 영향력에서 자유롭지 못하다.

김범부는 해방기 국가 건설기에 새로운 국가이념의 충실한 인간상을 요구하였던 것으로 보인다. 김범부의 『화랑외사』는 자신이 구술하고 그의 제자인 시인 조진흠이 받아 적어 원고를 만드는 형식을 취했다. 책의 편집이 갖추어진 때는 1948년이었으나, 실제로 출판된 것은 6년 후인 1954년이었다고 한다. 발표자는 이 원전을 본 적이 없으며, 현재 소장하고 있으면서 활용하고 있는 텍스트는 1967년에 공간된 유고판(遺稿版)이다.

---

4) 같은 책, 58쪽, 참고.

범부는 화랑 이야기를 통해 사람이 올바르게 사는 길, 윤리적인 인간이 되는 길, 신생국 국민이 되는 길, 독립국의 주인으로서 나라를 갈무리하는 길에 대해 부드럽게 그러나 간곡하게 '천명'하고 싶었던 것이다.[5]

김범부는 신생국 대한민국의 국민적 인간상을 화랑에서 발견하려고 했다. 모델이 되는 화랑은 물계자와 사다함이었다. 우리의 토착신앙과 관련된 한국식 선적(仙的) 인물이라고 하겠다. 이 두 사람은 신라 상대의 인물들이다. 이에 비해 유치진은 문무왕대 통일전쟁 시기의 인물인 원술랑을 제시했다. 훗날 해방된 지 10여 년이 지난 후의 서정주는 선덕여왕과 수로부인에게 관심을 주었다.

김범부는 우선 자연과 조화를 이루어 하늘의 뜻에 거스르지 않고 살아가는 물계자의 초월적인 삶이 세속사에 얽매이지 않고 탈속적인 품격을 유지하는 화랑정신의 모델이 되기 때문에 새 시대에 합당한 인물로 보았던 것이다. 물계자는 내해왕(재위 : 195~230) 때 사람이다. 그는 두 차례 전쟁에서 무공을 세웠지만 자신의 공훈을 정당하게 인정받지 못했다. 그래도 그는 거리낌이 없었다. 물계자에 대한 사서의 기록은 『삼국사기』와 『삼국유사』에 모두 실려 있다. 『삼국사기』 열전에 그가 말하기를 '공을 자랑하고 명예를 구하는 것은 지사(志士)의 할 일이 아니다.' 라고 했다. 그리하여 마침내 머리를 풀고 거문고를 지닌 채 입산하여 세상에 더 이상 나오지 않았다고 했다. 『삼국유사』에는 입산 이후의 행적도 소개되어 있다. 그는 은둔지인 산에서 노래 시나위(향가)를 짓기도 하고 졸졸 흐르는 시냇물 소리에 거문고를 타면서 곡조를 붙이기도 했다. 김범부가 본 물계자는 풍류인이다. 다음에 인용된 시나위는 물계자의 것으로 허구화되어 있지만, 사실은 김범부의 창작품인 것이다.

5) 김정근, 『풍류정신의 사람, 김범부의 삶을 찾아서』, 도서출판 선인, 2010, 91쪽.

접동새 비렁에 꽃이 피고
접동새 비렁에 꽃이 지네
꽃 지는 가지에 꽃이 피고
꽃 지는 가지에 꽃이 지네[6]

김범부에게 있어서의 물계자는 대선인, 즉 토착신앙인으로 재해석
된다. 그는 물계자가 신단 앞에 가면 치성을 드리면서 검님(신령)이 내
소원을 들어주었다고 묘사하기도 했다.[7] 이를테면, 기존 사서(史書)에
대한 김범부의 재해석이요, 또한 메타담론인 것이다.

소년 장수 사다함은 요절한 화랑장이었다. 그의 인품은 '충분(忠憤)
과 의용(義勇)을 진작(振作)할 수 있는 특수한 성격'으로 말미암아 애국
청년들로부터 화랑장으로 추대된다. 말하자면 그는 김범부에게 해방
직후의 새 시대의 이상을 실현할 수 있는 동시대적인 성격의 인물이
되는 셈이다.[8]

사다함은 관용 정신의 소유자이다. 김범부 역시 그가 포로가 된 가
야국 병사들을 풀어주어 신라 땅에서 자유롭게 살 수 있게 했음에 주
목하고 있다.[9] 그리고 사다함은 풍류인으로 그려지고 있다. 김범부의
『화랑외사』에는 삽입가요가 적지 않다. 이 책이 사실의 역사이면서
도 동시에 픽션으로서의 역사임을 말해주는 증좌다. 그의 허구에 의해
제시된 사다함의 「식기 전에」의 노랫말은 이러하다.

잔을 들어
사랑으로 고인 잔을
식기 전에 이 잔을 들어

---

6) 김범부, 『화랑외사』, 범부선생유고간행회, 1967, 123~124쪽.
7) 같은 책, 140쪽, 참고.
8) 같은 책, 25~26쪽, 참고.
9) 같은 책, 27쪽, 참고.

피는 뛰어
피는 살아
어젊은 피는 붉어

님하 아손 님
늘 보아도 아손 님
고이려 고이려 무엇으로 고이려

지고자 나는
애달픈 꽃이여
시들기 전에 져 버리고자[10]

'아손'은 '그립고 아쉬운'을 가리키며 '고이다'는 '사랑하다'의 옛말이다. 사다함이 지은 실제 노래가 아니다. 마치 일연의 찬시에 해당하듯이, 인용시는 김범부의 메타커뮤니케이션 전략의 하나일 뿐이다. 『화랑외사』에 실려 있는 모든 삽입가요 역시 이러한 성격에서 크게 벗어나지 않는다.

이 허구적인 시도 일종의 향가이다. 그에게 향가란, 향찰로 적힌 옛 노래인 동시에 신라를 노래한 '고향노래(Heimat-leid)'이기도 한 것이다.

김범부에게 있어서 물계자와 사다함은 동류의 인간상이다. 해방기 정국의 우파적인 현실정치의 관점에서 볼 때 역사적 현재성에 수용하는 인물이다. 물계자는 자신의 무공에 대한 불공정한 저평가를 겸허한 마음으로 받아들였고, 사다함은 자신의 무공에 대한 국가의 보상을 다른 쪽으로 기꺼이 환원하였다.

김범부는 이 두 사람을 가리켜 멋있는 사람, 즉 풍류인으로 보았다. 해방기에 자기 욕망의 빈 곳을 지나치게 채우려고 하는 사람이 많았을 것이다. 과욕을 절제하고 겸허하게 자신을 버릴 수 있는 사람이 그

---

10) 같은 책, 23~24쪽.

당시의 시대적인 가치에 합당한 인물인 것이라, 그는 생각하였을 것이다. 『화랑외사』에 극화되어 있는 물계자의 말을 살펴보자.

하늘과 사람 사이에 서로 통하는 것이 멋이야. 하늘에 통하지 아니한 멋은 있을 수 없어. 만약 있다면 그야말로 설멋(틀린 멋)이란 게야.[11]

내 공을 자랑하기 위해서 남의 허물을 말하는 것인 설멋진 일이야, 더구나 우리는 신라의 사나이요 그 중에도 세상 사람들 말과 같이 우리 멋쟁이들은 제 빛깔 제 멋으로 사는 속(屬)이며 그저 승전했으니 검님(神靈)이 고마울 뿐, 더욱 더욱 수련을 쌓아 또 다시 나라를 위해 우리의 멋을 풀어보고 싶은 생각뿐이야.[12]

물계자의 극화된 말에서 김범부의 사상의 요체가 확인되고 있다. 물계자는 멋의 인간형이다. 멋에 얽힌 생각의 틀이 바로 풍류정신이다. 그의 풍류정신은 고대 토착신앙으로부터 계승된 것임을 이상과 같이 말하고 있다. 이것은 물계자뿐만 아니라 사다함에게서도 그대로 적용되고 있다. 김범부에 관한 한 일가의 견해를 가지고 있는 김정근이 쓴 관련된 저서에서도 다음과 같이 잘 설명되어 있다.

범부는 사다함이 사적인 안일을 버리고 공적인 대의의 마당으로 나아간 점을 높이 샀다. 어린 나이에도 불구하고 국난을 당한 나라를 위해 자원하여 전장에 나아가 싸운 것이 그것이었다. (……) 범부는 이와 같은 사다함의 정신 속에 유불선이 포함되어 있고 거기에 더하여 저변에 우리 민족 고유의 특질이 약동하고 있는 것이라고 보았다. 그 고유의 요소 때문에 풍류도가 되는 것이라고 했다. 범부는 이 고유의 요소를 '멋'이라고 했으며 그것이 민족정신 발전을 위한 모태이며 기초라고 했다. 오늘날의 의미와는 다르게 매우 긍정적 의미에서 '멋'을 풍류정신의 핵심 요소로 보았던 것이다.[13]

---

11) 같은 책, 130쪽.
12) 같은 책, 134쪽.
13) 김정근, 『풍류정신의 사람, 김범부의 생각을 찾아서』, 한울 아카데미, 2013, 194~195쪽.

김범부에 의하면 물계자와 사다함은 풍류적인 인간상의 전형이 된다. 우리에게 멋과 풍류의 사상이 있었다면, 그것은 이를테면 풍월도라고도 말해지고 있다. 최치원은 일찍이 나라의 고유한 현묘지도(玄妙之道)를 일컬어 풍류라고 했고, 이는 또 유불선을 포함한다고 말했다. 김범부에게는 이에 대한 메타적인 해석이 있었다. 풍류도가 유불선을 포함한다고 해도 유불선 이전의 우리의 고유 정신이라는 것. 유불선이 소유하지 않은 풍류도만의 특색이 따로 있다는 것.[14] 말하자면 풍류도는 유불선이면서, 또한 상고의 토착신앙과 결부된 것임을 알 수 있다. 김범부의 발상이 후세대에 적잖은 영향을 미친 결과다.

멋은 천일합일의 사상이요, 풍류정신의 핵심이다.

한때 우리 문인들과 국학자들은 멋이 우리 문화의 특색임을 간주하였다. 특히 김범부의 사상적인 영향이 깊었던 서정주와 김동리의 경우는 더 했다. 이들은 김범부의 풍류정신의 개념적인 얼개 속에서 신라정신의 원형을 문학 속에서 구현하려고 했던 것이다.

이러한 영향 관계 속에서 김동리는 자기 충족적이고 완결된 세상을 살아갈 수 있는 인물을 자신의 정신적인 고향이기도 한 신라의 역사에서 찾았던 것이다. 김동리 소설의 궁극성인 신명, 율려(律呂), 생의 구경적 형식은 그의 또 다른 소재주의인 신라의 유현한, 그리고 아슴하고도 어렴풋한 신라의 역사 속에 함축되어 있었다. 그가 지향한 소설의 궁극성은 코스모바이올로지(cosmobiology)이다. 우주 생명의 상관론이랄까? 그는 소우주와 대우주의 상응 관계 속에서 상징 언어의 꽃을 피운다. 서정주에게 있어서 그것은 서기(瑞氣) 어린 자태의 한 송이 국화꽃이 되겠고, 조지훈에게 있어서는 우주 생명의 진실이 열리는 '화체개현(花體開顯)'의 순간(성)일 터이다. 김동리의 역사소설 『신라편』도 이와 같아서 코스모바이올로지로 일컬어진 묘합(妙合)의 경지를 상징

---

14) 범부 김정설, 「풍류정신과 신라 문화」, 동방사상론총 간행위원회 편, 『동방사상론총』, 보련각, 1975, 381~382쪽.

하는 만물조응, 혹은 천인합일의 꽃을 피운다. 이와 같은 꽃 피우기는 루카치의 말마따나 일종의 영혼의 모험과도 같은 것이다. 루카치의 말처럼, 영혼은 모험의 길에 나서서 그 모험을 이겨낸다.[15] 김범부와 김동리 형제에게 있어서 신라(경주)는 자신의 실제 고향이기도 하고 루카치의 표현인 '선험적 고향'이기도 하다.

서사의 구조와 서술의 형식에 있어서도 김범부의 『화랑외사』와 김동리의 『신라편』은 서로 긴밀하게 닿아 있다. 김동리는 『화랑외사』를 역사나 사화(史話)로 보기보다는 화랑에 대한 전기(傳記) 소설로 본다.[16] 사실의 측면보다 허구의 측면을 강조하고 있다는 것은 그가 그의 가형이기도 한 김범부 영향력의 강한 자장 속에 놓여 있음을 말해주는 것이리라. 김동리의 역사소설에 작자 자신의 창작품인 삽입가요가 적잖이 나오는 것도, 그의 강한 영향 때문이리라. 김동리의 『신라편』에 실려 있는 우륵의 「회매곡(懷妹曲)」도 우륵의 실제 노랫말이 아닌 작자 김동리의 것이다. 이 역시 그는 김범부의 전례를 따른 것이라고 판단된다.

결과적으로 볼 때, 김범부와 김동리는 픽션으로서의 메타역사를 통해 시 형식의 삽입가요라는 메타커뮤니케이션의 전략을 차용했던 것이다. (이것은 일연의 찬시 형식에 상응하는 것이다.) 그럼으로써 지나치게 토착적인 것을, 또한 신비적인 것을 제어할 수 있었던 것이다. 다시 말하자면, 김동리의 역사소설 『신라편』은 김범부의 독특한 풍류적 사관에 힘을 입어서 얻게 된 바, 역사로부터 변형된 독자적인 성격의 문학이면서도, 생명력의 근원적인 향수가 발현된 허구로서의 서사적 역사이었던 것이다.

2008년에 『신라의 발견』이란 제목의 단행본이 간행된 이후 신라에

---

15) 게오르크 루카치, 김경식 옮김, 『소설의 이론』, 문예출판사, 2007, 28쪽, 참고.
16) 김범부, 『화랑외사』, 앞의 책, 197쪽, 참고.

관해 수년간 논쟁이 일어났다. 본 연구는 소위 신라의 발견 팀이 발견한 '화랑 및 여성 이미지의 치명적인 표상'이 어떻게 구성되었는가를 살펴보면서 아울러 이러한 유의 신라에 대한 부정적인 시각과 서로 다른 선행적인 관점을, 김범부·동리 형제가 보여준 '픽션으로서의 메타역사'에서 확인하고자 했다. 이 두 사람은 화랑 및 여성 이미지의 표상을 문학적인 관점에서 격상하여 그 픽션으로서의 메타역사를 의미 있게 재구성하려고 했음이 드러났던 것이다.

신라정신과 낭만적인 전근대의 서사 양식
—김동리의 『신라편』에 대하여

1. 신라초와 신라편

　신라정신이란 것이 한때 문단과 비평계의 첨예한 쟁점이 된 적이 있었다. 이 용어는 1960년대에 주로 논의되었지만 지금까지도 젊은 학인들이 끊임없이 비평적인 성찰의 여지를 제공하고 있다. 이 첨예한 찬반 논의를 불러일으켰던 아이템은 정확히 언제부터 비롯했는지 딱히 알 수 없지만, 대체로 보아 서정주가 1950년대 중반에 처음으로 사용했던 것 같다.

　하지만 서정주가 제안한 개념 틀인 신라정신의 싹은 한국전쟁이 발발되기 직전인 시편 「선덕여왕찬(善德女王讚)」에 이미 트고 있었다. 좌우 대립으로 분열된 해방 조선이 향후 통일되어야 할 당위성은 신라의 삼국통일로 대입되는 역사적 현재성에 있는 것이기 때문에 서정주는 정치적인 난세에 살아가고 있는 시인으로서 선덕여왕을 찬미해마지 않았던 것. 이러한 생각은 한국전쟁을 거치면서 더욱 신념으로 굳어진다. 삼국 통일의 기틀을 마련한 선덕여왕의 치세를 두고-마치 루카치가 옛 그리스를 '선험적 고향'이라고 했던 것처럼-그는 신라를 두고 우리 민족의 경험 이전의 고향으로 보았던 것이다.

　서정주의 신라정신은 교수 자격 심사위원회에 제출한 일종의 소논문인 『신라연구』(1960)와 자신의 네 번째 시집인 『신라초(新羅抄)』(1960)에 이르러 더욱 구체화되기에 이르렀다. 이를 계기로 신라정신의 논쟁도 점화된다. 찬반의 대비점이 가장 뚜렷이 발견되는 것은 문덕수의 「신라정신에 있어서의 영원성과 현실성」(현대문학, 1963, 4)과 김윤식의 「역사의 예술화—신라정신이란 괴물을 폭로한다」(현대문학, 1963, 10)가 신라정신에 대한 쟁점으로 첨예하게 맞선다.

문덕수의 글은 신라정신에 현실주의 측면이 있음을 밝히고 있는 글이다. 서정주 시 세계에서 현실은 다름 아니라 영원주의 이데아를 표현하기 위한 한 계기로 간주하고 있다. 이에 비하면 김윤식의 글은 도발적인 서브 타이틀이 말해주듯이, 근대성을 서구추종주의의 결과로 보면서 한국적인 것, 동양적인 것을 맹목적으로 추종하는 것은 '피장파장의 식민지 근성'에 지나지 않는다는 것. 반(反)근대성의 시학이 신라정신으로 이름된 민족주의로 포장되는 것은 그래서 비판의 대상이 된다는 것……

요컨대 신라정신은 모더니티와 전통, 참여와 순수, 현실주의와 영원주의 등으로 날과 씨로 짜여 긴장 관계를 맺고 있던 동시대에 창작과 비평의 이슈로 비교적 균형 감각을 유지하고 있었다.

어쨌든 1960년대의 문학 작품 중에서 신라정신을 가장 대표할 수 있었던 것은 서정주의 시집 『신라초』였다.[1] 이에 비해 1970년대의 문학 작품으로 신라정신을 대변할 수 있는 게 있었다면, 그건 바로 김동리의 『신라편(新羅編)』(1977)이다. 이 작품은 지금까지도 인지도가 상대적으로 낮은 것이어서 비평적인 재조명이 요망되는 것이기도 하다.

신라의 고도인 경주가 고향인 김동리는 신라형 소재주의의 역사소설을 써서 책으로 묶어냈다. 책의 제목이 『김동리의 역사소설』이니까, 사실상 제목은 없는 거와 다를 바 없었다. 부제에 해당하는 '신라

---

1) 시집 『신라초』는 1960년에 상재됐던 서정주의 네 번째 시집이다. 여기에 실려 있는 38편의 시는 1950년대 전후(戰後)의 시대 상황 속에서 쓰인 것들이다. 이 38편의 시 중에서 신라를 직접적으로 제재화한 것은 8편뿐이다. 이 가운데서도 「선덕여왕의 말씀」과 「꽃밭의 독백」과 「사소(娑蘇) 두 번째의 편지 단편」과 「노인 헌화가」는 비평가들의 끊임없는 관심사로 논의되어 왔고, 반면에 「신라의 상품」과 「구름다리」와 「백결가」와 「해」는 철저하게도 비평으로부터 외면되어 왔다.

편'이 아닌 게 아니라 표제를 대신하고 있다고 보아야 할 것이다. 김동리 역사소설의 표제를 '신라편'으로 잠정적으로 확정할 수밖에 없다면, 일단 서정주의 네 번째 시집 제목인 '신라초'와 잘 어울린다고 하겠다. 키 워드에 해당하는 '신라'에다 접미사처럼 따라붙은 초(抄)와 편(編)은 선택적인 편집의 개념으로 사용된 공통점이 있다. 김동리는 1977년에 지소림출판사에서 간행한 『김동리의 역사소설』의 자서(自序) 부분에 이 책을 공간하는 소회를 다음과 같이 밝히고 있었다.

> 이 책에 수록된 열여섯 편은, 전체적으로, 신라 사람들의 생활과 감정과 의지와 지혜와 이상과, 그리고 그 사랑, 그 죽음의 현장을 찾아보려는 나의 종래의 계획에 따라 만들어진 완전히 동일한 기조의 작품들이다. 그것을 굳이 한마디로 표현하라면 '신라혼의 탐구'랄까, '신라혼의 재현'이랄까, 그런 성질일 것이다.

이른바 김동리의 『신라편』은 이처럼 규모가 작은 단편적인 에피소드 열여섯 편으로 이루어져 있고, '종래 계획에 따라 만들어진' 작가의 창작적인 근본 동기, 의미의 요체는 신라혼의 탐구와 재현이라고 밝히고 있다. 앞서 말한 신라정신과 차이가 별로 없는 개념이 된다. 그가 자서의 말미에는 '이 책을, 나의 사랑, 나의 꿈의 요람인 신라의 모토(母土) 경주에 바친다'고 말하고 있다. 그의 신라정신에는 서정주에게 없는 고향에 대한 본능적이면서도 헌신적인 애정이 부가되어 있다.

김동리의 『신라편』은 24년만에 복간되기도 했다. 2001년에 출판사 청동거울에서 문흥술·박덕규 엮음으로 공간된 『소설 신라열전』이 바로 그것이다.[3] 문학평론가인 두 사람은 김동리의 『신라편』을 대중화하기 위해 정성과 노력을 기울였지만 결과는 기대에 미치지 못했

---

2) 김동리, 『김동리 역사소설 신라편』, 도서출판 지소림, 1977, 자서.
3) 제목에 열전(列傳)이 드러난 경우가 온당한가 하는 의문이 제기된다. 물론 김동리의 신라형 소재의 역사소설이 전통적인 역사서술에 있어서 열전의 형식으로 쓰인 것은 사실이지만 이야기의 기원을 삼국사기의 열전에 둔 것은 16 편 중에서 2 편에 지나지 않는다.

다. 하지만 비평가로서의 텍스트 정본 작업의 재조명을 시도했다는 점에서는 고무적인 면이 없지 않았던 작업이었다고 생각된다. 물론 박덕규와 문홍술이 새로 복간한 소설의 권두 해설과 권말 해설을 각각 쓴 것 역시 두말할 나위조차 없다고 하겠다.

2. 제식과 로망스, 섬김과 연애담

열여섯 편의 단편적인 에피소드로 이루어진 것이 김동리의 역사소설 『신라편』이다. 『소설 신라열전』에 이르면 그 이야기들은 시대 순으로 재배열된다. 역사의 형식을 갖춘 셈이 된다. 이것의 이야기 구성은 「회소곡」과 「석탈해」와 「눌지 왕자」 등의 순서로부터 시작한다. 특히 이 세 편의 애깃거리는 고대의 서사시적인 성격이 매우 강하다. 우선 이 이야기들은 일종의 무훈담이다. 그 이후의 에피소드들과는 이 점에서 차별성을 지닌다.

첫머리에 놓이는 「회소곡(會蘇曲)」은 노래의 이름이다. 음력 8월 15일에 길쌈 경쟁에서 진 여인네가 이긴 쪽을 위해 음식을 차려 사례하며 축하하는 연회를 베풀었다. 이때 진 쪽의 여인들 중의 한 사람이 '회소, 회소' 하는 탄사의 노래를 불렀다.[4] 그 소리가 슬프고도 청아하여 후세 사람들이 회소곡이라고 이름하였다. 그런데 김동리는 이 회소라는 말뜻의 기원을 사람 이름으로 보았다. 무슨 역사의 근거가 있어서라기보다는 작가의 민감한 상상력이 뻗친 까닭이다.

회소는 평범한 백성이다. 가난한 삶 속에서 효성이 극한 처녀 나미와 혼인을 했지만 늙은 장인의 잘못된 부역을 대신하다가 왜적의 침공에 죽임을 당한다. 요즘 식으로 말하면 그는 애국 청년이다. 동해변에서 축성의 일에 동원되어 나랏일을 봉사하다가 뜻하지 않은 왜적의 침

---

4) 회소라는 탄사는 '아서라, 말아라'라는 뜻으로 추정된다. 아니면 '모이소(모이소서)'라는 이두식 표현도 생각해 봄직하다.

입을 받아 용감히 싸우던 과정에서 전사했다. 이때부터 새댁인 나미는 밤낮으로 회소의 이름을 부르며 비탄에 빠져 있다. 작가는 고대 서사시의 성격을 충분히 갖춘 애깃거리로 재구성한 것이다. 소설 구성의 발단 과정에서 소설 미학의 근대성이 유감없이 발휘되고 있는 것도 오늘날 독자들에게는 큰 미덕과 장처이기도 하다.

> 나미는 북을 놓고 한쪽 손으로 바디를 잡은 채 멍하니 뜰을 내다보고 있었다. 뜰 앞 우물가에는 석류꽃이 빨갛게 피어 있고, 그 곁의 감나무에서는 이따금씩 토드락 토드락 하고 풋감이 떨어지고 있었다. 그 토드락 토드락 하는 소리가 뜰을 지나서 그녀의 귀에까지 똑똑히 들리리만큼 조그만 집안엔 숨막힐 듯한 한낮의 고요가 깃들어 있었다. 그 숨막힐 듯한 한낮의 고요를 깨뜨리기나 하는 듯이 장독대 곁에서 수탉이 한바탕 날개를 치며 울었다. 고르르 하는 닭 울음소리가 마저 사라지면서 이내 뜰에는 또다시 쨍한 햇빛과 함께 숨막힐 듯한 고요가 밀려들었다.[5]

이 묘사는 김동리 특유의 세련된 정경 묘사이다. 이 경우는 시적인 묘사이기도 하다. 시인이기도 했던 그이기에 가능한 일인지도 모른다. 「회소곡」 말미에 나미가 부르는 노래 '회소곡' 4절을 그 나름대로 복원한 것도 이 작품의 시적인 품격을 높이는 데 기여하고 있다. 『삼국사기』에 기록된 바, '회소곡'을 불렀다는 그 아득한 옛날에 음력 8월 15일은 '가배(嘉俳)'라는 이름의 축제였다. 오늘날 한가위 축제의 기원이다. 그때 행해졌던 음주가무는 원시종합예술인 발라드 댄스의 잔영이다. 노래 '회소곡'도 그 일부이다.

석탈해와 눌지 역시 회소처럼 고대의 영웅이었다. 소설적인 허구의 장치에 의해 재구성된 것에 의하면, 석탈해는 본디 가야 사람이었으나 시조 박혁거세의 성역을 다지고 신궁을 창건하는 일을 지휘하는 도감(都監)이었다가 낙랑군의 침략으로부터 나라를 지킨 서라벌의 영웅이

---

5) 김동리, 앞의 책, 8쪽.

었다. 공주를 만나 사랑을 나누고 왕위를 평화적으로 이양 받기 이전의 이름은 새뚝이었다. 이에 비해, 눌지는 『신라편』의 중요한 모티프인 권력쟁투의 과정에서 살아남아 왕권의 정통성을 확립한 영웅으로 그려진다. 그는 사촌 형인 실성왕과 정치적으로 대립하면서 외세의 힘을 이용해 부왕의 왕권을 대를 걸러 계승한다. 김동리의 『신라편』에 실려 있는 「석탈해」와 「눌지 왕자」의 이야기는 이처럼 고대 서사시에서 볼 수 있는 무훈담과 유사하다.

이 두 편의 이야기 중에서도 「석탈해」는 고대의 제식(祭式, ritual)과 깊이 상관하고 있다는 점에서 주목의 대상이 된다. 새뚝이 도감으로서 예복을 입고 제식을 주재하자 나라의 토목공사에 참가한 석수, 목공, 미장이들이 한꺼번에 일어나 춤을 추기 시작했다. 그들의 토착신인 한배님을 기린다. 한배님은 시조 박혁거세이다. 사람들은 또 이를 가리켜 '검님'이라고 부르기도 한다.[6] 새뚝의 부인, 즉 석탈해의 왕비가 될 아효 공주는 검님을 모시며 숭배하는 여신관(女神官)이다. 여무(女巫)니 여사제라고 표현해도 관계없다.

> 궁중에 있는 신단(神壇)을 보이오려 후원으로 돌아갔을 때 마침 그 아무도 없는 고요한 단 위에 어린 아가씨 하나가 엎드려 열심히 주문을 외우고 있었던 것이다. 어린 아가씨는 입으로 연방 무슨 주문을 외우며 몇 번이고 일어나 춤을 추고는 도로 엎드려 절을 하고 또 주문을 외우곤 하는 것이다.[7]

이 신비의 어린 아가씨가 여사제 아효 공주이다. 새뚝과 아효 공주의 첫 만남은 박혁거세의 성역인 신단에서 이루어진다. 이 만남은 검님께서 점지한 것이란다. 또 두 사람이 부부의 인연이 맺어지고 신라의 왕과 왕비가 되는 것도 검님의 감응(력)에 의한 결과인 것이다. 「석탈

---

6) 최초의 신궁·신사는 박혁거세를 모시던 곳이었다. 이것이 고대의 일본에 영향을 끼쳐 일본의 토착신앙인 신도(神道, shintoism)로 형성된다. 검님은 일본의 경우에 '가미사마'로 불리어진다.
7) 김동리, 앞의 책, 295~296쪽.

해」이야기는 고대의 제식, 즉 신라인의 토착신앙이 잘 반영되어 있다는 점에서 서사시의 성격 및 서사시적 세계관을 전형화하고 있다고 하겠다.

루카치에 따르면, 서사시적 세계관의 내적 안정성은 모험을 배제하는 데 있다. 새뚝과 아효 공주의 만남은 인간의 모험이 아니라 신의 뜻이다. 이에 비해 소설은 모험의 형식이다. 소설의 내용이란, 다름 아니라 자신을 알기 위해 길을 나서는, 또한 자신을 입증하기 위해 모험을 찾아나서는 영혼의 이야기이다. 그렇기 때문에, 소설은 신에게 버림받은 세계의 서사시이며, 소설 주인공의 심리 상태는 어쩔 수 없이 마성적이다.[8] 서사시와 소설의 역사철학적 위치는 이처럼 상반되어 있다. 양자 사이에 과도기적인 서사 양식이 존재한다면, 그건 바로 로망스(Romance)이다. 고대의 제식과 관련된 문학 양식인 서사시에 자아와 세계의 내적 안정성이 부여된 총체성이 있었다면, 로망스에선 균열의 조짐을 보이다가, 소설에 이르러선 총체성은 온전히 파편화되고 만다. 타락한 근대, 훼손된 근대 때문이다.

김동리의 모든 소설은 로망스적인 특성을 가진다. 그의 소설은 역사철학적인 위상에서 비추어볼 때 전(前)근대성의 서사 양식이다. 그가 비록 호메로스적인 운문의 세계로 회귀하지 않았다고 해도, 그만큼 시적인 특성을 지니기도 한다. 그에게 있어서 타락한 근대, 훼손된 근대는 해방을 전후로 우리의 역사를 압박했던 일본 제국주의와 좌경화된 역사유물론이다. 그의 소설이 시적인 특성을 지닌 것이라면, 그 극점에 「등신불」과 같은 반전과 평화의 이념이 놓인다.

김동리의 『신라편』에 실려 있는 모든 에피소드는 로망스적인 시적 특성을 드러낸 역사소설이다. 「회소곡」과 「석탈해」와 「눌지 왕자」 등과 같은 서사시적 운문의 세계도 있지만, 대부분은 실상에 있어 로망스적이다. 특히 나는 이 대목에서 '제식으로부터의 로망스'라는 좀

---

8) 게오르크 루카치, 김경식 옮김, 『소설의 이론』, 문예출판사, 2004, 2012, 102~103쪽, 참고.

창의적인 용어를 사용하고 싶다.[9) 즉 서사시와 로망스의 중간적 성격이랄 수 있다. 서사시가 국가적인 주제를 다룬다면, 로망스는 개인적인 주제를 다루는 경향이 있다. 그렇다면 제식으로부터의 로망스는 그 중간 단계라고 할 수 있다. 여기에 자아와 세계의 틈새에는 균열의 조짐이 있다. 대부분의 이야기에는 재자가인(才子佳人)의 이루어지지 못한, 혹은 결여된 사랑이 있다.

김동리의 역사소설인 이른바 '제식으로부터의 로망스' 중에서 작품성이 뛰어난 것 중의 하나는 「원화(源花)」이다. 원화는 토착신을 직접 모시는 신녀(信女)이다. 신전에 모신 검님은 미인에 더 감응하신다고 한다. 나라에서는 미모와 가무가 빼어난 원화를 선발한다. 원화는 나라의 젊은이와 두루 사귀어 그들의 인품과 무예와 풍류를 헤아려 나라의 인재를 발탁해 나라님께 추천하는 임무를 가진다. 원화를 선발하기에 앞서 후보자 처녀들은 '(검님하) 꽃을 피워 주소서.'라고 발원한다. 이 말은 일종의 제의적인 상징 언어이다.[10) 여기에서 말하는 '꽃이 피다'라는 것은 다의성(polysemy)을 가진 말이다. 이 말의 뜻은 사랑의 감정이 솟구치다, 자기 힘 이상의 것이 되다, 신령이 지피다, 검님과 감응하다 등등에 해당한다. 『삼국사기』 진흥왕조에 의하면, 남모와 준정이라는 이름의 원화를 뽑았다. 그런데 이들 사이에는 치정에 의한 살인 사건이 있었다. 이들은 용모와 무예에 있어서 당대 최고의 청년인 세마루와 삼각관계를 맺었다. 남모를 선택한 세마루와, 사랑의 패배자가 된 준정 간에 있었던 갈등 관계를 살펴보자.

"준정랑, 그녀의 말대로 나는 일찍부터 그녀와 친히 놀았고 또 그녀를 세상에서 가장 아름다운 낭자라고 믿고 있었지만 남모랑을 한번 보고 그녀

---

9) 문학평론가 문흥술은 『소설 신라열전』의 해설에서 김동리의 『신라편』에 실려 있는 16편의 소설을 두고 '신과 인간과 자연이 합일된 세계를 소설화한 설화소설'(310쪽)이라고 규정하였다. 서사의 장르적 성격에 있어서 소설에 미련을 버리지 않은 것이 필자의 생각과 차이가 있다.
10) 「구지가」에서 '(거붑하) 마리를 내게 하소서'라고 기원하는 것과 마찬가지다.

의 노래 소리를 듣게 된 뒤로는 남모랑이 더 내 마음을 끄을고, 그녀 앞에서
만 얼마든지 꽃이 피는 걸 어떡하오?"

"세마루님 임자는 작년 가윗날 밤에 이 몸과 함께 흥륜사에 갔을 때 탑
아래서 이 몸의 손목을 잡으며 이 몸에게 한 말을 벌써 잊었단 말이오."

(······)

"준정랑, 나는 그녀 앞에 내가 그녀의 지아비 되겠다고 맹세한 일은 없
지 않소. 그리고 또······"

"그리고 또 이몸을 깊이 다치지도 않았다는 말씀이지. 그것은 나도 잘
알고 있소. 그렇지만 나는 임자를 모랑에게 빼앗기곤 살 수 없는 걸 어떡하
오?"

(······)

세마루는 이렇게 말하자 칼을 빼어서 공중에 세 번 버힌 뒤, 칼을 도루 자
루에 꽂은 뒤 그 곳을 떠나가 버렸습니다. 그것은 준정이 자기에 미련을 끊
어 달라는 뜻인 동시에 자기와 준정 사이도 그와 같이 끊어버리자는 뜻이었
나 보아요.[11]

세마루가 세 차례 걸쳐 허공중에 칼질한 행위는 결단을 나타내는 일
종의 상징 몸짓이다. 이 역시 제의적이다. 신화적인 축제의 순간에 꽃
을 피우듯이 춤을 추는 듯한 변형된 제식무(祭式舞, ceremonial dance)다.
(김범부가 『화랑외사』에서 물계자의 무용담을 두고 '싸우기보다는 긴 칼로써 학처럼
춤을 추다' 라고 묘사한 부분이 있다. 이 역시 제식무의 성격이 강하다.) '제식적인
칼춤' 은 제사적인 기원의 흔적이라고 말하는 사람이 있다.[12]

세마루의 '제식적인 칼춤' 에도 불구하고, 준정의 질투는 강렬했다.
그녀는 남모를 유인하여 술에 취하게 한 후에 삼줄로 목을 졸라 죽였
다. 그녀의 교살은 마침내 진실이 드러나게 된다. 그녀는 세마루에게
더욱 꽃 피기를 건님게 빈다는 유언을 남기고 죄를 인정하며 죽음을
받아들인다. 이 살인 사건 이후에 나라에서는 원화 제도를 파해 버렸다.

---

11) 김동리, 앞의 책, 189~190쪽.

12) J. 웨스턴, 정덕애 역, 『제식으로부터 로망스로』, 문학과지성사, 1988, 109쪽, 참고.

그 대안으로 생겨난 제도가 잘 알려진 대로 바로 화랑 제도인 것이다.

3. 극점에 도달한 인간상 수로부인

　김동리의 『신라편』 가운데서 가장 대표적인 '제식으로부터의 로망
스'를 꼽을 수 있다면, 그건 다름이 아니라 「수로부인」이 아닐까, 한
다. 신라는 상고 적부터 미모가 있는 여인을 우러러보는 풍습이 있었
다. 검님이 미녀의 치성에 잘 응감하기 때문이다. 응감이란, 감응이요,
호응이다. 응감해야만 신인합일에 이른다. 신라의 토착신앙에서는 검
님을 신명(神明)이라고 한다. 이 신명에 응감되는 걸 가리켜 신명에 지
피다, 혹은 신령에 들리다, 라고 말해진다. 성덕왕 때의 최고 미인은 수
로랑이었다. 그녀는 이미 열세 살 때 나을신궁(奈乙神宮)의 여제관이 되
었다. 무녀가 신에 들리는 것처럼 수로랑이 원시종교의 엑스터시 체험
에 사로잡히는 것을, 작가는 이렇게 묘파하고 있다.

　　하루는 신궁에서 늦게 집으로 돌아와 잠이 들었다고 합니다. 그런데 분명
히 잠결 속에서 홀연히 어디서 피리 소리가 들려 왔다고 합니다. 그 피리 소
리는 쉬지 않고 그녀의 귓속으로 곧장 스며들었다고 합니다. 그것은 무어라
고 형언할 수 없이 아름답고 슬픈 가락이었다고 합니다.
　　"이것은 내다. 나의 목소리다. 나의 소리다. 아니, 검님의 목소리다! 검님
이 부르시는 소리다."
　　이렇게 그녀는 잠결 속에서 부르짖었다고 합니다. 물론 그것은 그렇게 느
꼈을 뿐이요, 과연 그 소리를 내어 부르짖었던 것은 아니겠지요.
　　그러나 그녀는 좀처럼 잠을 깨고 일어날 수 없었다고 합니다. 그 피리 소
리에 가위가 눌리듯이 되었나 봅니다. 그런 채 그녀는 그 피리 소리에 맞추
어 춤을 추노라고 했다는 것입니다. 저절로 춤이 춰졌다는 것입니다. 만약
곁에서 보는 사람이 있었다면, 그때 분명히 자기는 잠결에서 어깨를 꿈틀거
렸을 게라고 말했습니다.[13]

---

13) 김동리 역사소설 · 1, 『신라편』, 지소림 1977, 82~83쪽.

작가 김동리는 수로랑의 종교 체험을 이와 같이 실감 나고, 아름답게 묘사해내고 있다. 마치 「무녀도」에서 모화의 신명에 이끌리는 과정을 다시 재현하는 것 같다. 제식은 일종의 마력(魔力)을 수반한다. 이는 초자연적인 힘에 감응되어가는 입문의 과정이다. 신비한 피리 소리에 이끌린 수로랑은 미목이 수려한 소년인 화랑 응신을 만난다. 화랑의 어원은 시쳇말인 꽃미남과 상응하는 개념이다. 재자가인인 응신랑과 수로랑의 로맨스는 충족되지 아니한 사랑의 전형적인 스토리로 그려진다.

우리가 부부로 살아간다면 내 피리, 낭자의 가무는 다 함께 꽃피우기 어려울 게요, 이 몸이 그녀을 아내로 삼기보다는 항상 멀리서 생각하며 살고 싶다오……. 응신랑의 이러한 생각이 두 사람이 부부로 살 수 없는 운명임을 말하고 있다. 응신랑은 그 후 출가하여 지금도 시나위(향가) 두 편이 전해지고 있는 월명사가 되었다. 물론 이는 작가의 허구적인 발상에 의한 것이다.

사랑에 실패한 애젊은 수로랑은 상처한 늙은 왕족인 순정공과 결혼한다. 검님께서 명하시고 부모님이 시키는 일이라면 따르겠습니다. 순정공은 흐뭇한 마음으로 말한다. 그대는 사람 세상에 태어난 검님의 꽃이요, 향기 높은 꽃님이오. 두 사람이 결혼한지도 한 해가 흘렀다.

순정공이 왕명을 받고 강릉태수로 부임해 갔다. 부임하는 길 도중에 층암절벽에 철쭉이 있어, 수로 부인은 이를 가지고 싶어 하지만 아무도 오를 수 없었다. 이때 암소를 끄는 한 노인이 나타나 꽃을 바치겠다는 시나위를 지어 부르고는 헌화한다. (작가 김동리는 이 헌화의 노래를 노인이 지은 게 아니라 훗날 월명사가 지었다고 한다. 물론 사실은 아니다. 작가의 메타담론일 뿐이다.)

이 일이 있은 후 노인은 암소에 부인을 태운 후 사라져 버렸다. 김동리는 역사의 편집자, 즉 일연이 이 사실을 두고 동해의 용이 수로 부인을 바다 속으로 납치한 것으로 에둘러 표현했다고 한다.[14] 순정공은 수로의 귀환을 위해 산신제를 지냈다.

이들 일행이 강릉에 도착하자, 이번에는 신라 전역에 혹심한 가뭄이 들었다. 순정공은 왕명을 받들어 기우제를 지내게 되었다. 해갈을 위해서는 월명의 피리 소리와 수로의 춤이 어울리어야만 신명의 응감을 받을 수 있다.

월명과 수로는 다시 만났다. 두 사람이 처음 만난 것도, 헤어진 것도, 다시 만난 것도 신명의 인연과 명령이었다. 두 사람의 다시 만남이 해갈을 가져와 비를 내리게 한 것은 일종의 성적인 교접에 대한 상징과 알레고리의 언어이다. 작자는 이 대목에 이르러 슬쩍 운우지정이란 복선을 깔고 있다. 두 사람의 재회를 주선하고 기우의 제식을 수행하게 한 고승이 두 사람의 '미진한 회포를 풀어주기 위한 것'이란 바로 그것을 암시하는 것. 요컨대 소설에서는 수로 부인이 유부녀임에도 불구하고 성적으로 자유분방한 여인인 것으로 슬몃 그려진다. 훗날 발굴된 『화랑세기』에서 확인되듯이, 신라의 귀족 여인 중에는 성적으로 자유로운 이들이 많았다. 수로 부인은 신라의 '자유부인'이었던 것이다.

김동리의 「수로 부인」은 '토착신(앙)의 섬김과 남녀의 연애담'이라는 두 개의 축을 바탕으로 한 이른바 '제식으로부터의 로망스'를 전형적으로 보여준 모범적인 텍스트이다. 따라서 이 작품이 자신의 『신라편』에 차지하는 가치와 위상이 결코 만만하지 않음을 말해주고 있다고 하겠다.

수로 부인의 스토리는 넓은 의미의 설화형 인물이라기보다 신화적인 캐릭터라고 보는 것이 좋을 듯하다. 시퀀스가 다른 신비적인 이야

---

14) 거북을 부르는 의식을 연행한 두 가지 사례는 김수로와 수로 부인에 관한 기사이다. 수로(首露)는 머리를 드러내어 놓은 신성한 임금이요, 수로(水路)는 물길로 들어간 미모의 여인이다. 모두가 타의와 강요에 의한 것이다. 이름은 운명이다(Nomen est Omen), 라는 서양의 경구가 있듯이, 운명은 자율적인 것이 되지 못한다. 일연은 축자적인 의미의 이름을 이미 새겨 놓았다. 운명이란 게 미리 정해져 있기 때문이다. 이 관행적인 명명법으로 보아 김동리의 메타적 해석은 설득력이 조금 떨어진다고 하겠다.

기가 크게는 두 갈래로 나누어지는 것도 신비성을 더해주고 있다. 이와 연관된 스토리텔링이 시와 소설 분야의 현대문학에서 그 동안 양산되었다. 앞으로는 야한 영화나 호화로운 뮤지컬로도 발현될 것이다.

신화에는 미토스적인 것과 로고스적인 것이 충돌하는 기호학적인 모델이 제시되어 있다. 『삼국유사』에도 전자가 중심이 된 신화성과 후자가 중심이 된 반(反)신화성이 대립되는 구조를 가지고 있다. 여기에 다층적인 메타커뮤니케이션의 전략들이 놓여있는 것도 이러한 구조와 무관하지 않다.[15] 수로 부인에 관한 또 다른 현재적인 변형 텍스트로는 서정주의 시만 해도 몇 편이나 된다.

서정주의 시집 『신라초』에 실려 있는 시 가운데 신라정신을 가장 잘 구현한 것은 「노인헌화가」이다. 이 시는 향가의 내용을 그 나름대로 현대적으로 해석한, 신화적 몽상으로 재현된 시적 상상력의 고갱이다. 이 시는 비교적 긴 형식으로 이루어져 있는데 마지막에 해당하는 한 부분을 인용해보겠다.

「붉은 바윗가에
잡은 손의 암소 놓고,
나를 아니 브끄리시면
꽃을 꺾어 드리리다」

꽃은 벼랑 위에 있거늘,
그 높이마저 그만 잊어버렸던 것일까?
물론
여간한 높낮이도

---

15) 『삼국유사』의 서술 체계에 있어서 신화성과 반신화성의 충돌 양상은 인용ㆍ주석ㆍ논평ㆍ찬시(讚詩) 등으로 이루어진다. 인용은 단군 신화의 문헌적인 전거를 고기(古記)라고 하는 데서 잘 드러나며, 주석은 본디 텍스트에 작은 글씨로 구분하여 표기나 발음 등의 사소한 문제를 지적하며, 논평은 의왈(議曰), 사론왈(史論曰), 설자왈(說者曰) 등의 표현을 통해 남의 의견을 끌어들이며, 찬시는 편집자인 일연의 창작시로써 찬양의 집약적인 어법을 사용한다. 이 경우는 시적 언어의 메타담론으로서 열린 형식을 지향한다.

다아 잊어버렸었다.
한없이
맑은
空氣가
요샛말로 하면—그 空氣가
그들의 입과 귀와 눈을 적시면서
한없이 親한 것이 되어가는 것을
알고 또 느낄 수 있을 따름이었다.

— 「노인헌화가」 부분

    서정주의 시편 「노인헌화가」는 향가 「헌화가」와 일연이 기술한 『삼국유사』의 내용에 대한 일종의 메타담론이다. 이 시에 관한 김지하의 독창적인 해석[16]에 발표자는 공감을 느끼는 입장이다. 그가 말한 바, 로맨스의 세계라고 한 것은 매우 적확한 표현이기 때문이다. 신화보다는 세속화된 서사물이기 때문이다. 노인이 암소를 데리고 다닌다는 것은 다분히 종교적인 상징의 행위로 볼 수 있다. 지금의 인도인들도 수소를 일하는 소로 간주하는 대신에 암소를 신성시한다. 이런 사실을 유추하자면, 노인은 농경신일 개연성이 매우 높다. 리비도의 형태로 나아가 영적인 초월의 세계인 수로부인의 아우라의 경계에 범접하고 있는 것이다.

    김지하는 리비도의 세계와 두뇌 중심의 영성적인 초월성의 아우라의 세계가 하나로 안겨 들어가는 것을 두고 풍류라고 했다.[17] 이런 사

---

16) "붉은 암소는 문학적 상징체계로 육욕(肉慾)을 상징합니다. 다 늙은 노인이 왕성한 육욕인 시뻘건 암소를 끌고 온다는 것은 모순입니다. 이 사람은 상놈에다 농부에다 늙다리입니다. 암소가 아닌 극히 정결한 수로부인은 미인이고 귀족이고 유부녀입니다. 도대체 짝이 맞지가 않습니다. (……) 이를 나쁘게 보면 색정의 세계 또는 처지나 분수를 이미 아주 뛰어넘는 로맨스의 세계입니다. 이것을 육체적인 세계로 끌고 가면 색정이 되는 것입니다." (김지하, 『탈춤의 민족미학』, 실천문학사, 2004, 285쪽.)
17) 같은 책, 286쪽, 참고.

실을 미루어볼 때, 서정주의 신라정신이 풍류에 바탕을 두고 있는 점을 잘 알 수가 있다.

일연이 편찬한 『삼국유사』는 다양한 신화성과 반신화성이 충돌하는 서술 양상인 일종의 메타담론이 개입되어 있다. 인용·주석·논평·찬시(讚詩) 중에서도 일연 자신의 찬시는 메타담론으로서 전혀 새로운 언어로의 비약을 보여주지만 그 언어가 더욱 더 강한 초월성을 향한 열망을 환기시킨다.[18] 마찬가지로, 서정주의 시도 일종의 찬시—혹은 비평시—의 기능을 하고 감당하고 있다. 서정주의 또 다른 시편 「수로 부인의 어법―미인을 찬양하는 신라적 어법」에서 '신라적 어법'이라고 하는 것도 시에서의 말하기 형식이 일종의 시적인 메타담론임을 자인하는 것에 다름없다.

김동리의 『신라편』 본문에 중층적인 화법이 나온다. 혼구라는 허구적인 화자의 등장이 그것이다. 바흐친이 말한 소설의 다성성 개념과 무관하지 않은 이것 역시 일종의 메타담론이다. 미토스적인 신화성에 대한 충돌 양상으로서의 메타커뮤니케이션의 전략 중의 하나인 것이다.

김동리의 「수로 부인」도 경어체로 씌어졌다. 혼구 스님의 설법 형식으로 이야기가 전개된다. 소설 「수로 부인」의 다성성은 지나치게 미토스적인 것을 제어하는 서술적인 장치이다. 기술하지만 마치 당대에 구술하는 듯한 착각과 환상을 심어줌으로써 이 소설의 로고스적인 보완성이 너끈히 확보되는 것이다.

수로 부인이 신라형 소재주의로서 문학성이 배어나게 높은 이유가 있다. 그녀와 관련된 모든 화제가 신화와 비유의 형식적인 상동성에 있다는 것. 신화와 문학은 구조적으로 비유 형식을 가진다. 비유는 압축된 신화이기도 하고, 신화는 부풀려진 비유이기도 하다. 또 이 모두는 시적인 특성이 되기도 한다. 이를테면 이런 표현이 적절한 수사가

---

18) 송효섭, 「삼국유사의 신화성과 반신화성―미시적 읽기를 위하여」, 『한국문학이론과 비평』, 제37집, 한국문학이론과 비평학회, 2007, 12, 25쪽.

되는지도 모르겠다. 요컨대는 서정주의 시 「노인헌화가」가 산문적인 시, 즉 '화석(化石)이 된 시'라면, 김동리의 역사소설인 「수로 부인」이야말로 시적인 산문, 즉 '석화(石化)된 시'가 아닐까 생각해 본다.

4. 본래 역사와, 허구적 메타역사

김동리의 『신라편』에 실려 있는 작품들은 신라 천년의 역사 전역에 걸쳐 골고루 산재되어 있다. 소설로 쓴 신라사라고 해도 좋을 정도이다. 신라의 역사는 그 시대의 시대구분법이 따로 있었다. 지금은 전해지지 않고 있으나 향가를 집대성한 책 이름인 『삼대목』에서도 하나의 전례가 있었듯이, 신라사는 상대·중대·하대, 즉 삼대로 나누어진다. 『신라편』에 실려 있는 열여섯 편의 단편은 삼대에 골고루 분포되어 있는 특징을 보인다. 신라사 삼대 가운데 문화의 절정기는 중대이다. 이 중대는 물리적인 시간이 가장 짧다. 태종무열왕이 즉위한 654년에서부터 혜공왕이 죽은 780년에 이르기까지의 126년의 기간에 불과하다. 그렇지만 이 시기에 삼국 통일의 염원을 이루고 중앙집권적 국가 제도를 발전시켰다. 이 시기에 걸쳐 있는 『신라편』의 이야기는 네 편이다. 구체적으로 적시하자면, 「원왕생가」와 「강수 선생」과 「수로 부인」과 「기파랑」이다. 이 작품군을 중심으로 앞과 뒤에 상대와 하대의 작품인 여섯 편이 놓인다.[19]

김동리의 「원왕생가」는 본디 1955년에 발표된 단편소설이다.

이 작품은 그의 『신라편』에 실려 있는 작품들 중에서도 비교적 『삼국유사』에 실린 내용과 큰 차이가 나지 않은 대표적인 사례이다.

---

19) 신라 상대는 기원전 57년부터 654년에 이르는 기간이다. 박혁거세왕의 개국에서부터 진덕여왕의 죽음에까지 이르는 711년간을 가리킨다. 김동리의 역사소설 『신라편』에서는 「회소곡」 등 6편이 이 시기를 시대적인 배경으로 삼고 있다. 신라 하대는 780년에서부터 935년에 이르는 기간이다. 선덕왕의 즉위에서부터 경순왕의 폐위에 이르는 156년간을 가리킨다. 김동리의 역사소설 『신라편』에서는 「호원사기」 등 6편이 이 시기를 시대적인 배경으로 삼고 있다.

이 소설의 제목은 향가의 제목과 같다. 『삼국유사』의 편자인 일연이 향가를 두고 '가끔 천지와 귀신을 감동시키는 것(往往能感動天地鬼神者)'이라고 말한 바 있었듯이, 향가 「원왕생가」는 초자연적인 힘을 소재로 한 것이다. 김동리의 소설 「원왕생가」 역시 소위 감통(感通)의 설화로 불리는 것이다. 감통이란, 감이수통(感而遂通), 즉 이를테면 '감동하여 드디어 통하는 것'이었다.[20] 요즈음 식의 개념에 대입하자면, 이것은 일종의 '피그말리온효과(pygmalion effect)'라고 할 수 있다.

김병욱의 「영원 회귀의 문학」은 『월간문학』 1970년 11월호에 발표된, 우리나라 초창기 신화비평을 대표하는 작가론적 비평문이다. 그는 고향이 경주인 김동리의 소설 세계에 보이는 '잃어버린 낙원'에 대한 회복 의지가 영원 회귀의 개념으로 수렴된다고 보았다. '광덕과 엄장'의 설화를 현대화한 이 소설을 가리켜 그는 이렇게 말한 바 있었다.

반역사적 영원 회귀의 지향은 동리 문학의 날이며 씨이다. 한 작가의 생애를 지배하는 지리적 환경을 놓고 볼 때 그의 고향이 신라의 고도 경주라는 것은 결코 우연이 아니다.[21]

김동리의 소설 「원왕생가」는 향가 「원왕생가」를 복원하거나 재구성한 게 아니라 그 배경이 되는 설화를 현대화한 것이다. 『삼국유사』에 기재되어 있는 「광덕엄장조」는 소위 '본래의 역사(history proper)'이다. 이를 바탕으로 근(현)대적인 감각의 소설로 재구성한 김동리의 「원왕생가」는 이에 대한 '픽션으로서의 메타역사(meta-history)'인 셈이 된다. 이 경우는 본래의 역사와, 픽션으로서의 메타역사 사이에 간극이나 이질성이 별로 발견되지 않는다.[22]

20) 감통(感通)이란 것은 『삼국유사』 편목의 하나이기도 하다. 주지하듯이 중국 『송고승전(宋高僧傳)』의 전례를 따른 것이다. 말하자면, 이 말에는 '신통력에 의해 일어난 기적을 감응하다'의 뜻을 지니고 있다.
21) 신동욱 외, 『신화와 원형』, 고려원, 1992, 217쪽.
22) 본래의 역사와 메타역사는 헤이든 화이트의 용어이다. 이에 관해선 따로 후술할 예정이다

그럼에도 불구하고, 양자 사이에는 미시적인 읽기의 차이가 있다고 한다. 한 논문이 그렇게 밝히고 있다. 이에 근거하여 일연의 「광덕엄장조」와 김동리의 「원왕생가」 간의 차이를 살펴보자.

전자가 불교적인 계도성을 강조했다면, 후자는 이를 인간적 실존성으로 변용된다. 설화에선 포교적인 측면에서 광덕의 수행 및 성불 과정이 중시되지만, 소설에서는 엄장의 인간적 세속의 번뇌에 더욱 초점을 두게 된다. 결국 김동리는 자신의 작품을 통해 광덕과 엄장의 삶을 대비한다. 그는 속세를 부정하면서 처자를 버리고 홀로 왕생하였던 광덕의 행위가 어찌 종교적인가 하고 되묻는다. 반면에 속세에서 속인으로서 속욕에 얽매여 번민하는 엄장에게서 오히려 더 인간적이고 종교적임을 발견한다.[23]

김동리의 「기파랑」은 충담사에 의해 노래(향가)로써 찬양된 화랑장 기파랑에 관한 전기적인 스토리를 패러프레이즈한 것이다. 물론 이 이야기는 『삼국사기』 효성왕조 기사에 나와 있는 심각한 권력쟁투가 있었던 역사적 사실을 배경으로 한 것이다. 이 권력쟁투에서 겨우 살아남은 기파랑은 세상에서 종적을 감추었다. 지리산에 들어가 신선이 되었다고 전해지기도 할 만큼 미지의, 혹은 불가사의한(mysterious) 한 인물로 그려진다. 그의 제자인 충담사가 그를 찬양한 노래를 지음으로써 세상에 알려지게 되었다는 것. 그러나 기파랑은 노래의 내용 외에는 전혀 알려진 바 없는 인물이다. 김동리가 그린 기파랑은 작자의 상상력에 의해 본래의 역사를 뒤틀어버려 창안된 허구적인 인격의 소산이다. 이를테면 픽션으로서의 메타역사인 것이다.

헤이든 화이트는 역사의 서사 양식을 무엇보다 중시한 매우 독특한 역사가였다. 그는 이처럼 허구의 장치나 형식을 차용하지 않은 역사를 서사로 만들 방법은 없다고 단언한다. 역사의 본질이 서사나 서술에

---

23) 조은하, 「설화의 현대적 수용양상 연구―삼국유사 '광덕엄장조'와 김동리의 '원왕생가'를 중심으로」, 『한국문학이론과 비평』, 앞의 책, 98~102쪽, 참고.

있기 때문이라는 것. 그에 따르면, '본래의 역사'라는 역사 고유의 영역은 따로 없다. 이것이 있다는 강고한 믿음의 환상을 폭로하면서 비판한 것의 압축적인 표현이 바로 '메타역사'라는 것이다. 그에게 메타역사는 일종의 '역사시학'이기도 했다. 역사는 과거에 대한 진술이라기보다는 과거와 관련하여 역사가가 개별적으로 생각하는 것에 대한 서술적 변용의 형태인 것이다.

『삼국사기』나 『삼국유사』가 본래의 역사라는 것은 어디까지나 상대적인 기준에 의거한 결과이다. 이러한 유의 옛 역사 문헌 역시 객관적인 사실(史實)에 대한 설화적인 성격의 메타역사이며, 김동리의 「기파랑」역시 역사소설의 형식에 의해 다시 씌어진, 『삼국유사』에 대한 일종의 메타역사인 것이다. 김동리에게 영향을 끼친 그의 가형 김범부(金凡父)의 저술물인 『화랑외사(花郞外史)』역시 본디 구술적인 성격의 메타역사이었던 것이다.

김범부의 『화랑외사』는 신생 독립국인 대한민국의 국민적 인간상에 적확한 모델을 찾거나 탐구하기 위한 작업의 결과였다. 역사적 현재성이거나, 메타역사 내지 역사시학이었다. 이에 관해 그의 외손인, 부산대학교 도서관학과 교수로 역임한 김정근은 외조부의 외사 저술에 대해 이렇게 적은 바 있다.

> 범부는 화랑 이야기를 통해 사람이 올바르게 사는 길, 윤리적인 인간이 되는 길, 신생국 국민이 되는 길, 독립국의 주인으로서 나라를 갈무리하는 길에 대해 부드럽게 그러나 간곡하게 '천명'하고 싶었던 것이다.[24]

김동리는 가형 범부의 시대적 요청과 성격을 달리하지만 상고의 선인(仙人)인 물계자와 유사한 풍류인을 찾는다. 우륵이다. 그의 『신라

---

24) 김정근, 『풍류정신의 사람, 김범부의 삶을 찾아서』, 도서출판 선인, 2010, 91쪽..

편』에 실려 있는 우륵의 「회매곡(懷妹曲)」도 우륵의 실제 노랫말이 아
닌 작자 김동리의 것이다. 이 역시 그는 김범부의 전례를 따른 것이라
고 판단된다. 결과적으로 볼 때, 김범부와 김동리는 픽션으로서의 메타
역사를 통해 시 형식의 삽입가요라는 메타커뮤니케이션의 전략을 차
용했던 것이다. (이것은 일연의 찬시 형식에 상응하는 것이다.) 그럼으로써 지
나치게 미토스적인 것을 제어할 수 있었던 것이다.

　결론을 한마디로 대신할 수 있다면, 김동리의 역사소설 『신라편』은
김범부의 독특한 풍류적 사관에 힘을 입어서 얻게 된바, 역사로부터
변형된 독자적인 성격의 문학이면서도, 생명력의 근원적인 향수가 발
현된 허구로서의 서사적 역사이었던 것이다.

뻐꾸기가 따라 울어서, 보라 등빛에 칡꽃 피고

—서정주의 신라정신을 살펴보다

1. 들어서는 말

미당 서정주가 시인으로 이룩한 문학적인 위업은 누구나 대체로 인정하는 바이지만, 그의 정치적인 처세나 대(對)사회적인 이미지에 있어선 문제성이 있는 인물이라고 지적하는 사람들이 결코 적지 않다. 시인에게 있어서 시와 사상은 불가분의 관계를 맺고 있다. 그런데 어느 시인의 시가 평판이 좋지만, 만약 시인에게 사상적으로 문제가 있다면 이것은 분명히 문제적이다. 시인 서정주의 시 세계에 비추어진 사상을 되살펴보고 그의 시 언저리에 그의 사상이 지닌 문제의식이 놓인다면 이것이 왜 문제적인가 하는 물음을 던져보고자 하는 것이 본고에 부과된 비평적 동기라고 할 수 있을 것이다.

서정주의 초기시가 영향을 받은 생각 틀이 있다면 그것은 서구로부터 전해온 것임이 부인될 수 없는 사실이다. 그가 1943년 무렵에 조선 백자에 관심을 갖게 되면서 정신세계에 어떤 변화가 시작됐다. 이때 쓴 시편 「꽃」은 시인이 원고 상태로 지니고 있다가 해방 후 1946년에 발표하기에 이른다. 이 시는 조선 백자에 깃든 정신적인 면, 요즈음의 표현대로라면 아우라 같은 것에 심취된 것을 내용으로 삼고 있다. 시인은 이를 두고 선인들의 무형화된 넋의 세계에 접촉한 일종의 문이라고 여기기도 했다.[1] 그 시는 전통에의 자각을 위한 입문의 제식과도 같은 것. 요컨대 서정주의 시적 편력을 살펴본다면 「꽃」은 자신의 생

---

1) 서정주, 『미당자서전(2)』, 민음사, 1994, 135쪽, 참고.

각 틀이 서구적인 것에서부터 전통적인 것으로 바뀌어가는 전환점에 놓인 시라고 할 수 있다.

서정주가 전통에 대한 관심을 본격적으로 갖게 된 동기는 전쟁의 충격이 그의 영혼을 파괴했던 1951년 무렵부터였던 데 있었던 것으로 짐작된다. 그리고 전쟁이 끝난 후에 전쟁이 남기고 간 자리에서 자아의 새로운 성찰과 전통적인 질서로의 회귀에 대한 꿈을 비로소 꾸게 되었던 것 같다.[2] 그는 해방 직후에, 한글 시의 가능성에 대한 기대감을 크게 가졌고, 동란 발발 이후에는 자아 성찰 및 전통 회귀에 대한 갱신 감각을 놓지 않았다.

전통에 대한 관심사를 증폭해가고 신라정신을 본격적으로 탐색해가는 1955년경에, 서정주는 김소월론을 쓰면서 김소월이 고향의 부르는 소리에 이끌리면서 과거 정령의 세계로 퇴각했다고 밝히는데 이 대목에서 자신의 전통 회귀를 강하게 시사한 바 있었다. 이때 당시의 한 비평가는 서정주의 시적, 문학적인 변화를 두고 다음과 같이 언급한 바 있었다.

……그가 초기에 『화사집』을 엮을 무렵에 받은 보들레르나 도스토예프스키의 영향이라는 것이 그렇게 쉽사리 '몰각된 무아(無我)의 세계'로 물러나는 것이었다고 하면 서정주 씨가 받은 영향이란 것을 의심하기 전에 우리는 우리의 전통의 결핍을 또 한 번 통감하지 않을 수 없으며 그러한 전통이 없는 곳에 미치는 어떠한 영향도 무가치한 것에 지나지 않는 것이 아닌가 하는 것을 새로이 느끼게 되는 것이다.[3]

전후 한국문학의 쟁점으로 부각되었던 모더니티지향성과 전통지향성의 분화는 그다지 서로 적대적인 것이라고 볼 수는 없었다. 해방기의 범(汎)문단적인 좌우 갈등과 1960년대의 참여문학과 순수문학의

---

2) 김정신, 『서정주의 시정신』, 국학자료원, 2002, 134쪽, 참고.
3) 김양수, 「서정주의 영향(下)」, 『현대문학』, 1955, 11, 150쪽.

대립 사이 끼어 있었던 그것은 앞과 뒤의 쟁점에 비해서는 온건했다. 서정주는 전통지향성에 손을 들어 주었다. 그가 이렇게 할 수밖에 없었던 것은 일제 말, 해방기, 한국전쟁으로 이어진 난세의 정치적인 처세와도 깊은 연관성을 맺고 있었기 때문이다.

그는 일제 말에 친일 작품을 썼으며, 해방기의 좌우 대립 과정에서 우파 진영에 서야 했으며, 전쟁 기간 중에는 극심한 신경병적인 증세에 시달려야 했다. 그가 이 같은 과정을 겪으면서 전쟁이 자신의 영혼을 옥죄고 사상의 대립이 시의 순수성을 훼손한다는 사실을 자각하기에 이른다. 그에게 있어서 전쟁 및 사상의 대립이 서구로부터 온 근대성의 결과인 것은 필지의 사실이다. 그에게는 일본 제국주의도 서구적인 근대화의 결과에, 또한 마르크스주의도 근대성의 물질적인 현상에 지나지 않았던 것이다.

서정주의 생각 틀을 이룬 정신주의 세계는 제도적으로나 문학에 있어서 이 땅에 흘러들어온 근대성에 대한 반명제의 논리로 기능할 수밖에 없었을 것이다. 그의 시 세계에 드리운 생각 틀의 부분들, 이를테면 불교와 신라정신과 풍류도는 서로가 서로에게 상승작용을 일으키면서 반근대성의 대안적인 생각의 틀로 자리를 잡기에 이르렀던 것이다.

2. 불교적 상상력의 기저

서정주 시에 투영된 불교적인 것의 의미는 새삼스러운 것이 되지 않는다. 이때 내가 말하고 있는 불교적인 것의 의미란, 소재주의적인 것에서부터 주제의식, 세계 이해의 방식, 시인 스스로의 표현인 정신태(精神態)라는 것 등에 이르기까지 두루 포회하는 개념을 두고 말하고 있다. 이미 오래 전부터 서정주의 시 세계와 불교의 텍스트 상호관련성에 관해 언급되어 온 바 있었다. 최근에는 각 대학에서 공인한 박사학위 논문들에 의해 이 문제에 관해 비평적인 인상을 넘어서 학구적으로 심화해가는 양상을 보이고 있다.

서정주와 불교의 인연은 1933년 겨울, 열아홉 살의 청년인 그가 당시에 고승이었던 석전 박한영을 처음으로 만나게 됨으로써 비롯했던 것 같다. 그는 훗날 자서전에서 박한영 스님을 회고한 적이 있었다. 스님의 목소리에 대한 기억은 다름 아니라 '지금도 내 뼈다귀 속에 스며들어 나를 바로 앉게 하고 영원의 맥박 속에 내가 어쩔 수 없이 끼여 있는 걸 다시 자각하게 한다'[4]는 것. 기억의 방식도 시인답게 매우 시적으로 기술되어 있어서 눈길을 끌게 한다.

서정주의 시 세계를 이룩한 불교적인 소재주의는 해방 후부터 시작되었음을 시인 자신이 술회한 바 있었다. 즉, 그는 해방 이후에 불교적인 인연의 문제, 불교적 상상력, 불교의 체관(諦觀), 연기의 문제 등에 생각이 미치기 시작했다고 말했다.[5] 그의 불교적인 소재주의에 관해서라면 기본적으로 시편 「국화 옆에서」를 생각하지 않을 수 없다. 이 작품은 그의 세 번째 시집인 『서정주 시선』(1955)에 실려 있다. 이 작품의 본디 텍스트는 이 시집에 실리기 9년 전에 처음 발표되었다. 이것을 원(原)텍스트의 상태로 인용하고자 한다. 우리가 알고 있는 것과는 약간의 차이가 있기 때문이다.

> 한송이의 菊花꽃을 피우기위하여
> 봄부터 솟작작은
> 그렇게 울었나보다.
>
> 한송이의 菊花꽃을 피우기위하야
> 天動은, 먹구름속에서
> 또 그렇게 울었나보다.
>
> 그립고 아쉬움에 가슴 조이든

---

4) 서정주, 앞의 책, 27쪽.
5) 대담 취재, 「미당과의 대화」, 『문학사상』, 1972. 12, 254쪽, 참고.

머언 먼 젊음의 뒤안길에서
인제는 도라와 거울앞에 선
내 누님같이 생긴 꽃이여

노오란 네 꽃술이 필라고
간밤엔 무서리가 저리 나리고
나에게는 잠이 오지 않었나보다.

— 「菊花 옆에서」 전문[6]

　이 시가 두 번째 시집인 『귀촉도』(1948)에 실리지 않고 어째서 한참 지난 후에 세 번째 시집에 이르러 실리게 되었는지에 관해서는 잘 알 수 없다. 시인이 애초에 이것을 범작으로 여겼는지 모른다. 그렇다면 스스로 평가절하했던 셈이 된다. 어쨌든 이 시편은 서정주의 시 가운데 한때 가장 '포풀러'한 작품으로 애송되었고, 사실상 그의 대표 시 몇 손가락 안에 들 정도로 높게 평가 되고 있는 것이 사실이다. 이 시에 관해 많은 사람들이 해설한 바 있었고 또 해설의 내용도 거의 대동소이했다.

　그런데 시인 자신의 얘기로는 좀 다른 면이 있었다. 시인 자신은 이 시에 관해 스스로, 인체 윤회의 상념, 음성 윤회의 상념, 애인 갱생의 환각을 묘파한 것[7]이라고 설명한 바 있었다. 참 흥미로운 자가 해설이 아닐 수 없다. 수 년 전에 시인 황인숙이 이 시를 해설한 짧은 글을 지상에 발표한 적이 있었다. 해설하는 방식이 독특하여 여기에 인용하려 한다.

　내 윗세대에는 국화꽃을 좋아하는 어른이 많았다. 꽃송이가 어른 주먹만큼 큼지막한 국화꽃 말이다. 특히 남자 어른이 그랬던 듯하다. 내 아버지도

---

6) 경향신문, 1947. 11. 9.
7) 서정주, 『육자배기 가락에 타는 진달래』, 예전사, 1985, 42쪽.

가을이면 국화꽃 화분을 몇 개씩 사들여 뜰 가장자리에 둘러놓곤 했다. 정서 생활에는 눈 돌릴 새 없이 살아온 아버지들의 문득 소슬해진 마음을 어루만져 주었든 국화꽃. 무서리 내린 세상에 추락하고 서기(瑞氣) 어린 자태로 생명의 위엄을 뿜는 그 건강한 아름다움. 온 세상이 협조해 만들어낸 생명 하나! 생을 얻을 뻔하다가 못 얻은 반(半)생명은 또 얼마나 많을까. 우리는 굉장히 낮은 확률을 뚫고 태어난 존재들이다.[8]

시인 황인숙은 자신의 아버지와 부녀(父女)의 인연을 맺었다. 그 아버지가 인(因)이라면, 그는 연(緣)이다. 인과 연이 서로 순응하기 때문에 인연상응(因緣相應)이라는 말이 있다. 또 불교에 연기설이 있다. 축자적인 의미대로, 연기란 인연이라는 것이 조건에 따라 생기(生起)하는 것을 가리킨다. 한 송이의 국화꽃은 그저 피어나는 게 아니라 소쩍새의 울음, 먹구름 속의 천둥, 간밤의 무서리 등이라는 자연의 조건 속에서 생기한다. 모든 것은 상호의존성을 가진다. 모든 것은 원인과 결과의 관계 속에서 존재한다. 요컨대 오늘 날의 철학 용어를 빌어 애기하자면, 연기는 일종의 존재론이라고 할 수 있다.

불교의 연기설에서 말하는 인과의 논리는 윤회의 원리로 이어져간다. 즉 윤회의 원리는 인과론에 철저히 근거하고 있다. 예컨대 소설가 김성동이 말한 바와 같이 '강과 바다가 썩어버리면 그물로 자라는 농작물과 수산물이 썩게 되고 그것을 먹는 사람들의 몸뚱이 또한 썩게 마련이다.'[9]라고 한 것도 연기(법)이면서 동시에 윤회(설)인 것이다. 유명한 동시 「감자꽃」(권태응)의 내용처럼, 자주 꽃 핀 건 자주 감자, 하얀꽃 핀 건 하얀 감자다.

서정주의 시 세계에 투영된 불교적인 것의 의미란 것도 기실 연기와 윤회의 생각 틀과 무관하지 않다. 서정주 시의 불교적인 세계 인식은 인연설과 윤회 사상을 축으로 한다는 홍신선의 발언도 이미 있었듯이

8) 중앙일보, 2008. 10. 7.
9) 김성동, 『김성동 생명에세이』, 풀빛, 1992, 69쪽.

말이다.[10]

서정주의 시 가운데 이 같은 생각의 틀에서 비롯된 낱낱의 작품들이 적잖이 남아 있다. 그의 시 중에서도 「부활」, 「춘향유문」, 「인연설화조」, 「내가 돌이 되면」, 「연꽃 만나고 가는 바람 같이」 등과 같은 주옥의 명편들은 불교적인 것의 세계 이해 및 정신태와 무관하지 않다고 여겨진다.

내가
돌이 되면

돌은
연꽃이 되고

연꽃은
호수가 되고

내가
호수가 되면

호수는
연꽃이 되고

— 「내가 돌이 되면」 전문[11]

시집 『동천』에 실려 있는 이 시는 자연 속에 농축되고 함축된 사물의 유기적이고도 내밀한 관계성을 노래한 것이다. 이 시는 불교적인 상상력의 틀을 이용하여 새로운 이미지를 미학적으로 형상화한 것의 결과이다. 이 시는 법주사의 사자 형상의 석상인 석련지(石蓮池)를 보고

10) 홍신선, 「서정주시의 불교적 상상력 연구」, 『동악어문론집』, 제36집. 2000, 440쪽, 참고.
11) 서정주, 『동천』, 민중서관, 1968, 77~79쪽.

지은 시다. 나는 1983, 4년경에 서정주로부터 강의를 들은 바 있었는데 초현실주의를 얘기하면서 자작시 「내가 돌이 되면」을 예로 들면서 참고로 삼기도 하였다. 이때의 강의 내용은 이미 오래 전에 대담한 다음의 내용과 큰 차이가 없을 것이라고 생각한다.

> 예컨대 법주사에 가면 사자가 머리 위에 연꽃을, 연꽃 위에 호수가 있는데—그것을 석련지(石蓮池)라고 함—이것을 나는 시로 노래 불렀어요.
> 사자 머리 위에 연꽃을 이고 있는 연꽃의 이미지.
> 그런데 나의 그러한 표현이 로지크(논리—인용자)에 맞지 않는다는 거예요. 불교의 미묘한 이미지와 미학을 모른 데서 오는 넌센스야.
> 석련지의 이미지 같은 것을 보면 금방 이해할 수 있을 텐데. 실상 이런 이미지는 초현실주의 이미지에도 없는 것들이지만 새 이미지의 질서가 성립된다는 사실을 확인할 수 있어요.[12]

이 대담문에 시편 「내가 돌이 되면」에 관한 언급이 전혀 없지만, 시인이 불교 선시풍의 시와 서구의 초현실주의 시의 미학적인 접목의 가능성을 말하고 있어, 인용문은 그의 시적인 상상력과 혜안의 깊이를 충분히 짐작하게 한다. 서정주 시의 불교적 상상력은 이처럼 사물의 순환론적인 관계성인 연기 및 윤회의 문제에서 비롯된 것이라고 말할 수 있겠다.

비교적 근래의 박사학위 논문이라고 할 수 있는 한 연구자는 서정주의 시 세계를 두고 윤회론적 시학, 윤회론적 사유, 윤회론적 상상력이라는 용어를 제안하여 두루 사용하고 있었다.[13]

서정주의 시 「인연설화조」는 연기(법)와 윤회(설)의 두 수레바퀴를 동시에 이끌어간 가장 전형적인 작품이 아닌가 한다. 시인 문태준도

---

12) 대담 취재, 앞의 글, 258쪽.
13) 김옥성, 「한국 현대시의 불교적 시학 연구」, 서울대 대학원, 2005, 196~211쪽, 참고.

자신의 학위 논문에서 시편 「인연설화조」를 그러한 맥락에서 이해하면서 비평적인 견해를 밝힌 적이 있었다. 그는 이 작품을 가리켜 윤회전생을 극도로 축약해서 보여준 문제적인 작품으로 이해했다. 시적 화자인 '나'가 모란꽃─재─물고기─배─물새─새고기─영아(嬰兒)─처녀로 돌고 도는 순환을 보여주고, 시적 화자가 연모하는 것으로 추정할 수 있는 대상은 처녀─흙─물살─구름─소나기─모란꽃으로 이어지는 순환을 보여준 그 시가 원환적(圓環的)인 변신의 순환 원리에 근거해 씌어졌음[14]을, 그는 파악하고 있다.

그런데 시편 「인연설화조」는 비교적 잘 알려지고 비평적으로 적잖이 언급된 바 있기 때문에 더 이상 논의하지 않기로 하고, 이 글에서는 그 동안 비평적인 입증의 데이터로 활용되지 않았던 「소연가(小戀歌)」를 인용함으로써 서정주 시인의 불교적인 것에 관한 논의의 폭을 넓히려고 한다.

> 머리에 石南꽃을 꽂고
> 내가 죽으면
> 머리에 石南꽃을 꽂고
> 너도 죽어서……
> 너 죽는 바람에
> 내가 깨어나면
> 내 깨는 바람에
> 너도 깨어나서……
> 한 서른 해만 더 살아 볼꺼나.
> 죽어서도 살아나서
> 머리에 石南꽃을 꽂고
> 한 서른 해만 더 살아 볼꺼나.

---

14) 문태준, 「서정주 시의 불교적 상상력 연구」, 동국대 대학원, 2011, 104~105쪽, 참고.

—「소연가」전문[15]

　삶과 죽음과 거듭된 삶으로 순환하는 것도 일종의 윤회라고 할 수 있다. 이 시에서 사랑하는 남녀는 이른바 '인연상응'의 철저한 관계로 맺음하고 있다. 서정주는 시편 「소연가」를 통해 그 지엄한 생명의 존재 양식, 그 촘촘한 순환 원리가 연기(법)와 윤회(설)라는 불교적인 사유의 틀에 있음을 규명한 것이라고 보인다.

　꽃은 본래부터 순환적인 생명의 상징물이었다.

　그리고 꽃은 영혼의 세계를 상징한다.[16]

　이 시의 제재로 등장하고 있는 석남꽃은 오르페우스의 리라에 해당하는 것, '죽은 혼도 살려내어 다시 살고자 하는 바람'[17]이 담긴 꽃이다. 또 이 시에 제재로 등장하고 있는 석남꽃은 주술적인 의미의 꽃이다. 죽음에서 부활로 인도할 수 있는 그 왕성한 생명의 주력(呪力)이 내포된 그런 꽃이다. 즉 여기에서의 석남꽃은 시적이고 신화적인 은유의 동력을 얻고 있는 극적인 상관물이다. 나는 이 시 「소연가」가 주술적인 힘을 지향하는 무가(巫歌)의 현대적인 변용 텍스트이다, 라고 볼 수 있지 않을까 생각한다.

　전통 무가 가운데 주술적인 꽃이 나오는 것으로 대표적인 것은 바리공주, 이공(二公)본풀이, 세경(世經)본풀이 등이 있다. 이 작품들에서 공유하는 모티프는 소위 '환생 꽃'이다. 죽은 사람도 되살리는 초자연적인 힘을 지닌 환생 꽃 말이다. 예컨대 훔쳐온 천상의 환생 꽃으로 자청비가 문도령을 살려낸 애깃거리가 있지 않은가.[18]

　자청비의 얘기가 예사롭지 않듯이, 시편 「소연가」에서 남녀 간의 사랑의 얘기도 결코 예사롭지 않은 애깃거리이다.

15) 서정주, 『미당서정주시전집』, 민음사, 1984, 260쪽. (이하 『시전집』으로 약칭함.)
16) 이승훈 편저, 『문학상징사전』, 고려원, 1995, 81쪽.
17) 김정신, 앞의 책, 170쪽.
18) 이상희, 『꽃으로 보는 한국문화(1)』, 넥세스, 1998, 354~357쪽, 참고

불교의 12연기법은 과문한 탓에 잘 모르겠으나 순환의 영속성을 의미하는 것이 아닐까 한다. 서양의 12궁도의 상징이나 어떤 대상을 12로 나누는 것은 모두 순환의 상징적인 의미와 관련되는 것[19]처럼, 시편 「소연가」가 불교의 12연기법과 무관하지 않다면 삶과 죽음의 순환 질서에 의거한 윤회론적 상상력의 시학으로 읽히게 되는 것은 극히 당연하다고 할 것이다. 꽃이 지는 것을 두고 자연의 영원성에 비추어 인간의 유한성에 따라 비탄에 빠지는 것은 서정시의 전통적인 관례이요 문법이었다. 서정주의 「소연가」가 결코 예사로운 시가 아니라는 이유가 여기에 있다.

석남꽃을 제재로 한 미국의 시가 있었다. 다음에 길게 인용한 것은 랄프 월도 에머슨의 시 「석남화(石南花): The Rhodora)」이다. 이 시의 우리말 역본은 영문학자 이상옥이 번역한 것이다. 서정주는 석남꽃이라고 했고, 이상옥은 석남화로 옮겼다. 하지만 표준국어대사전이 가리키고 있는 정확한 표기는 석남(石南)이다. 석남은 오뉴월에 꽃을 피우는 철쭉 비슷한 것이다. 주로 저온의 고산 지대나 습지에 꽃을 피우는 습성을 가지고 있다고 전한다.

> 오월, 바닷바람이
> 외로운 마음에 스밀 때
> 숲 속을 거닐다 나는 보았네
> 갓 피어난 석남화(石南花) 송이.
> 아늑한 습지에서
> 잎새 없이 핀 꽃,
> 빈 들과 느릿느릿한 개울물
> 꽃을 보고 좋아하네.
> 연못에 떨어진
> 자주빛 꽃잎 맞아

---

19) 이승훈, 앞의 책, 327쪽, 참고.

시커멓게 고인 물은
마냥 즐거웁네.
홍관조(紅冠鳥) 날아 와
물 속에 날개 식히며
꽃을 보고 사랑을 구하노라면
화사한 그 날개 빛을 잃누나.
석남화여,
이 세상에 현자(賢者) 있어
그대가 이 땅, 이 하늘을
매혹시키는 이유를 묻거든,
말하라, 내 사랑아
눈이 보기 위해 만들어졌다면
아름다움이야
제 나름의 이유 있어 존재한다고.
오, 장미와 다투는 아름다움이여,
어찌하여 그대 피어 있는지
내 알 바 아니요,
물어보지 않으리.
하지만 순박한 무지(無知)에서 생각하노니
나를 그대에게 데리고 간 힘,
바로 그 힘이 있어,
그대를 거기에 꽃피웠으리라.

In May, When sea-winds pierced out solitudes,
I found the fresh Rhodora in the woods,
Spreading its leafless blooms in a damp nooks
To please to desert and the sluggish brook.
The purple petals, fallen in the pool,
Made the black water with their beauty gay;
Here might the red-bird come his plumes to cool

And court the flower that cheapens his array.

Rhodora! if the sages ask thee why

This charm is wasted on the earth and sky,

Tell them, dear, that if eyes were made for seeing,

Then Beauty is its own excuse for being:

Why thou were there, O rival of the rose!

I never thought to ask, I never knew:

But, in my simple ignorance, suppose

The self-same Power that brought me there brought you.

우리나라에 승려시인 한용운이 있었듯이, 에머슨은 19세기 미국의 목사시인이었다. 1834년에 발표된 것으로 알려진 인용시 「석남화」는 인간과 자연이 맺고 있는 유기적인 관계에 대한 비전을 노래한 것이다.[20]

이 세상의 모든 사물에는 내재적인 신성이 깃들어져 있다. 이 때문에 모든 사물은 크기나 명칭에 상관없이 하나 같이 소우주를 이룬다. 에머슨의 자연에 대한 심미관이 잘 반영되어 있다는 철학적인 명상의 에세이 「자연」에 이 같은 사상이 드러난다. 신이 아름다움을 창조한다기보다는, 아름다움이 작은 우주를 창조한다. 그럼에도 불구하고 우주를 지배하는 신의 존재를 떠나서 아름다움을 생각할 수 없고, 또 신의 존재야말로 가장 아름다운 것이다. 신의 섭리에 대한, 이와 같은 철학적 명상을 위한 하나의 방편으로서 정당화되는 것이 시편 「석남화」인 것이다.[21]

같은 꽃을 제재로 삼은 서정주와 에머슨. 불교적인 연기 법칙과 기독교적인 신성의 창조적 의미를 비밀스럽게 시적으로 실현한 두 편의 시편을 두고 동서양의 비교시학적인 관점에서 흥미롭게 대비해 볼 수 있

---

20) 이상옥, 「신이 깃든 아름다운 소우주」, 『문학사상』, 1976, 3, 58쪽, 참고.
21) 같은 책, 60~61쪽, 참고.

다는 것을, 나는 말해두고 싶다.

3. 시인 서정주에게 있어서의 신라 및 쟁점

꽃이 피고 지는 것을 통해 자연의 영원성과 인간의 유한성을 동시에 체현하는 것이 시인의 운명인지도 모른다. 이 모순의 상황 속에서 시인은 인간을 자연화하고자 하는 충동에 빠지고는 한다. 서정주에게 있어서 이 낙원의식의 충동성이야말로 그가 창의적으로 제안했던 신라정신인지도 모른다.

신라정신은 1960년을 전후로 우리 문단에서 비상한 관심과 첨예한 찬반 논의를 불러일으켰던 아이템의 하나였다. 신라정신으로 이름된 용어는 정확히 언제부터 비롯했는지 잘 알 수 없지만, 대체로 보아 서정주가 1950년대 중반에 처음으로 사용했던 것 같다. 그의 신라에의 관심은 문교부에 교수 자격 심사위원회에 제출한 학술 보고서인 『신라연구』(1960)와 자신의 네 번째 시집인 『신라초(新羅抄)』(1960)에 이르러 자기 확신에 도달했던 것 같다.

그의 소논문과 시집에 실려 있는 내용물은 1950년대에 쓰인 것들이다. 그가 창안하고 제안한 신라정신이란 이름의 개념 틀은 1950년대라는 시대의 소산물 이라고 말할 수 있다. 이 신라정신이 1950년대 후반에서부터 1960년대 중반에 이르기까지 비평적인 쟁점으로 문단에 초미의 관심사로 나타나게 되었던 것이다. 요컨대 서정주의 신라정신이 하나의 실마리로 여겨지는 것은 6・25가 발발되기 직전에 발표했던 시편 「선덕여왕찬(善德女王讚)」이 되었을 가능성이 높다. 시집에는 실리지 않았던 이 시의 시작되는 부문은 다음과 같다.

> 뭇 벌과 나비들이 어우러져 날라드는
> 新羅山野의 자욱한 꽃 밭위에
> 언제나 이를 구비보고 게시던 크낙한

꽃 한송이가 피어있다고 생각하는 것은
얼마나 큰 기쁨인가.

그 지닌 향기는 너무도 높아, 어느 벌 나비도 다을 수 없는 곳에
으젓한 꽃 한송이가 호올로 피어있었다고 생각하는 것은
얼마나 큰 기쁨인가.

—「선덕여왕찬」 부분[22]

인용 시 「선덕여왕찬」은 신라를 소재로 한 서정주의 최초의 시다. 시의 내용을 보면 알 수 있듯이 신라의 여왕 선덕여왕을 예찬하는 정치적인 의도가 담긴 시다. 해방기 5년간 주지하듯이 서정주는 우파 진영의 문인으로 활동했다. 그는 정치적으로 반공주의자였고 반공을 반근대성의 정치적인 표상으로 삼았었다. 요컨대 인간의 자연화를 지향하는 낙원의식에의 충동성을, 시인 서정주는 신라에서 스스로 찾았던 것이다.

좌우 대립으로 분열된 해방 조선이 향후 통일되어야 할 당위성은 신라의 삼국통일로 대입되는 역사적 현재성에 있는 것이기 때문에 서정주는 정치적인 맥락에서 통일의 기초를 다졌던 선덕여왕의 찬양을 수용하지 않을 수 없었다. 폭발적인 관객 동원에 성공한 유치진의 「원술랑」(1950)도 마찬가지였다. 이들에게는 삼국통일이 바로 남북통일이었다.

미증유의 비극인 한국전쟁은 서정주에게 각박한 현실이었다. 자신의 실천 의지력으로는 이것으로부터 자신을 구원하지 못했다. 1951년 여름에 음독자살을 시도했던 그가 갱생의 길을 우리의 역사 책를 통해 모색하게 된다. 그는 그 사건 이후에 선험적 고향, 민족정신의 본향(本鄕)으로 생각되는 신라에 관한 책들을 정독해 읽기 시작했다

22) 『문예』, 1950. 6, 106~107쪽.

고 회고한 바 있었다.[23]

서정주에게 있어서의 신라정신은 불교 상상력의 시적 구현이라고 생각하는 사람들이 많았고, 또 지금도 이렇게 생각하는 사람들이 적지 않다. 불문학자인 김화영의 말마따나, 서정주의 시 전편을 통해 확인되는바, 거의 지루할 정도로 반복되어 나타나는 불교적 윤회의 순환 법칙에 따르는 것이 대체로 인상적이다.[24] 시인 서정주의 생사관이 신라인들의 시공을 초월한 소위 '영원주의'로 통하고, 또 불교의 연기를 바탕으로 한 윤회사상과 밀접한 관련을 맺고 있기 때문일 테다.[25] 아닌 게 아니라, 그의 생사관은 순환 구조로 이루어져 있다.

> 세계의 끝에서 죽지 아니하고
> 또 걸어가면서
> 뻐꾸기가 따라 울어
> 보라 燈 빛
> 칡꽃이 피고,
> 나도 걷기 시작한다.

— 「칡꽃 위에 뻐꾸기 울 때」 부분[26]

세계의 끝이 바로 죽음인데 죽음에 이르러서도 죽지 않는 것은 죽음 이후에 또 다른 삶이 있다는 믿음을 전제로 하는 것이다. 세계의 끝에 서면 다시 세계가 시작된다는 생사 순환의 법칙은 불교에만 있는 게 아니다. 모든 종교에 나타나고 있다. 세상사의 이치가 그러하듯이 '뻐꾸기의 따라 욺'이 독립적으로 존재하는 것이 아니라 세상 모든 것의 연결고리가 된다.

---

23) 서정주, 『문학을 공부하는 젊은 친구들에게』, 민음사, 1993, 118~119쪽, 참고.
24) 김화영, 『미당 서정주의 시에 대하여』, 민음사, 1994, 93쪽, 참고.
25) 김순주, 「서정주 시 연구」, 연세대학교 교육대학원, 1988, 51쪽, 참고.
26) 서정주, 『동천』, 앞의 책, 118~119쪽.

김화영은 서정주 시의 '무(無)의 발생'성에 대하여 주목한 바 있었다. 그의 시에 무의 발생으로 인해 드러나는 숨겨진 생명 의식 같은 것이 있기 때문이다.[27] 불교의 인연설 못지않게 신라정신을 구성하는 요소는 무의 발생과, 영통(靈通)이다. 이 무는 불교의 무상관과 관련이 없지 않지만, 특히 니체와 도스토옙스키와 깊은 관계를 가진다. 서정주는 김동리를 처음 만나기 이전에 그의 백형인 김범부를 먼저 만나서 동양학을 배웠다. (서정주가 김범부와 김동리 형제 중에서 누구를 먼저 만났느냐에 관해선 의견이 엇갈린다. 이것은 그다지 중요한 문제가 아니다.) 서정주와 김동리는 김범부가 운영하는 '선(禪)학원'에서 처음으로 만나 평생의 친구가 되었다고 하지만, 이들의 내면을 채우고 있던 것은 민족의식이 아니라 허무주의였다.[28] 이 허무주의 역시 무의 발생인 것. 서정주의 영통에 관해서는 얘기가 복잡해진다. 영통은 신라 불교 이전의 토착신앙에서 나타났다. 시인 서정주는 비평가 김종길과 논쟁이 있었을 때, 영통에 관해 이렇게 설명했다.

박혁거세의 어머니로부터 진평왕 치세의 지혜(知慧)의 때까지는 왕이 스물다섯 대(代)나 바뀐 여러 백 년의 세월을 격하지만, 그때 사람들은 죽은 자의 마음도 영혼이라 하여 살아 있는 것으로 알고 느끼고 있었기 때문에, 본받을만한 사람의 혼이면 몇 백 년 뒤에도 항시 제사 드리고 감접(感接)해 살아서, 그 혼이 꿈에 나타나 말하는 것까지를 한 현실력으로 받아들여 그 감화력으로서 부족한 현실의 약을 늘 삼아왔었다. 이것은 영통이다. 이 영통은 미망(迷妄)이고 못쓸 일인가?[29]

박혁거세의 어머니는 경주의 선도산 신모(神母)였다. 토착신앙의 숭배 대상인 셈이다. 지혜는 진평왕 때의 비구니였다. 그녀가 안흥사 불사에 힘들어 할 때 꿈에 신모가 나타나 도와준다. 시대의 차이가 현저

27) 김화영, 앞의 책, 91쪽, 참고.
28) 홍기돈, 『김동리 연구』, 소명출판, 2010, 50쪽, 참고.
29) 서정주, 「내 시정신의 현황」, 『문학춘추』, 1964, 7, 271쪽.

해도, 또 믿음의 형태가 서로 달라도, 이승과 저승의 경계를 넘어서 신과 인간이 합일하고 있다. 신라적인 의미의 일종의 신불습합이라고 하겠다. 서정주는 김종길에게 자기변호의 산문을 통해 자신은 시인일 뿐이지, 영매자도, 접신술사도 아니라고 강조한다.

영통은 여기에서 끝이 나지 않는다. 진평왕의 딸인 선덕여왕에게로 이어진다. 그녀가 건강할 때 미리 유언을 남긴다. '내가 죽으면 도리천(忉利天) 가운데 장사를 지내라.' 신하들이 도리천이 어디냐고 묻는다. 도리천은 상징의 장소성인데, 현실의 처소가 어디냐는 것이다. '낭산(狼山)의 남쪽이니라.' 그녀는 마침내 죽어서 원하던 데로 갔다. 그리고 10여 년이 지나 격세의 신라왕인 문무왕이 선덕의 왕릉 아래 사찰 사천왕사를 지어주었다.[30] 역사책에는 선덕여왕과 문무왕의 대화는 없다. 이들은 격세를 통해, 생사의 틈새에서 영통한 것이다. 서정주의 시편 「신라인의 통화」에서는 이들 사이에 영통의 대화가 담겨있다. 물론 시인의 상상력이다.

"나, 이승을 뜨면, 욕심 많은 王者가 갈 곳, 忉利天에 가 살게 되겠는데, 이걸 누가 세상 사람한테 알리겠느냐 응?"
"제가 하지러 야. 까짓 거야 당신 陵 앞에 당신 계신 데보단 한 等 낮은 하늘의 이름을 따 절간이나 하나 세우면 되지 않은가 베."

— 「신라인의 통화」 부분[31]

시편 「신라인의 통화」은 1961년 벽두에 월간지에 발표되었지만, 연말에 간행된 시집 『신라초』에도 수록되지 못했다. 시인 자신이 그다지 마음에 들지 않았던 모양이다. 하지만 서정주의 창작 전략의 하나인 영통과 관련해 하나의 알맞은 텍스트가 될 수 있다. 살아생전 선덕

---

30) 일연 지음, 김원중 옮김, 『삼국유사』, 민음사, 2008, 101쪽, 참고.
31) 『현대문학』, 1961, 1, 13쪽.

여왕의 유언은 삼국유사에 기록이 된 것이지만, 문무왕의 화답은 기록으로는 전하지 않는다. 이 시가 어떻게 개작되었는지의 여부나 경위에 관해서는 잘 알 수 없지만, 일본어 역본으로 전해지고 있다. 짐작컨대 훗날 시에서 산문으로 개작된 것 같다.

王無恙時謂羣臣曰朕死於某年某月日葬我於忉利天中羣臣罔知其處奏云何所王曰狼山南也至其月日王果崩羣臣葬於狼山之陽後十餘年文虎大王創四天王寺於王墳之下[32]

はい. いますこし高位につかれてもよろしかろうと存じますが, しいてそこにいらっしゃるとおっしゃるので, 世の者たちにもねんごろに伝えましょう.[33]

인용된 한문은 『삼국유사』의 관련된 원문이며, 일본어는 서정주의 시에서 선덕여왕과 문무왕이 영통하는 내용이다. 서정주의 대화록은 짐짓 경상도 사투리를 써가면서 신라어의 말맛 및 말투에 접근하려고 노력하고 있다. 하지만 인용문은 서정주의 원문이 반말투 같지만 일본어로는 공손한 존댓말이다. 뜻은 대충 이렇다. 네. 지금 좀 높은 데 수고롭게 계신다는 사실을, 세상 사람들에게도 잇달아 전하려고 합니다. 그런데 선덕여왕은 왜 도리천에 묻히려고 했을까? 시인 서정주는 왜 이것에 시적 상상력의 촉수가 닿았을까?

선덕여왕이 죽어서 '도리천'에 묻히고 싶었던 까닭은 바로 그가 현세적 세계에서 이루지 못한 소망을 이루어낼 수 있는 공간이기 때문이다. 도리천은 재생의 공간이고 생명의 환희와 생명 의지가 투사된 공간으로 개인적 욕망의 시적 구현이라고 할 수 있다. 내생(來生)의 한 지점이라 할 수 있는 도리천은 선덕여왕의 이상이며 동시에 미당이 지향하고 있는 세계이기도 하다.[34].

32) 一然 著, 『原文 三國遺事』, 明文堂, 1993, 51쪽.
33) 徐廷住 著, 白川豊, 鴻農瀾二 共譯, 『新羅風流』, 角川書店, 1986, 15面.
34) 배영아, 「영생주의와 '영통'의 시학」, 김학동 외, 『서정주 연구』, 새문사, 2005, 88쪽.

신인이 조응하고, 생사가 여일하고, 천지가 이어지는 곳에 도리천의 공간이 놓인다. 온전한 신격도, 죽음도, 진공도 아닌 공간이다. 단테의 경우라면 연옥과 같은 곳이다. 중세에는 연옥이란 게 없었다. 연옥의 탄생을 촉발한 것이 르네상스라고 할 수 있듯이, 김동리의 생의 구경적 형식, 서정주의 신라정신 등 역시 인본주의에 기반을 둔다. 이들에게 있어서의 신라는 단테의 연옥과 같은 개념이다.

서정주가 신라정신의 싹을 틔운 것은 「석굴암 관세음의 노래」(1946)에서부터라고 보인다. 일제강점기에 최남선과 박종화는 석굴암 대불에 매달려 나라 잃은 설움을 하소연했는데, 좌우 갈등이 극에 달한 해방기의 서정주는 정각을 이룬 대불보다 관세음보살을 찬미하였다. 대불이 초인격의 표상이라면, 반면에 보살은 인격의 표상이다. 대불과 중생 사이에 보살이 있다. 이런 점에서 볼 때, 보살이 존재하는 상징 공간은 단테의 연옥과 같이 중간 지점의 가치에 놓이는 공간이다.

서정주의 산문 「신라인의 천지」(1955)는 간과하기 쉬운 자료다. 시작되는 부분만 보아도 만만치 않은 글임을 알게 한다. 아래의 인용문을 보면, 숫제 시적 산문이라는 인상을 떨칠 수가 없다.

　여기에 하눌이 있다.
　그러나, 이 하눌은 그 밑엣사람들을 굴복시켜 그 아래 엎드리게만 하거나 그의 일생을 죄의 참회 속에 흐느끼게 하는 그러한 하눌이 아니다. 다만 빛이 거기서 오듯이 그들도 거기서 오고, 또 돌아가는 것이라고 생각하면 그만인 것이었다.[35]

사람들은 시간적으로 역사를 꿰뚫어보거나, 공간적으로 천지의 낌새를 살펴보거나 한다. 서정주에게 있어서의 역사는 신라이고, 천지는 우주이다. 신라인들의 하늘은 그들을 보듬는 하늘이다. 기독교적인 원죄의식이나 죄의 심판으로 가득 찬 그런 하늘이 아니다. 신라인들도

---

35) 서정주, 「신라인의 천지」, 『협동』, 제48호, 1955, 124쪽.

하늘의 뜻이 무엇인지를 간파해가면서 살아간다. 신라인들의 상행위역시 자본주의 사회의 사용가치, 교환가치에 따라 움직이는 결과가 아니었다. 신라인 두 사람이 매가 물어다준 솜과 쌀에 관해 나는 이야기가 꽤 인상적으로 들린다.

"우리 집에서 자네가 사가신 솜을, 매매를 모르는 우리 집 매가 자네 집마당귀에서 물어온 것이니 도루 받게."
"매가 한 짓은 매가 한 짓인데 우리가 그걸 어떻게 처리하는가. 그것은 하눌의 일이니 다시 더 두말 말게."

매가 물고 온 것은 하늘의 뜻이라고 한다. 고대인들은 새를 신성시했다. 서정주는 특히 신라인들이 새를 하늘과 땅, 신과 사람을 이어주는중개적인 존재로 알았을 것이다. 고대의 이른바 신조(神鳥) 사상은 온세계에 분포되어 있었다. 신라인들은 새가 하늘의 뜻을 대행하는 존재임을 알았던 것이다. 이 산문이 이듬해에 시로 창작된다. 시의 제목은「신라의 상품」이다. 월간 『문학예술』 1956년 11월호에 발표되었다.

이것은 언제나 매가 그 밝은 눈으로써 되찾아낼 수 있는 것이다.
그것이 만일에 솜 같이 가벼운 것이거나 하고, 매의 눈에 잘 뜨이는 마당귀에나 놓여 있다면, 어느 사간 사람의 집에서라도 언제나 매가 되채어 올릴 수까지 있는 것이다.
(......)
눈을 뜨고 봐라, 이 솜을. 이 솜은 목화밭에 네 딸의 목화꽃이었던 것.
눈을 뜨고 봐라, 이 쌀을. 이 쌀은 네 아들의 못자리에 모였던 것, 모였던 것.
쯹이! 쯹이! 쯹이! 삭은 재 되어가는 쯹이!
이것들은 우리들의 노래였던 것이다.[37]

---

36) 같은 책, 124~125쪽.
37) 서정주, 『신라초』, 정음사, 1961, 15~16쪽.

하늘을 나는 매가 이 집에서 저 집으로 옮겨다 주고는 하는 물건이 바로 신라의 상품이란다. 자본주의의 시장 논리에 익숙한 현대인들은 도무지 이해가 되지 않을 것이다. 돌(乭)은 누굴까? 신라의 제품을 생산한 무명의 장인에게 부여한 서민적 이름이다. 또한 노래는 무슨 의미일까? 상품과 예술품의 경계가 없었던 경지가 아닐까? 참고로 말해, 김우창은 '노동이면서, 즐거운 예술의 창조 행위'[38]라는 의미를 부여한 바 있었다.

이런저런 생각들이 조각조각 모이고 해서 논리의 틀을 갖춘 것이 바로 신라정신이다. 이 신라정신이 서정주 시정신의 하나이다. 이것을 서정주의 시정신 전부라고 생각하면 안 된다.[39] 물론 그의 시정신 중에서 이것이 가장 뚜렷하고 인상적인 것은 어김없는 사실이다. 서정주의 신라정신이 형성된 시점은 1950년대다. 이 사실을 미루어본다면, 한국전쟁이라는 국민적 공유 체험과도 무관치가 않다.[40] 1960년대는 신라정신에 대한 배제 담론이 등장하는 시기이다. 이 담론의 가장 중심에 선 사람 중의 한 사람이 신진 비평가 김윤식이다. 그는 1963년에 '역사의 예술화'라는 제목의 비평문을 발표했다. 서브타이틀은 무척이나 자극적이다.

신라정신이란 괴물을 폭로한다.

서정주의 시집 『신라초』가 간행된 지 2년이 채 되지 않아 신라정신이 괴물이라는 막다른 골목의 표현이 등장하게 된 것이다. 27세의 혈기왕성한 비평가는 거침이 없었다. 비평문의 시작되는 부분은 다음과 같다.

---

38) 김우창, 『서정주—미당 시 전집』, 열린연단, 2016, 79쪽.
39) 서정주의 두 번째 시집 『귀촉도』(1948)에서 아홉 번째 시집 『학이 울고 간 날들의 시』(1982)까지 시집에 수록된 시의 총량은 404편이다. 여기에서 신라를 소재로 한 시는 모두 59편이다. 점유율은 15%에 해당한다. 신라정신을 주제로 한 시는 모두 87편이다. 이 점유율은 22%에 해당한다. (김순주, 앞의 논문, 26쪽, 참고.)
40) 김익균 지음, 『서정주의 신라전신 또는 릴케 현상』, 소명출판, 2029, 395쪽, 참고.

지금 항간에는 전통론과 더불어 신라정신을 들먹거리고 있는 것 같다. 그러나 내가 알기엔 순수, 고유한 신라정신이란 없다. 정확히는 신라정신 같은 것이 있을지도 모른다. 그렇더라도 지금 야단법석을 치고 있는 바의 정신이란 기실은 신라정신만은 아니다. 미당의 꽃이파리 같은 언어의 마술적 멍에도, 염치 좋게 신라라는 익은 석류 알에의 유혹 만이었을까.[41]

글의 시작을 보면, 김윤식이 서정주만을 비판의 과녁을 삼기보다는 또 다른 데 비판의 대상을 삼고 있음을 넌지시 말하고 있다. 그는 서정주보다는 서정주의 아류를 향해 날을 세우고 있었다. 역사를 예술화한다는 것은 그에게 상상력의 빈곤에 해당한다. 그는 서정주를 포함해서 상상력이 빈곤한 창작가가 역사에 기댈 수밖에 없음을 암시하고 있다. 내가 보기에는 아무리 할 말 안할 말을 가리지 않는 비평가라고 해도, 비평가가 창작가를 무시해도 되는 권한은 없다고 여겨진다.

작가는 스스로의 시적 상상력을 역사라는 이름으로 그 권위를 박탈하여 고전스러워질 수 있고, 초연한 척할 수가 있는 것이라 나는 느낀다. 신라정신이란 조작도 이 속임수의 발호의 더도 덜도 아닌 것으로 다가올 때도 있었다. 그러니까 왜 하필이면 신라냐 하는 문제는 이미 해결된 셈이다. 물론 당신들은 픽션이 진공에서 빚어지는 것이 아님을 벌써 잊지는 않았을 터니까.[42]

김윤식의 비교적 긴 비평문을 읽어보면, 신라정신이 왜 괴물이며, 어떻게 폭로되어야 하는가 하는 점에 있어서 논리가 허술하고, 또 빈약하다. 비평가가 곧잘 논리를 무장하고, 박식을 재무장하지만 시인이나 작가의 독창적인 영감이나 상상력을 따르지 못하는 경우가 허다하다. 김윤식의 이 같은 반(反)신라정신은 21세기에까지 계승되어 있다. 어떤 이는 신라정신이 '민족의 배타적 자기동일성을 확보하려는 욕망의

41) 김윤식, 「역사의 예술화」, 『현대문학』, 1963, 10, 182쪽.
42) 같은 책, 186쪽.

소산'[43]임을 지적하기도 했고, 또 어떤 이는 '문학의 내적 논리만으로 온전히 설명할 수 없는 정치적 무의식'[44]을 꾸짖거나 했다.

그러나 물음들이 놓인다.

미요시 다쓰지가 쓴, 경주를 소재로 한, 일련의 시들에 역사의 심미화를 감행한 제국주의적 지배 전략이 작동하고 있었느냐, 이것의 영향권에 놓인 서정주의 신라정신 속에 파시즘적인 기획의 의도가 있었느냐, 이를 간파한 김윤식이 역사의 예술화를 문제로 삼으면서 신라정신의 괴물을 폭로할 수 있었느냐? 그럴싸한 연결고리가 있어 보이지만, 이 정도의 연쇄로는 입증이 쉽지 않아 보인다.

특히 행간마다 숨어있는 문학 이전의 정치 논리, 비교문화적인 복선들의 얽히고설킨 의미망이 깔려 있어서 얕은 연륜, 경험, 식견으로는 논리적인 입증이 그다지 쉽지 않아 보인다.

4. 시정신과 신라정신을 어떻게 볼 것인가

서정주에게 있어서의 신라형 소재주의 문학은 『신라초』에 이르러 절정에 달한다. 시집 『신라초』는 1960년에 상재되었던 서정주의 네 번째 시집이다. 여기에 실려 있는 38편의 시는 1950년대 전후(戰後)의 시대 상황 속에서 쓰인 것들이라고 할 수 있다. 이 38편의 시 중에서 신라를 직접적으로 제재화한 것은 고작 8편뿐이다. 이 가운데서도 「선덕여왕의 말씀」과 「꽃밭의 독백」과 「사소(娑蘇) 두 번째의 편지 단편」과 「노인 헌화가」는 비평가들의 끊임없는 관심사로 논의되어 왔고, 반면에 「신라의 상품」과 「구름다리」와 「백결가」와 「해」는 철저하게도 비평으로부터 외면되어 왔다. 다음의 인용 시는 「구름다리」이다.

---

43) 최현식, 『서정주 시의 근대와 반근대』, 소명출판, 2003, 189쪽.
44) 남기혁, 「서정주 '신라정신' 론에 대한 재론」, 서울대학교 규장각 한국학연구원, 『한국문화』, 제54집, 2011, 257쪽.

實聖임금의 十二년 八월
구름이 山에 이는 걸 보니,
房에 香내음 밀리어 오는
사람이 사는 다락 같더라.

어느 날 언덕길을 喪輿로 나가신 이가
그래도 안 잊히어 마을로 돌아다니며

낯모를 사람들의 마음속을 헤매다가,
날씨 좋은 날 휘영청하여
일찍이 마련했던 이 別邸에 들러 계셔

그보다는 적게 적게 땅을 기던 것들의 넋백도 몇 이끌고,
맑은 山 위 이내(嵐)ㅅ길을
이 別邸에 들러 계셔

現生하던 나날의 맑은 呼吸, 呼吸으로 다짐하고
마지막 茶毘의 불 뿜어 아름다이 落成했던
이 別邸에
이 別邸에
이 別邸에
들러 계셔

鷄林 사람들은 이것을 잔치하고
이 구름 밑 수풀을 성하게 하고
그 別邸 오르내리기제 힘이 덜 들게
돌로 빚어 다리를 그 아래에 놨더라.

— 「구름다리」 전문[45]

---

45) 서정주, 『신라초』, 앞의 책, 17~19쪽.

실성왕이 구름이 다락같고 향기 그윽하여 오래 쉬지 않아서 선령(仙靈)의 내림으로 보고 낭산(狼山)을 복지(福地)로 삼고, 또 사람들로 하여금 나무 찍음을 금하게 했다는 『삼국사기』의 기사를 시의 모티프로 삼은 것이다. 이 시에 관한 해석은 배영아의 논문 「영생주의와 '영통'의 시학」에서 유일하게 나타나고 있는 것이 아닌가 짐작되고 있다. 그에 의하면, 시편 「구름다리」는 거룩하고 신성한 정신세계의 환희를 그린 작품이다. 제재로 이용된 구름다리의 상징성은 하늘과 땅, 이승과 저승을 연결하는 매개체로서 기능을 한다. 이 시는 신라정신에 나타난 서정주의 영혼의 태도가 독특한 상징체계를 형성하고 있음을 볼 수 있게 한다.[46] 다리는 신화적인 관점에서 볼 때 새로운 세계와의 연결, 신천지의 입구로서의 상징성을 가리키고 있다.[47] 다리보다 구름다리가 상징성이 더 강하다. 왠지 모를 초현실적인 것과 아우라 같은 게 느껴진다. 그렇기에 신화적인 성격이 분명해 보이는 것이다. 한 사전에 보면 이런 표현이 나와 있다.

다리는 원래 분리된 두 세계를 연결하거나 분리하는 매개물로서 신과 인간의 경계를 의미하기도 한다. (……) 우리 문학에 많은 영향을 준 도교에서는, 다리가 하늘과 땅의 결합체이자, 지각되는 것과 지각을 넘어서는 것과의 연결을 의미하고 있다.[48]

이 인용문을 참고로 삼는다면, 서정주의 시편 「구름다리」는 현저히 도교적이다. 그의 불교적인 상상력의 기저와 다른 차원의 사상적인 특성을 보여주는 것이기도 하다. 요컨대 서정주의 시적인 상관물인 구름다리는 시인 이승훈의 한 관점에 따르자면 변화나 변화에의 욕망을 상징하는 것[49]이기도 하다.

---

46) 배영아, 앞의 논문, 앞의 책, 90~92쪽, 참고.
47) 한국문화상징사전편찬위원회, 『한국문화상징사전』, 동아출판사, 1992, 184쪽, 참고.
48) 같은 책, 186쪽.
49) 이승훈 편저, 앞의 책, 108쪽.

그런데 서정주는 이 시를 쓰기 이전에 이미 『신라연구』 원고에서 「구름」이란 제목으로 산문을 쓴 바 있었다. 그런데 시인은 이 원고를 시의 원고로 써먹었던 같다. 문학비평가 고석규의 월평이 이 사실을 뒷받침하고 있다. 그가 시의 원고로 슬쩍 이용했던 「구름」 일부를 보자.

여기 한떼의 구름이 산 위에서 일어난다 하자.
이것은 가끔 바라보는 일은 아조 바쁜 사람 아니면 요새도 더러 한다.
화가 운객(韻客)이나 어린 소년소녀들이나 사람끼릿일에 실패한 남녀들은 시방도 상당히 많이 바라보고 산다.
그러나 이것을 모시는 일은 요새 사람들은 벌써부터 않고 있지만 신라사람들은 그것을 하였다.

(…중략…)

신령(神靈)인 구름-모든 자연력(自然力)이 그랬던 것처럼, 신라인에게는 사는 힘의 커다란 원동력이었던 이 영성(靈性)의 구름은 오늘도 따뜻한 우리들의 배후에 마치 아득히 잊어버린 어느 찬란했던 아침의 일과 같이 휘영창히 걸려서 반편된 우리에게 한정 없는 향수를 자아내게 하고 있다.[50]

서정주의 신라에의 관심사는 시대를 초월한 것의 결과이다. 인용한 「구름」을 한 편의 시로 본 고석규는 '동시성(同時性)의 표상'이란 표현을 사용하고 있다. 그는 '신라인들의 사유하는 신앙적인 기풍(氣風)을 어떻게 하면 우리들의 현황(現況)에 녹여볼 수 있을 것인가'[51]하는 서정주 시 정신의 과제를 「구름」에서 찾을 수 있다고 본다. 이는 그의 말대로 서정주의 독특한 전통의식이 이념화된 형태이다. 이것이야말로 소위 '신라정신'이라고 이름되는 개념인 것이다.

시대를 초월한 동시성의 표상이 서정주의 시집 『신라초』에 이르면,

---

50) 서정주의 『신라연구』는 국립중앙도서관에 비단행본 텍스트로 분류, 비치되어 있다. 나도 열람한 바가 있었던 이것은 필경사에 의해 쓰인 필사본 자료로서 교수자격 심사위원회가 1960년 9월19일에 기증한 것이다. 면수(面數)는 생략되어 있다.
51) 고석규, 「동시성과 리듬」, 『문학예술』, 1957, 11, 152쪽.

신화화된 시간의식과 서정시의 무시간성은 서로 극적으로 만나게 된
다. 『신라연구』의 「노인헌화가」는 시의 형태만 바꾸어 거의 그대로
시집에 실리게 되었지만, 『신라연구』 의 「구름」은 온전히 환골탈태
하여 『신라초』의 「구름다리」로 재창작되기에 이른다. 좀 어려운 말을
사용하자면, 「구름다리」는 시간적인 동선이 부재한 응결된 신화화 내
지 자연화의 시학이다. 『신라초』에 실려 있는 여덟 편의 신라 소재주
의 작품들이 대체로 이와 같은 성격을 지니고 있다.

　　『신라초』에 실려 있는 시 가운데 신라정신과 가장 관련된 것이 있
다면, 나는 주저하지 않고 「노인헌화가」를 꼽을 것이다. 이 시는 향가
의 내용을 그 나름대로 현대적으로 해석한, 신화의 상태가 재맥락화된
시적 상상력의 정수이다. 이 시는 내용에 있어서 두 편의 시로 나누어
질 수도 있다. 그 두 번째 부분의 시를 인용해보겠다.

　　　　騎馬의 남편과 同行者 틈에
　　　　여인네도 말을 타고 있었다.

　　　　「아이그마니나 꽃도 좋아라
　　　　그것 나 조끔만 가져 봤으면」

　　　　꽃에게론 듯 사람에게론 듯
　　　　또 공중에게론 듯

　　　　말 위에 가우뚱 여인네의 하는 말을
　　　　남편은 숙맥인 양 듣기만하고,
　　　　同行者들은 또 그냥 귓전으로 흘러 보내고,
　　　　오히려 남의 집 할아비가 지나다가 鬼動鈴하고
　　　　도맡아서 건네는 수작이었다.

　　　　「붉은 바위ㅅ가에
　　　　잡은 손의 암소 놓고,

나를 아니 브끄리시면
꽃을 꺾어 드리리다」

꽃은 벼랑 위에 있거늘,
그 높이마저 그만 잊어버렸던 것일까?
물론
여간한 높낮이도
다아 잊어버렸었다.
한없이
맑은
空氣가
요샛말로 하면―그 空氣가
그들의 입과 귀와 눈을 적시면서
한없이 親한 것이 되어가는 것을
알고 또 느낄 수 있을 따름이었다.

— 「노인헌화가」 부분[52]

   이 인용시는 서정주의 「노인헌화가」 후반부 내용의 부분이다. 한 부분이라고 해도 보통의 시보다 내용이 훨씬 길다. 이 시에 대한 독창적인 해설이 시인이면서 또 미학자인 김지하에 의해 이루어진 바 있었다. 먼저 그는 암소를 두고 붉은 암소라고 했다. 붉은 바위가의 암소와 붉은 암소는 전혀 다른 개념인데도 불구하고, 그는 서로 같은 개념으로 보았다. 단순한 착오인지, 자의적인 해석인지 잘 모르겠다.

   붉은 암소는 문학적 상징체계로 육욕(肉慾)을 상징합니다. 다 늙은 노인이 왕성한 육욕인 시뻘건 암소를 끌고 온다는 것은 모순입니다. 이 사람은 상놈에다 농부에다 늙다리입니다. 암소가 아닌 극히 정결한 수로부인은 미인이고 귀족이고 유부녀입니다. 도대체 짝이 맞지가 않습니다. (……) 이를 나쁘게

---

52) 서정주, 『신라초』, 앞의 책, 26~28쪽.

보면 색정의 세계 또는 처지나 분수를 이미 아주 뛰어넘는 로맨스의 세계입니다. 이것을 육체적인 세계로 끌고 가면 색정이 되는 것입니다.[53]

김지하의 이 독창적인 해석은 공감이 간다. 로맨스의 세계라고 한 것은 매우 적확한 표현이다. 신화보다는 세속화된 서사물이기 때문이다. 중세 유럽의 로맨스 중에는 잘 생긴 젊은 기사가 지체가 높고 아름다운 남의 부인에게 백마에서 내려 꽃을 바치는 얘기는 있을 법한 얘깃거리다. 그런데 낯선 늙은이가 암소를 질질 끌고 와서 꽃을 바쳐도 되느냐고 묻는 것은 격에 맞지 않는 로맨스이다.

나의 사견이 허용된다면, 『삼국유사』 속의 이 노인은 농경신이 아닐까 한다. 이 농경신의 파트너는 신성혼(神聖婚 : holy-gamy)의 관계에 있는 암소일 것이다. (이 관계의 설정은 시집 『질마재 신화』의 「소 x한 놈」에서 재현되고 있다.) 농경신의 육욕이 리비도의 형태로 나아가 영적인 초월의 세계인 수로부인의 아우라의 경계에 범접하고 있는 것이다.

김지하는 리비도의 세계와 두뇌 중심의 영성적인 초월성의 아우라의 세계가 하나로 안겨 들어가는 것을 두고 풍류라고 했다.[54] 서정주의 풍류에 관한 논의는 다음 장에서 논하기로 되어 있어 여기에서는 더 이상 얘기하지 않기로 한다.

어쨌든 서정주가 창의적으로 제안한 저 신라정신은 시간조차 정지되어 신화화된 이데아의 공간인 신라를 선험적인 고향으로 삼았던 시 정신의 표상이었다. 이를 가리켜 본인 스스로는 '영원주의'라고 말한 바 있었고, 고석규는 '동시성의 표상'이라고 했다. 신라정신은 동시대 문단의 비평적인 첨예한 쟁점이 되기도 했다. 1963년에 발표한 두 편의 비평문에서 다음의 글을 따왔다.

……필자가 문제로 삼고 싶은 것은 과연 신라정신에는 영원성만 있고 현

---

53) 김지하, 『탈춤의 민족미학』, 실천문학사, 2004, 285쪽.
54) 같은 책, 286쪽, 참고.

실성은 없느냐 하는 것이다. 물론 신라정신이 고유의 민간신앙인 샤머니즘의 터전 위에 유불도 삼교(三敎)가 위일융합(爲一融合)되어 보편적인 하나의 세계를 형성했던 것이니까, 거기에는 영원성도 있고 현실성도 있다는 것은 명백한 사실이다.[55]

그래, 신라정신이 향가에만 있단 말인가. 내가 알기에 미당은 향가보다 오히려 유사(遺事)나 삼국사 요절(要節) 기타의 사승(史乘)에서, 오히려 직관력으로 신라정신을 터득한 것이다. 적어도 미당은 향가 정도는 훨씬 넘어선 경지에서 사유한 것이라 본다. 그런 것을 기껏 몇 수의 향가로 자(尺)질 하겠다는 것부터가 좀 지나쳤다고 나는 안다. 미당은 아마 문씨의 글을 읽고 고소(苦笑)했을 지도 모른다.[56]

앞엣것은 문덕수의 「신라정신에 있어서의 영원성과 현실성」(현대문학, 1963. 4.)에서 따왔다. 신라정신에 현실주의 측면이 있음을 밝히고 있는 글이다. 서정주 시 세계에서 현실은 다름 아니라 영원주의 이데아를 표현하기 위한 한 계기로 파악하고 있다. 이에 비하면 뒤엣것인 김윤식의 「역사의 예술화」(현대문학, 1963. 10.)는 '신라정신이란 괴물을 폭로한다'라는 도발적인 서브타이틀이 말해주듯이, 서정주의 신라정신과, 이를 지원하고 있는 문덕수의 입론을 비판하고 있다.
근대성을 서구추종주의의 결과로 보는 것도, 한국적인 것, 동양적인 것을 맹목적으로 추종하는 것도 김윤식에게 '피장파장의 식민지 근성'에 지나지 않는다. 반(反)근대성의 시학이 신라정신으로 기호화된 민족주의로 포장되는 것 역시 그에게 '짙게 화장한 창녀의 상판'이란 극언으로 비유되는 것이기도 하다.[57]
신라정신은 근대성과 전통지향성, 사회참여와 문학성, 현실주의와 영원주의 등으로 날과 씨로 짜여 긴장 관계를 맺고 있던 동시대 문학에 있

55) 문덕수, 「신라정신에 있어서의 영원성과 현실성」, 『현대문학』, 1963. 4, 372쪽.
56) 김윤식, 「역사의 예술화」, 앞의 책, 187쪽.
57) 같은 책, 192쪽, 참고.

어서 창작과 비평의 이슈로 비교적 균형 감각을 유지하고 있었다. 그러나 한 세대가 훌쩍 뛰어넘은 오늘날에 있어서는 가치평가의 형평성은 기울어진 감이 있다.

그런데 근래의 젊은 연구자들은 신라정신을 현실주의의 관점에서 역사의식과 근대에 대한 안목의 결여를 지적하곤 한다. 신라정신이 가장 어두운 그늘을 드리운 것은 하나의 시대착오가 또 다른 시대착오를 부르는 악순환의 연쇄였다는 것[58]과, 또 그것이 식민지 기억과 이데올로기 대립 등의 역사의 문제의식을 소거시킴으로써 1950년 신생 국가의 문화 생산에 개입했다는 것[59] 등의 신세대적인 비판이 잇달아 계승되고 있다. 이러한 유의 비판이 도대체 누구를 위한, 혹은 무엇을 위한 비판인지를 생각하게 한다. 이러한 유의 과격한 시대 인식이 받아들여질 수밖에 없는 서글픈 현실이 많은 사람들을 또 다시 서글프게 한다.

5. 풍류적 사관의 영사시

서정주의 시 세계를 이룩한 또 하나의 생각들이 있다면, 지금까지 이야기한 불교와 신라정신 외에 풍류의 도가 있다. 청년 서정주가 시를 쓰기 시작하기 전부터 불교에 관심을 보였다. 아무래도 그에겐 불교가 심층의 기저를 이룬 사상이라고 하겠다. 여기에 신라정신과 풍류도가 두 겹, 세 겹으로 둘러싸고 있다. 그의 시 세계에는 불교를 심층으로 하여 여기에 신라정신과 풍류가 혼재되어 있는 경우가 많지만 시인도 시사한 바 있었듯이 신라정신의 시적 구현이 시집 『동천(冬天)』에 이르러 완성 단계에 들어선[60] 이래, 풍류의 사상, 풍류의 형이상학이 점차 새롭게 두드러져 보이는 추세가 없지 않았다. 우선 시인의 생각에 의

---

58) 최현식, 「신라적 영원성의 의미」, 『현대문학의 연구』, 제19호, 2002, 279쪽, 참고.
59) 박연희, 「서정주 시론 연구」, 『한국문학이론과 비평』, 제37집, 2007, 127쪽, 참고.
60) 대담 취재, 앞의 글, 257쪽.

한 풍류의 개념을 살펴보자.

　우리가 흔히 멋진 것의 뜻으로 쓰는 말에 풍류(風流)라는 말이 있지만, 이것은 두말할 것도 없이 글자 그대로 물론 바람의 흐름을 꼬투리로 해서 쓰여지는 말이다.
　신라 때의 제일 큰 시인 최치원이 신라의 화랑도의 정신 성격을 말하면서 '우리나라에는 깊고 미묘한 살길이 있어 왔는데 그걸 풍류하고 한다.'고 한 데서 써 먹은 그 풍류란 말도 물론 저 우리 생활의 틈틈이 문득 끼여드는 미묘한 친구—

　저, 바람의 흐름을 두고 한 말이다.[61]

서정주는 풍류를 가리켜 '바람의 흐름'이란 축자역(逐字譯)을 흥미롭게 사용하고 있다. 풍류는 가장 한국적인 생각의 틀인 셈이고, 우리 일상의 생활에 밀접한 관련을 맺고 있는 습벽이기도 하다. 그런데 여기에는 뭔가 다른 게 있다. 바람의 흐름 속에서, 바람의 흐름과 함께 그 바람에는 하루살이 같은 생존의 협애한 공간을 넘어선 문화적인 역동의 힘이 들어 있다. 이 힘은 이른바 '접화군생'의 모둠살이가 가능한 현묘한 살길(道)이다. 바로 풍류도라고 말해지는 것이다. 서정주에게 있어서의 풍류 개념을 가장 쉽고, 적확하고, 학구적으로 설명한 이는 문학비평가 윤재웅이 아닌가 한다.

　유불선 삼교를 포괄하는 현묘한 가르침은 '바람의 흐름'을 연상케 하는 역동적인 지속성과 일상의 감각을 초월하는 신성성을 공유함으로써 민족의 주체적 이데올로기 혹은 에토스의 면모로 등장한다. (……) 미당에게 있어서 풍류의 형이상학은 단군의 문제이자, 김유신의 문제이고, 질마재 마을의 '소자(小者) 이생원네 마누라님'의 문제이면서 (……) 또한 창조와 갱생의 역동적 의지를 실현해 나가려는 미당의 웅장한 비전의 문제인 것이다.[62]

61) 서정주, 『육자배기 가락에 타는 진달래』, 앞의 책, 42쪽.
62) 윤재웅, 「바람과 풍류」, 『한국문학연구』, 제17집, 1995, 146쪽.

윤재웅이 말한 풍류의 형이상학은 풍류도이다. 서정주는 시집 『동천』(1968)을 상재한 이후에 새로운 형이상(形而上)의 경지를 탐구하고 있음을 넌지시 밝히면서 자신 스스로를 가리켜 '나는 선악과 시비의 최전(最前)과 최후에 한 송이의 피어있는 꽃을 놓고 그걸 모든 선악과 시비의 가치 이상의 최상의 생(生)의 가치의 상징으로 의식하여 살고 있는 한 거사(居士)'[63]임을 자처한 바 있었다.

서정주가 50대 이후에 풍류도를 시적 원리로 삼은 것으로 보이지만 사실은 그 자신의 시적 본질이기도 하다. 그의 시 세계에 풍류도의 생각 틀이 농축되어 있거나 함축하고 있었다면, 그건 한 시대를 풍미한 동양학자 범부 김정설의 사상적인 영향에서 기인한다는 것이 정설이다. 범부 김정설은 소설가 김동리의 백형(伯兄)으로, 최근에 시인 김지하가 재조명해야 한다고 역설하고 있는 사상가이다. 서정주의 신라정신이라는 것도 소위 범부 사상의 변용이라고 할 수 있다.[64] 그에게 사상의 은사(恩師)가 있다면 한 사람은 박한영이요, 다른 한 사람은 김정설이다.[65] 김정설의 음양론에 비추어 김동리와 서정주의 문학 세계를 비교한 손진은의 탁견이 있어 인용하려 한다.

> 서정주의 시는 범부의 음양론 중 '음'의 세계에 천착한다. 이는 "소설이 육체를 가지고 '태양(개념-양)'의 방향으로 나아간다면, 시는 육체를 거세하여 '무주(巫呪, 음영-음)'의 측면으로 나아간다. ……시의 가장 중요한 기능은 '우주의 혼'을 읊는 일이다. 따라서 소설이 보다 더 '사회참여'에 적용된다면 시는 본질적으로 '우주참여'에 맞다."는 김동리의 논리와도 궤적을 같이한다. 서정주는 범부 사상의 중심에 놓인 화랑을 자신의

---

63) 서정주, 「시집 '동천' 이후의 내 시편들」, 『문학사상』, 1972. 12, 248쪽.
64) 후세의 기록에 의하면, 범부 김정설이 해방 후에 국민윤리에 관한 특강을 행할 때 '화랑의 정신이 신라의 정신인 것'이라고 말한 바 있었다. (범부연구회. 『범부 김정설 연구논문 자료집』, 도서출판 선인, 2010, 154쪽, 참고.)
65) 서정주는 1966년 김정설이 서거할 때 자신을 '고애후학시생(孤哀後學侍生)'이라고 칭하면서 조문을 낭독하기도 했다.

필생의 시적 원리로 정립한다. 흔히 '영통' 혹은 '영원주의'로 통칭되는 서정주의 시 세계는 스스로 화랑(무당)이 되어 죽은 자의 세계와 산 자의 세계를 매개하는 방식으로 현현된다. 서정주는 이 세계에 들어감으로써 영원인으로서의 삶, 즉 '우주참여'에 동참할 수 있게 되는 것이다.[66]

시는 우주참여다? 시를 두고 이른바 '우주감각'이라고 한 폴 발레리를 생각나게 하는 대목이다. 범부 사상의 요체인 음양론 중에서 서정주의 시가 음에서, 김동리의 소설이 양에서 영향을 받았다는 것은 흥미롭고도 독창적인 가설일 수 있다.

어쨌든 서정주는 초로에 이르러 선악과 시비를 넘어서는 꽃의 상징을 의식하면서 살아가는 거사임을 자각하는 데까지 이르렀다. 이 생각 틀 역시 김정설(김범부)의 음양론 한 부분과 비슷하다. 범부 사상 중에는 즉관(卽觀)과 상징이 자리하고 있다. 이를테면 선과 악, 옳고 그름이 분리되기 이전에 즉관의 현상이 자리하고 있으며, 이 즉관이 상(象)을 얻을 때 하나의 상징이 된다는 것이다.[67] 서정주가 말한 그 꽃의 상징성은 선악·시비의 경계를 초월한 즉관의 현상에서 비롯된 것이라고 할 수 있다.

서정주의 시 세계에 김정설의 사상이 자리하고 있는 것은 엄연한 사실이다. 시의 사상적인 수용에 있어서 정도의 문제는 사람들의 관점에 따라 다르게 나타났다. 서정주 시의 풍류도 수용을 놓고 볼 때, 어떤 이는 감화의 수준을 말하고, 또 어떤 이는 변별의 수준을 말한다.

> 서정주의 신라론은 범부 김정설의 화랑으로부터 크게 감화된 것인데 김동리의 만형이었던 그는 해방 이후 국민을 훈육하고 규율하는 원리, 곧 국민 도덕의 전통적 근거로 화랑도와 풍류도를 유포시켰다.[68]

---

66) 손진은, 「김범부와 서정주」, 『신생』, 2012, 봄, 229쪽.
67) 김범부, 『풍류정신』, 정음사, 1986, 134쪽, 참고.
68) 박연희, 앞의 글, 124쪽.

미당이 발견한 신라정신의 한 핵심은 풍류도에 있다. 범부 김정설이 풍류도와 샤머니즘과의 강한 유대를 확정적으로 부각시킨 것에 비해 미당은 풍류도를 무속의 잔재가 아니라 '혼의 실존을 의식하는 역사의식'으로 바라봄으로써 영통을 부각시켰고, 이 지점에서 미당의 사상은 김정설의 그것과 변별한다.[69]

서정주의 시 세계에 드리운 생각의 틀이 불교적 사상의 기저에 역(易)과 노장(老莊) 등의 유현한 동방적인 사색을 받아들이고 토착적인 샤머니즘을 접목한 것이라고 할 수 있다면, 그 틀은 아무래도 풍류도라고 이름되는 사유 체계라고 할 수 있을 것이다. 서정주의 시 세계와 김정설의 풍류도 사이에 다른 것이 있다면, 김정설이 역사를 국민 도덕의 전통적인 근거로 삼으려 했고, 서정주는 역사를 시적인 예술로 빚어내려고 했다. 서정주의 역사의식이 일제 말의 친일 행위에서 보듯이 진정성을 확보할 수 있는 것은 아니지만, 전쟁의 공포와 내면의 황폐화와 정신적인 시련을 극복하기 위해 그는 고대의 역사 문헌을 열심히 탐독한 바 있었던 것이다.

서정주의 풍류도가 가장 적실하게 반영된 사례는 시집 『학이 울고 간 날들의 시』(1982)이다. 이 시집은 일종의 역사시집이다. 이 시집은 서정주가 1951년 이후 역사를 기록하는 자의 자각, 즉 '사승자(史乘者)의 자각'[70]을 갖게 되었고, 30년이 지난 후에 또 이것이 시적으로 형상화되고 문학적인 상상력을 가미한 것의 결과로 나타난 것이 바로 시집 『학이 울고 간 날들의 시』이다. 이것은 단군 고사(故事)에서부터 스승 박한영 스님에 이르기까지 인물 중심의 시적 만인보(萬人譜)를 이룩하고 있다. 하나의 시적인 사례로서 진주의 의기인 논개를, 시의 소재로 삼은 경우를 보자.

---

69) 문태준, 앞의 글, 105.쪽

70) 서정주, 『문학을 공부하는 젊은 친구들에게』, 앞의 책, 119쪽.

어린 계집아이 너무나 심심해서
한바탕 게걸스런 장난이듯이
철천의 웬숫놈 게다니 로꾸스케 장군 하고도
진주 남강 촉석루에 한 상도 잘 차리고,
그런 놈 하고 같이 노래하며 뛰놀기도 잘 하고,
그것을 하다 보니 더 심심해져설랑
바위에서 끌안고 딩굴다가 풍당!
남강 깊은 물에
강제정사(强制情死)도 해버렸나니,
범 냄새와 곰 냄새
보리 이삭의 햇볕 냄새도 도도한
논개의 이 풍류의 곡선의 역학(力學)—
아무리 어려운 일도, 죽음까지도
모든 걸 까불며 놀 듯이 잘 하는,
이빨 좋은 계집아이 배 먹듯 하는
논개의 이 풍류의 맵시 있는 역학—
게눈 감추듯한
동이(東夷)의 궁대인족(弓大人族)의
물찬 제비 같은 이 호수운 역학이여!

— 「논개의 풍류역학」 전문[71]

    민족의 한(恨)과 그 극복의 모습을 상징하는 새를 표상한 학(鶴)을 내세워 5천년 역사를 시의 언어로 함축한 시집 『학이 울고 간 날들의 시』는 풍류의 역사관을 근거로 한 일종의 영사시(詠史詩)이다. 이 영사시의 하나로 「논개의 풍류역학」을 인용했다. 논개야말로 민족의 한과 그 극복의 표상으로 충분한 것일 수밖에 없다.
    주지하듯이, 논개는 역사 인물 가운데 거룩한 성녀(聖女)의 이미지를

---

71) 시전집, 686쪽.

갖고 있는 인물이다. 논개가 적장을 끌어안고 순국한 행위를 두고 '강제정사'라고, 또 이를 두고 전라도 방언으로 '호숩다(재미있다)'라고 했으니, 시인의 불경한 언어 표현일 수밖에 없다. 그러나 서정주의 반어법은 빛을 발한다. 풍류 곡선의 역학에 이르러서는 시인의 상상적인 혜안을 유감없이 발휘하고 있다. 이때 역학은 미학의 딴 이름이지만, 이보다 더 옹골차고 힘이 있다.

서정주에게 있어서의 시적인 영통(靈通)의 안목에는 역사를 꿰뚫어 보는 독특한 통찰력이 숨어 있다. 우리는 이를 두고 풍류사관이라고 해도 좋을 것이다. 시집 『학이 울고 간……』에는 '풍류'라는 낱말이 제목 속에 포함된 것만 해도 네 편이나 된다. 이 시집은 범부 김정설이 책의 제목으로 사용하려다 만 소위 '풍류외사(風流外史)'[72]의 시적인 현현이라고 평가해도 좋을 것이다. 여기에서 외사라고 한 것은 문헌과 논증과 실증에 벗어나 역사의 가치 판단을 극대화했음을 뜻한다.

나는 이 시집에 실린 시들 중에서 산문시 「풍류」에 눈길이 간다. 시로써 풍류를 말한 그. 시인의 직관이 사뭇 감동적이다. 누가 아무리 풍류에 관해 개념을 부연한대도 이처럼 감동의 여운이 남을 수는 없을 것 같다.

거리의 밤 뒷골목의 구석진 방의 한 많은 老妓들이 헐 수 할 수 없이 되면 손가락 끝으로 줄을 짚어 퉁기고 앉았는 가야금의 그 風流 가락이나 잘 들어보노라면, 아리숭 아리숭 머언 먼 억만 리 아지랑이 넘어 고향 일처럼 아른 아른 아른 아른거려 오는 것이 있기는 있지.[73]

풍류의 현묘함이 이런 것인지 모르겠다. 단군이 열어놓은 풍류의 길은 서정주 시대의 이름 없는 노기에 이르기까지 계승되어 왔다. 풍류를 안다고 하면, 더 이상 풍류가 아니다. 하늘이 하도 궁금해 난초가 꽃이 피운다는 직

---

72) 김범부, 앞의 책, 3쪽.
73) 시전집, 570쪽.

관 정도는 가지고 있어야 풍류를 비로소 안다고 말할 수 있을 것 같다.

6. 남는 말

서정주의 시집 『학이 울고 간……』에서 보여준 풍류적 사관의 시적 비전은 유교 합리주의의 사관과는 뚜렷한 차별성을 보인다. 본인 스스로 남긴 말에 기대면 등급 없는 영원(성)을 역사의 시간으로 삼았다는데 있다.[74] 유교 합리주의에 의해 오염되기 이전의 문화 및 사상의 원형을 두고 풍류도라고 표현할 수 있다면, 이것은 신인(神人)의 합일이 가능했던 고전고대에 대한 인간의 집단적 그리움인지 모른다. 유교 합리주의와 근대성의 선형적인 진보 개념은 역사를 순환적인 성격으로 파악하지 않는다.

서정주의 생각 틀을 이루는 부분인 신라정신과 풍류도를 동일한 개념으로 간주하는 사람들이 많다. 특히 젊은 학인들 사이에 이 같은 공감대가 확산되어 있다. 한 마디로 말해, 이 두 가지 모두 '만들어진 전통'[75] 때문이라는 데 그 까닭이 있다는 것. 그렇다면 서정주의 사상적인 원형질은 만들어진 소위 전통이 아닌 불교에서 찾아야 할 것인가? 어쨌든 그에게 있어서 불교는 사상의 기저, 기층을 이루고 있는 것이 사실이다. 그는 젊었을 때 '중이 안 되더라도 머리는 깎아야 한다.'는 박한영 스님의 말에 따라 거사로서의 입산 체험을 하게 되고, 이 체험으로 인해, 지금의 동국대학교인 중앙불교전문학교와의 학연을 맺게 된다. 그 만큼 그에게 있어서 불교는 삶과 생각의 근원적인 바탕이 이미 형성되어 있었던 것이다. 그리고 마침내 그에게 있어서의 불교가 '탈

---

74) 서정주, 『서정주문학전집(2)』, 일지사, 1972, 303쪽, 참고.
75) 서정주를 비판하는 젊은 학인들이나, 최근에 신라 문화에 대해 문제를 삼고 있는 소위 '신라의 발견' 팀은 비판의 근거를 에릭 홉스봄의 '만들어진 전통(The Invention of Tradition)'에 주목한 듯하다. 이 용어는 전통이 대부분 정치적인 목적을 위해 만들어진다는 것이다. 최근에 발견이니 발명이니 하는 용어가 난무하고 있는 것도 이 때문이 아닌가 한다.

근대성을 위한 대안적 성격'[76]으로 기능했던 것도 엄연한 사실이다.

> 이 고요 속에
> 눈물만 가지고 앉았던 이는
> 이 고요 다 보지 못하였네.
>
> 이 고요 속에
> 이슥한 삼경의 시름
> 지니고 누었던 이도
> 이 고요 다 보지는 못하였네.
>
> 눈물,
> 이슥한 삼경의 시름,
> 그것들은
> 고요의 그늘에 깔리는
> 한낱 혼곤한 꿈일 뿐.
>
> 이 꿈에서 아조 깨어난 이가
> 비로소
> 만길 물 깊이의
> 벼락의
> 향기의
> 꽃새벽의
> 옹달샘 속 금동아줄을
> 타고 올라 오면서
> 임 마중 가는 만세 만세를
> 침묵으로 부르네.
>
> ―「고요」 전문[77]

---

76) 홍신선, 앞의 글, 459쪽.
77) 시전집, 182쪽.

서정주의 시 가운데서 이 작품은 불교적인 생각틀의 가장 정점에 도달한 경우가 아닌가 한다. 시편 「고요」와 관련하여, "선미(禪味)를 안고 수행에 든 수행자의 깨우침의 과정이 잘 그려져 있다."[78]는 견해도 있었다. 즉 이 시가 서정주가 한시를 쓴 전통 시승(詩僧)들이 남긴 선시(禪詩)의 경지에 가장 근접한 것이라고 보고 있다는 셈이 된다. 그래서 나는 이것을 득도(得道) 체험에 의빙한 허구적인 오도(悟道)의 시편, 그 극치로 본다.

서정주가 창의적으로 제안한 개념이었던 신라정신은 지금 너나없이 할 것 없이 경쟁적으로 폄훼하고 있는 대상이 되고 있다. 대체로 보아, 신라정신을 비판하는 사람들은 이를 한 시대를 대표하는 파시즘의 표상으로 간주하곤 한다. 그러나 서정주 개인에게는 그것이 당시에 매우 절박한 것이었다.

요컨대 그것은 목숨을 건 탈출구였다.

서정주는 한때 광기·환청·실어증 등의 정신 병리 현상에 사로잡힌 나머지 전주에서 치사량의 학질약을 먹고 자살을 시도했다. 자신의 사로잡힌 영혼을 자유롭게 방면하기 위한 자기 격투의 과정을 겪으면서 신라정신이란 이름의 시적 출구 전략은 향해 영혼의 모험과 실존의 결단을 스스로 감행했던 것이다. 그 이름의 탈출구는 한 개인의 삶을 이해하거나 공감하지 않고서는 함부로 얘기할 수 없는 부분이 아닌가 한다.

결론적으로 말해, 서정주는 현실, 현실주의의 벽에 부딪쳐 절망한 것을 두고 찰나라고 간주하고 싶어 했으며, 이를 뛰어넘을 수 있는 이데아의 가상적 시공간을 가리켜 '영원'이라고 생각하고 싶어 했던 것이다. 해방 전의 청년기에 그로테스크한 미학의 현실주의자였던 그의 모습은 1951년 무렵에 우리 전통의 중핵인 신라와 접하게 됨으로써 점차 사라져갔으며, 마침내 그는 영원의 가상 시공간을 꿈꾸는 초자연, 초현실의 이상주의자로 어쩔 수 없이 변신하게 되었다.

78) 김진설, 『미당 서정주 중기시 연구』, 군산대학교 교육대학원, 2007, 66쪽.

유치환의 경주 시절과, 시의 공간 감수성

—시간 지속성의 덧없음

1. 서론 : 들어가는 말

두루 알려진 사실이지만, 시와 사상의 텍스트 상호관련성의 측면에서 볼 때, 청마 유치환은 시인으로서 큰 족적을 남긴, 대가적(大家的)인 의미의 시인이다. 우리의 근현대 시문학사에서 그만큼 서정시를 명상과 철학의 수준에 올려놓은 시인은 없다. 이 사실은 시인으로서의 그의 보기 드문 면모라고 할 수 있다.

그는 평생토록 여러 군데에 옮겨 살았다. 출생지인 거제에서부터 종생지인 부산에 이르기까지 많은 공간 이동을 한 것으로는 문인으로서 유례가 없을 정도이다. 고도(古都) 경주에서도 5년 반에 걸쳐 두 차례 거주한 적이 있다. 이 시기에 자신의 경주 체험에서 비롯된 산문 1편과 시편 7편을 최소한 남겼다. 경주를 소재로 한 그의 시편이 모두 7편에 이르지만, 간접적으로 관련을 맺고 있는 것도 몇몇 편이 추가되고 있다는 점에서, 유치환의 시 가운데 더 이상의 것이 경주와 관련해 빚어졌다고 볼 수 있다.

본 연구는 다음의 순서에 따라 논지를 전개해 나아갈 것이다. 첫째, 유치환의 경주 시절의 삶을, 증언된 기록을 통해 재구성하고자 한다. 둘째, 유치환의 시에 반영된 경주 체험의 구체적인 양상을 밝히고자 한다. 셋째, 유치환의 경주 체험이 반영된 시편을 중심으로, 공간 감수성 시학의 실체를 밝히고자 한다. 그리고 마지막으로는, 서정주의 신라정신과, 유치환의 경주 체험이 서로 다른 점을 비교론의 관점에서 파악할 것이다.

요컨대, 경주 체험이 유치환의 시 세계에 어떠한 영향을 끼쳤느냐 하는 점을 접근해가는 것이 본 연구가 궁극적으로 지향하는 바다. 본 연구자에게 있어서의 유치환의 경주는 시간과 역사를 초월하는 공간으로서의 공간 감수성, 즉 근래에 이르러 비평적인 관심사가 되고 있는 바, 장소성, 장소애, 장소 상상력 등의 개념과 관련이 있다는 사실을 해명해가는 과정에 놓여 있다.

2. 유치환의 경주 시절과, 전기적 삶의 재구성

청마 유치환과 허유 하기락의 관계는 각별했다. 단순한 친구의 관계를 넘어선 두 사람은 경남 지역 출신의 시인과 철학자로서 아나키즘의 사상을 공유하는 사상적인 동지이기도 했다. 하기락은 경북대 철학과 교수이기 이전에 아나키스트로도 유명했다. 유치환 역시 젊었을 때 아나키즘에 경도되었고, 이에 관한 연구도 충분히 이루어져 있는 상태이다. 하기락은 1948년 봄에 자신의 고향에 있는 함양 안의 중학교 교장 직을 유치환에게 주선해 주었다. 또 잘 알려진 바에 의하면, 그는 한국전쟁 이후에 유치환을 경북대학교에서 강의할 수 있게 했다. 강의는 1953년에서 이듬해까지 이어졌다. 그 만큼 두 사람이 막역했다는 전기적 사실을 말해준다. 유치환 시의 아나키즘적인 사상성을 논의할 때마다 등장하는 인물이 바로 하기락이다.

유치환과 대구의 인연에 관해서는, 또 다른 자료에 의하면, 그가 1954년에 경북대학교 전임강사로 재직했다고 한다.

청마 유치환(青馬 柳致環) 시인이 대구와 깊은 연을 맺은 것은 1954년 봄부터였다. 경북대학교 문리과대학 국문과 전임강사가 되면서였다. 같은 해에 이 학교의 영문과 전임강사를 함께 시작한 인연으로 김종길(金宗吉) 시

147

인과는 열여덟의 나이차에도 불구하고 향촌동 시절의 막역한 술벗이 된다.[1]

박철석의 연보에는 유치환이 1955년에 안의중학교 교장을 사임함과 동시에 경주고등학교 교장으로 취임했다고 한다. 만약 그렇다면 안의중학교 교장을 하면서 경북대학교 전임강사로 재직했다고 볼 수밖에 없다. 요즈음의 관점에서는 있을 수 없는 얘기다. 만약 그렇다면 전임강사는 초빙 강사 정도로 해석돼야 하는데, 이 역시도 교통이 불편했던 시절에 다른 지역에서 교장으로서 출강하기란 극히 어렵다. 이에 관해선 박철석의 연보가 잘못 되었으리라고 본다. 박철석의 유치환 평전에는 연보와 성격이 다른 행적이 기술되어 있다. 아마도 이것이 유치환의 경주 체험이 비롯되는 삶의 행적에 관한 진실이 아닌가 한다.

청마가 경북대학교에서의 맡은 과목은 90분짜리 교양과목인 『문학개론』이었다. 청마로서 90분짜리 강의는 힘겨운 정신적 부담이 되기도 하였다. 한번은 90분 강의를 마치고 교수 휴게실로 들어서는 김종길 씨를 바라보면서 농담조로 '나는 이야기할 것이 없어서 50분을 채우기도 힘이 드는데……무슨 할말이 많아서 90분을 다 채우느냐.'고 했다는 일화가 유명하다. (……) 청마는 문학의 정의를 논하고 시의 원리를 논하는 이론 중심의 강단생활을 중도하차하고 고도 경주고등학교 교장 자리로 옮긴다.[2]

마치 역마살이 든 사람처럼 평생을 걸쳐 여기저기에 스무 번 넘게 옮겨 다닌 유치환은 약간의 방랑벽이 있었다. 한 곳에 진득하게 오래 살지 않았다. 1955년부터 그는 경주에서 생활하기에 이른다. 그는 이때부터 8년간 대구와 경주를 오가는 생활을 한다. 8년간의 경북 생활 중에서 5년 6개월간에 걸쳐 경주에서 보낸 것이다. 그의 경주 생활은 1955년 2월부터 1960년 3월까지와 1961년 5월부터 1962년 3월까지인 것으로 알려져 있다. 경주고등학교장(사립)으로 부임한 그는 수

---

1) 「정영진의 대구 이야기」, 매일신문, 2006. 11. 6.
2) 박철석 편저, 『유치환』, 문학세계사, 1999, 201쪽.

년 간을 재직하다가 이승만 정부를 비판하는 글을 발표함으로써 타의에 의해 학교장 직에서 물러났다. 그 후 6개월이 지난 후에 1960년 3월 30일에, 그가 직업이 없는 상태로 경주에서 대구로 이사를 했다. (대구 생활은 경주를 가기 위한 교두보나 두 차례 경주 생활을 이어주는 교량의 역할을 잠시 했을 뿐이다.) 이로부터 1년 남짓한 시간이 지난 4. 19 직후에, 그는 경주여자중고등학교(공립) 교장으로 복귀한다. 그가 경주를 떠나고 다시 돌아온 것은 교육계의 늘 있는 인사이동이 아니라, 문인으로서의 정치적인 처신에 까닭이 있었던 것이다. 참고로, 교장으로 보낸 유치환의 두 차례의 경주 생활 가운데 부임과 사임의 연도 및 날짜는 다음과 같다.

경주고등학교 교장(1955. 2. 1~1959, 9. 30)
경주여자중고등학교(1961. 5. 15~1962, 3. 4)

유치환이 경주에 들어왔을 때의 사정과 그의 경주 시절의 삶의 편린들은 그의 제자인 서영수의 글인 「청마 시인과 경주」(『경주문화』, 제8호, 경주문화원, 2002. 12)에 구체적으로 기술되어 있다. 이 글은 청마 연구의 전기적인 사료로 향후 잘 활용될 수 있는 글이기도 하다. 먼저 그가 경주에 들어 왔을 때의 사정을 살펴보자.

청마 선생이 처음 경주 생활을 시작한 것은 1955년 봄부터였다. 고도 경주의 거리는 6. 25 전후(戰後)의 목마름으로 한산하고 고적했다. 전국이 다 그러했지만 가난에 찌들려 폐허 아닌 폐허의 상태였다.
머리 위엔 황사바람이 허공을 채우고 양철집 초가집이 다닥다닥 붙은 마당엔 누더기옷이 빨랫줄에 매달려 춤을 추던 시대였다. 그러다 보니 정전 직후의 학교는 정상적이 아니었다.
청마 선생이 교장으로 부임한 경주고등학교도 예외일 수 없어 건물을 육군병원으로 미뤄주고 학교 옆 운동장과 농업 실습지를 다져 가교사를 지었다. 양철지붕의 판잣집 교사는 검은 콜탈을 칠해 멋을 부렸고 비가 오면 위에서 빗소리가 장단을 맞추고 맑은 날은 옆 반에서 들려오는 소음으로 하여 국어시간이 영어시간이 되기도 하고 수학시간은 피아노 소리를 들어가며 셈을 해야 했다. 그나마도 하급생은 그 판자교실 하나 차지할 수 없어 플라타너스 그늘 아래 소흑판을 세우고 수업하다가 갑자기 비가 오면 오전이라도 집으로 가야했던 기막힌 나의 고교 시절이었지만, 청마 시인이 교장으로 오신다는 소문에 모두들 기쁨과 기대에 들떠 있었다.

나는 한 울타리에 병설돼 있는 경주중학교 3학년이었으니 경주고에 진학해야겠다는 결심을 굳힐 수밖에 없었다.

(······)

부임하신 이듬해 군당국의 협조로 가교사 일부 자리에 벽돌로 올린 2층 신건물이 세워졌고 그 2층에 청마 선생이 집무하던 교장실이 있었다. 그곳은 남산과 마주하여 가까이는 반월성 송림이 넘실거렸고 안압지 첨성대가 사이에 들어 있어 고도의 정취가 가득한 풍경을 드러냈다.[3]

시인 유치환의 경주 생활은 이와 같이 시작되었다. 이 글의 필자인 서영수는 전쟁 직후의 폐허에서 2층 신건물이 건설되고, 그 2층에 교장 집무실이 갖추어져 고도의 정취가 느껴지는 정경이 드러나기까지의 과정을 있는 그대로 서술하고 있다. 시대적인 간고함이 묻어나 있다. 교장 유치환의 특강을 들었다는 분의 증언이 남아 있다. 다음 글의 필자인 김하준은 문교부의 공무원으로 재직한 바 있었다.

고3이던 어느 날 교과 선생님이 결근하시고 교장 선생님께서 우리 반에 들르셨다. 학창 시절을 회고하시며 어느 여학생과의 주고받은 편지 내용도 말씀하시면서 연애하신 얘기를 들려주시면서 우리들의 혼을 뺐는데, 하도 재미있고 신기하여 숨소리를 낮출지경이 되었다. 처음에는 남의 얘기를 하시는 줄 알고 너희도 이제 그럴 나이가 되었다며 모범적인 남녀교제를 훈화하시는 것 같았는데 교실문을 나가시기 직전 '그 여성이 우리 할망구

3) 서영수, 「청마 시인과 경주」, 청마문학회 편, 『다시 읽는 유치환』, 시문학사, 2008, 396~398쪽.

야.' 하시고 껄껄 웃으시며 손을 흔들고 나가셨다.[4]

유치환은 부인과의 혼전(婚前) 연애담을 학생들에게 들려주었던 것이다. 대중 매체를 거의 접하기 힘든 그 당시 학생들의 흥미와 욕구를 잘 고려하고 배려한 훈화인 것 같다. 이 이야기를 들은 구술자에게는 평생 잊히지 않는 얘깃거리가 될 것임이 분명하다. 시인 서영수에 의하면, 교장 유치환의 훈화는 늘 짧고 명료했다고 한다. 말하자면 '침묵하는 시간이 많고 말재주도 애써 가꾸려 하지 않는'[5] 그런 품성을 가진 것에 기인한 바에 적지 않으리라고 본다. 서영수는 경주고등학교 재학 시절에 시 창작에 관한 지도를 적잖이 받았다.

또한 그가 기억하는 유치환의 경주에서의 음주 생활도 드러난다. 유치환의 애주(愛酒)는 세간에 잘 알려져 있다. 술을 좋아하고 술에 취하고, 취하면 술버릇은 없지만, 취할수록 웃음소리가 잦고, 음성이 높아진다. 평소에는 과묵해도 주석에선 흔쾌하게 얘기를 즐기는 사람들이 많다. 유치환도 이런 부류의 사람인 듯하다.

그 당시의 경주 황오동의 쪽샘 마을은 마을 전체가 술집이었다고 한다. 초가집과 나직한 기와집으로 이어진 좁다란 골목을 끼고 돌면 장고소리, 북소리, 노랫소리로 가득해지면서 고도의 한밤을 청사초롱으로 밝혔다고 한다. 유치환에겐 이 쪽샘 마을에 몇 군데 단골집이 있었다. 특히 '오륙구' 술집이 대표적인 단골집이었다. 제자 서영수가 기억하는 이 '오륙구'는 이랬다.

청마 선생 하면 언제나 떠오르는 (……) '오륙구'는 수동식 전화의 그 집 번호가 569번에서 지어진 상호며 주모 옥란이란 여인은 권번기생 출신으로 미모가 단정하며 화류계의 거물격인 의젓한 중년이었다. 전통 악기가 즐비한 고급 술집이었는데 손님이라도 오면 이집을 찾는 일이 많았다. 주모 옥란

---

4) 청마문학회 편, 같은 책, 388~389쪽.
5) 같은 책, 399쪽.

여인은 청마 선생을 무척 존경하며 따랐고 청마 선생 역시 아무 허물없이 믿고 드나들던 처지 같았다. (……) 외상값을 갚을 때도 돈의 낱장을 세는 일은 결코 없었다.[6]

권번기생 출신의 주모 옥란은 시인이면서도 지역의 교장인 유치환을 존경했기 때문에 서로 믿는 상거래를 할 수 있었다. 경주 시절의 유치환은 주촌(酒村)인 쪽샘에서 작곡가 권태호(1903~1972)와 심야에 끝없이 술판을 벌이고, 시인 조지훈이 문득 찾아오면 시국을 걱정하면서 토론하고, 경주 지역의 청맥(靑麥) 동인과 더불어 문학의 감수성을 서로 교감하였다. 이 무렵에 있었던 일. 청맥 동인으로서 유치환을 교장으로 모셨던 시인 김해석—당시에 경주고등학교 교사를 재직한—은 「위대한 시인의 위대한 아내」(『청마문학』, 제4집, 2001, 2)란 산문을 통해 다음의 증언을 남기기도 했다.

어느 날 사모님께서는 내게 허물없는 웃음을 지으며 재미있는 이야기를 꺼내 주셨다. 「파도야 날 어쩌란 말이냐」의 주인공으로 알려진 L시인이 경주에 와서, 청마 선생은 L시인과 H여교장 셋이서 함께 불국사에 놀러갔다. 부득이한 사정으로 한 방에 함께 잠을 자게 되었는데, 두 분의 여성은 방바닥에 자고, 청마 선생은 붙박이 벽장에 잤다는 이야기였다. 사모님은 이 이야기를 하는 내내 웃음보를 터뜨리셨다.
거나하게 술을 마신 주당 일당이 청마 선생과 주모를 앞세우고 교장 관사를 찾았을 때, 자정이 넘은 시간인데도 사모님은 친절하고 정성스럽게 술상을 차려 주셨다. 성님, 성님 하고 보채는 주모의 혀 꼬부라진 주정도 사모님은 웃음으로 받아두셨다.[7]

이 이야기는 유치환의 부인인 권재순의 너그러운 관용과 넉넉한 마음씨를 나타내기 위해서 쓰였다. 유치환과 이영도가 예사로운 관계가

---

6) 같은 책, 404~405쪽.
7) 같은 책, 394쪽.

아닌 줄 알면서도 두 사람이 물론 잠자리는 다르지만 한 방에서 잔 것에 대해 투기를 하지 않고 웃음보를 내내 터뜨렸다는 것은 보통의 심성은 아닌 듯하다. 모든 일은 남편에게 맡기고 믿는다는 것이 그 부인의 생활신조인 것 같다. 무엇보다도 유치환의 경주 체험 중에서도 가장 울림이 크게 남는 것은 다음의 일이 아닐까 한다. 시인 서영수의 증언이다. 유치환이 정치권력과 맞부딪히는 당당한 다음의 모습은 깊은 감명을 준다.

> ……중앙의 고위층이 경주를 방문하거나 시국 연설을 할 때면 전교생이 현수막을 들고 환영하러 나간 일이 종종 있었는데 청마 교장은 이것이 못마땅했다. 그래서 경주고가 불참할 때가 흔하다 보니 경찰서장이 지프차를 타고 직접 학교에 와서 언성을 높이는 광경을 본 일이 있다. 공부하는 학생을 이용해선 안 된다는 단호한 의지, 싸우지 않고 침묵으로 대항하시던 모습은 지금도 영상처럼 눈에 선하다.[8]

유치환은 공부하는 학생을 정치의 도구로 이용해선 안 된다고 보았다. 사사건건 마찰을 빚었을 것이라고 보인다. 그는 자유당 말기의 말기적인 현상을 목도하면서 정권이 길게 가지 않을 것으로 보았을 것이다. 그는 대구의 신문에 정치권력을 비판하는 글을 자주 싣는다. 이러한 일들이 빌미가 되어 종내 교장 직을 내놓아야 했던 것이다. 4. 19 직전에는 저항시 「뜨거운 노래는 땅에 묻는다」를 발표하기도 했다. 유치환 같은 문화예술계의 거물급 인사도 감시와 처벌의 대상이 될 수밖에 없던 시절의 일인 것이다. 타의에 의해 경주고등학교장을 사임한 그는 동해안 산중의 고찰에 칩거하기도 하고, 전남 해안가와 제주도를 옮겨 다니면서 쉬기도 했다.

그 후 경주로 돌아와 1960년 3월 30일에, 그가 직업이 없는 상태로 경주에서 대구로 이사를 했다. 그는 이 무렵에 이렇게 말했다고 한다.

---

8) 같은 책, 400쪽.

대구는 자연미가 박(薄)한 곳이라 그다지 좋아하지 않습니다만 오라는 곳이 없어 (어쩔 수 없이) 갑니다, 라고 말이다. 1년 남짓한 시점의 4. 19 직후에는 그가 경주여자중고등학교(공립) 교장으로 현직에 복귀하게 된다. 이때 지병인 신경통이 도져, 앉아서 취임 연설을 한다. 경주에 다시 돌아온 후에는 쪽샘으로 가는 일도 적잖이 자제하였다고 한다.

유치환은 경주 지역의 교육 발전에 적잖이 기여한 것으로 알려져 있다. 경주고등학교의 연극부를 전국 수준으로 드높이는 데 있어서 교육자로서 성과를 냈다고 한다. 경주 지역에는 한동안 그를 기억하는 동료, 제자들이 적잖이 있어서 인구에 회자된바 적지 않았다. 특히 연극에 있어서는 자신의 형이 연극계의 거두이니까, 본인도 연극과 무관하지는 않았을 것이라고 본다.

시인으로서 『청마 풍경』의 저서를 낸 허만하는 경주 시절의 유치환에 관해 증언을 남기기도 했다. 앞에서 말한 바 있었거니와, 유치환이 경주에서 만난 사람 가운데 주목을 요하는 이는 권태호이다. 그는 일본에서 성악을 공부한 후 귀국해 현해탄을 넘나들면서 200회 이상의 독창회를 연 명(名)테너였다. 그의 이름은 일본에서도 알아주었다고 한다. 그는 해방 이후엔 음악 교육의 초석을 닦았고 작곡가로서도 명성이 높았다. 잘 알려진 작곡 가운데 윤석중의 동시에 곡을 붙인 「봄 나들이」가 있다.

(경주 시절의 유치환의 제자인—인용자) 이근주가 군에 있을 때 휴가를 와서 시화전을 열었을 때 청마가 모습을 보였다. 시인으로 출발하려는 제자의 조촐한 잔치에서 그는 방명록에 '시보다 인생을, 인생보다 진실을'이라는 잠언을 쓰고 서명하였다. 바바리코트를 걸친 그가 모습을 보였던 그 시화전 장소는 경주의 성림 다방이었다. 1961년 가을이 익어가는 무렵이었다. 시에 대한 그의 자세를 엿볼 수 있는 장면이다. 낮술에 취해 있던 성악가 권태호와 잠시 이야기를 나눈 그는 얼른 자리를 뜰 수밖에 없었다. 그러나 대주가로 이름이 있는 이 성악가가 후일 청마의 사돈이 되었다. 이 음악가는

언제나 시인 구상이 선물로 준 나무 지팡이를 애용했었다.[9]

권태호는 유치환의 5년 장이지만, 두 사람은 경주에서 술친구로 허물없이 지냈다. 두 사람이 고주망태가 되면, 두 사람의 아들딸들이 자신의 아버지를 모셔가기 위해 술집에 어김없이 찾아왔다. 권태호의 장남과 유치환의 막내딸이 각자의 아버지를 뒷정리하는 인연으로 만나 훗날 부부가 되었다.

3. 유치환의 경주 체험과, 공간 감수성의 시학

유치환은 경주에서 새로운 삶을 시작하면서 바로 산문 한 편을 쓴다. 제목은 「경주에 와서」이다. 이 산문은 그다지 긴 글이 아니다. 이 지역에 사는 조각가의 초옥을 방문하여 본 서예 작품이 줄글의 감성을 촉발시켰던 것. 글의 처음과 마지막은 경주의 풍광을 묘사하는 것으로 시작해 일상의 감상(感想)을 드러내는 것으로 끝을 맺는다.

경주 온 지도 벌써 한 달. 사방 산들이 멀찌감치 물러들 앉아 커다랗게 하늘을 우러른 널따란 벌판 가운데, 바로 교문 앞으로 안압지의 외딴 고루(古樓)와 반월성지의 완만한 구릉을 조석으로 바라다보며 지내는 하루하루가 오랜만으로 말할 수 없이 내게 쾌적하다. 더구나 경칩을 앞두고 먼 들 끝 버들들에 한결 파름한 빛깔이 감겨들어, 봄을 기다리는 마음에 더욱 애련한 정을 금할 수 없게 한다.[10]

나는 이 날도 이름마저 아름다운 일정교(日精橋), 월정교(月精橋)가 걸렸던 데란 남천강(南川江) 기슭을 거닐며, 아까 그 위창 선생의 글귀가 마음에서 사라지지 않아서는, 오늘 내가 고독할 수 있음이 향기롭고 또한 고독함이 절로 빛나는 듯 오히려 흐뭇이 마음이 즐거운 것이다.[11]

---

9) 허만하, 『청마풍경』, 솔출판사, 2001, 93쪽.
10) 박철석 편저, 앞의 책, 167쪽.

산문 「경주에 와서」 시작과 끝을 인용한 부분이다. 경주의 풍광과 일상의 감상을 잘 드러내고 있다는 점에서 심미적인 것과 담백한 맛이 서로 어울린 수필의 아취 같은 것이 한껏 고조된 느낌을 준다. 위창 오세창의 글귀는 '백세지대공이립(百世之大功易立)이요, 일기지사욕난제(一己之邪慾難除)'라. 영원히 떨칠 큰 공은 세우기 쉽거니와, 한 몸의 사사로운 욕망은 없애기 어렵다. 그의 삶이 이 경인구에 투사되기란 어렵지 않았으리라. 유치환은 이 경인구를 통해 그다운 정신의 높이와 사색의 폭을 보여준다. 서정주 시업(詩業)의 중요한 바탕에 독서의 체험이 놓였다면, 그의 경우에는 사색이란 관습적 행위를 빼놓을 수 없다. 우리의 시문학사에 그만한 명상적인 시인은 없다.

> 날짜와 時間을 밝힘조차 無用함이여.
> 내 이 영겁의 문을 들어서자 무한한 온유와 정적으로 희부연 액체 같은 잠김 속에 肅然치 않을 수 없었으며 다시 그 문을 돌아 나서자 이내 無言일 수밖에 없음을 입었거니

> (……)

> 어두운 岩塊를 쪼개고 깨뜨려
> 億年 非情의 時空에다
> 悲願을 依託한 그 애달픈 목숨이
> 이 한 때의 저녁을 쉬일 그늘 찾아
> 落落히 저무는 가지 끝에 앉는다.

> 영겁이란 오직
> 아아 이 혈혈표표한 목숨의 反證 없이는 있지 않은 虛요 無!

> ──「잠자리─石窟庵에서」 부분

---

11) 같은 책, 168쪽.

이 시는 『제9시집』(1957)에 실려 있는 것으로 보아 유치환이 경주에 와서 쓴 시인 것 같다. 그동안 석굴암과 관련된 시들은 적지 않았다. 최남선과 박종화와 임학수와 서정주 등으로 이어져 왔다. 특히 임학수는 석굴암 석 자를 표제로 삼은 작품 네 편을 발표했다.[12]

해방 전의 일이었다. 이들의 시보다 유치환의 인용 시가 형이상학적인 사상의 높이에서 '우주의지'의 상태를 제시한, 그 당시에 한국시의 또 다른 면모와 진경에 도달한 보기 드문 시라고 하는 평가를 가능케하는 시편이다.

이 시를 논의하기 전에, 그가 석굴암을 시적 소재로 수용한 적이 있다는 사실을 전제하고 싶다. 그것은 즉, 경주에 거주하기 이전에 상재한 시집 『청마시집』(1954)에 「석굴암대불」이 실려 있다. '목놓아 터뜨리고 싶은 통곡을 견디고 / 내 여기 한 개 돌로 눈감고 앉았노니'로 시작해 '내 여기 한 개 돌로 / 寂寂히 눈감고 跏趺坐하였노니'로 끝맺는 이 시는 석굴암의 본존불이 인간 목숨의 일회성과 유한성에 대한 발원을 수용함으로써 큰 돌덩어리로 된 하나의 표상으로써 적멸을 이루었음을 노래하고 있다. 이때 시간의 아득함은 공간 속으로 무화되고 있다.

시편 「잠자리—石窟庵에서」는 「석굴암대불」에서 공간 속에서 시간이 무화되는 경우처럼 '억년 비정'의 초시간성을 소재로 한 것이다. 영겁이란, 다름이 아니라 외롭게 떠 있거나 떠다니거나 하는 목숨의 반증이 있어야만 존재하는 순수한 허무의지이다. 이 허무의지는 억년 비정의 우주의지이다.

千年을 가면
亞剌比亞沙漠 쯤이나 되랴?

---

12) 시 세 편과 기행문 한 편이다. (허근 편저, 『임학수 시 전집』, 도서출판 아세아, 2001, 참조.)

그러나 여기는 옛 徐羅伐 慶州.

時間은 공중 높은 데서 오는 것인가?
나무가 고요히 落葉져 내리듯
그렇게 딴 몸짓 하나 없이
한결같이 沈下하는 그 앙금 속 멀찌가니.

(……)

아아 時間 위에 繡 놓인 이 時間과
나의 길다란 그림자의 逆投!

—「逆投」 부분

옛 서라벌의 과거는 이미 아득히 멀어져 있다. 시간은 늘 멀찍하게 정지되어 있고, 시간을 인식하는 것은 지금—여기에서 거꾸로 올라가는 것. 이 거꾸로 올라가는 것이 시간 개념의 역투 현상과 같은 것. 이 시의 숨어있는 화자인 나는 지금—여기인 현재의 공간에 처해져 있을 따름이다. 따라서 옛 서라벌의 과거는 '時間 위에 繡 놓인 時間'으로 나로부터 멀리 격리되어 있다. 나에게 있어서의 신라란, 다름이 아니라 시간의 관념이 길고도 기다랗게 거꾸로 내던져져 있는 한 그림자일 뿐이다.

이 대목에서 유치환 시의 장소정체성의 개념에 관해 짚고 넘어갈 필요가 있다고 보인다. 작가의 장소정체성은 앞으로 전기비평이나 작가 연구에서 핵심적인 개념 틀로 등장할 것이라고 예견된다. 이와 함께 공간 기호학 역시 이 분야의 보조적인 개념 틀이 될 것 같다.

장소정체성이란, 최근에 부쩍 논의되고 있는 지리학의 개념이다. 이 개념은 장소 경험의 주체인 인간이 특정의 장소와 관계를 맺음으로써 형성되는 개성적인 관념이나 의식을 말하는 것이다. 하이데거가 장소를 가리켜 존재의 진리가 구현되는 현장이라고 지적한 바 있듯이, 장소정체성의 대표적인 사례는 거주(dwelling)이다. 특정의 장소에서 거주한다는 것은 인간의 실존을 의미하는 것이다.[13] 시인 유치환은 경주라는 특정의 장소에서 인간 존재의 의미랄까, 실존과 본질의 대립성이랄까 하는 물음을 시의 형식 속에 던지고 있는 것이다. 어쨌든, 초시간성의 관념과 장소정체성은 시인 유치환이 가지고 있었던 독특한 철학적인 천문지리관이 아닌가 하고 짐작해본다.[14]

소리도 움직임도 없는 흙더미나 돌덩이에서
차라리 時間의 비정(非情)과 목숨의 무상함을 절감한다.

左右 섬섬옥수를 두었던 위치엔 둔한 광채를 머금은 황금 팔찌
보옥 목걸이도 한 쌍 귀걸이도 있을 그 자리에 그대로

짐짓 절벽 같은 무작정한 시간의 지속 속에선
千年 日月도 개미 발자국보다 적은 지척인 것

(……)

육신의 머리칼 하나 떨어뜨림 없는
이 감쪽같은 둔적(遁迹)이야 생자필멸의 여지없는 증거가 아니라 물이
김 되고 김이 다시 물 되는 그 길인 것

그리하여 임은 광주리를 이고 소박한 아낙네로
시방 저 저기 오고 있지 않은가

---

13) 김덕현, 「장소와 장소 상실, 그리고 지리적 감수성」, 『배달말』, 제43호, 2008, 12, 7쪽, 참고.
14) 경북대학교 문리대에서 시론을 강의하던 때 경북대 의대를 나온 문학청년 허만하는 청마를 흠모하며 시를 썼다고 한다. 1960년 이른 봄 허만하는 청마의 집을 방문해 "선생님, 시인이 되지 않았다면 어떤 일을 하셨겠습니까?"라고 묻자 "아마 천문학자가 되었을 기라."라고 서슴없이 대답했다. (네이버 검색 : 출처-청마 유치환, 작성자-노상균)

아니면 나와 더불어 지금 무궁한 하늘을 바라보는
나의 이 지애(至愛)한 사람은 아닌가

—「古墳에서-경주 황오리 五호총」 부분

이 시는 유치환이 교장으로 재직하는 경주고등학교의 인근인 황오리
에서 유물 발굴이 있을 때 경험한 내용을 시로 재구성한 것이다. 그의
거주지에서 체험된 것이란 점에서, 이 시는 현존의 장소성이 중시된 것
이라고 하겠다. 이 시는 시집 『미루나무와 남풍』(1964)에 실려 있다.

이 시집에 대한 작품론으로는 이형기의 「유치환론-'미루나무와 남
풍'을 중심으로」(문학춘추, 1955. 2)가 있다. 여기에서, 이형기는 시편
「고분(古墳)에서」를 가리켜 '천 년 전 신라의 옛무덤 앞에서, 무덤 속
에 잠자는 사람이 소박한 아낙네가 되어 지금 광주리를 이고 걸어오는
것을 실감하는 청마의 윤회 사상'[15]이라고 해석한 바 있다. (이 해석은
유치환 시의 경주 체험에 관한 한, 매우 소중한 비평적 견해이다.) 또 다른 논의가
있다면, 그건 다름이 아닌 허만하에 의한 것. 다음의 인용문을 보면, 유
치환의 창작 배경 및 그 동기가 자못 흥미롭다.

……목숨의 실상을 그린 이 시는 원래 「황오리 5호총」이란 제목으로
1962년에 발표된 작품(『자유문학』, 1962년 11월호)이나 시집에서는 이 제
목을 부제로 삼고 있다. 이 때문에 한 연구 자료는 이 작품을 시집 미수록 작
품으로 정리하는 혼란을 보이고 있다. 내가 조사한 바로는 경주 황오리 소재
의 이 고분 발굴은 5. 16 후 반년이 지난 1962년 1월11일부터 16일에 이르
는 사이에 실시되었다. 이때 청마는 경주여중 교장으로 재직 중이었다. 반월
성과 첨성대에서 가까운 황오리 고분군 둘레는 경주 시절의 청마가 즐겨 찾
던 곳이었다. 유난히 차가운 겨울바람 속에서 이 발굴이 시행되었던 것은 경
주 역에서 불국사에 이르는 관광도로 공사 도중에 우연히 고분의 일각이 드
러났기 때문이었다. 이 고분 발굴 현장을 견학한 청마가 그의 시풍에 어울리

---

15) 청마문학회 편, 앞의 책, 326쪽.

는 시상을 얻을 수 있었던 것은 이름 없는 황오리 5호 고분을 위해서나 청마를 위해서 다행한 일이라 생각된다.[16]

경주 시절의 유치환이 창작한 최고의 명시인 「고분에서」는 이 같은 시대적인 배경 속에서 창작되었다. 이 시는 시가 가지는 특유한 공간성이 있다. 이 공간성을 두고 공간 감수성이라고 해도 좋다. 사람이나 사물의 존재를 확인하는 근원적인 두 개의 축을 시간과 공간이라고 할 때, 기억력은 시간의 파수꾼 역할을 할 것이다.[17] 반면에 장소 지각력은 공간에 대한 인간의 경험을 확보해 줄 것이다. 유치환은 이 시에서 시간성이란 질서의 존재를 해체하려고 하고 있다. 시간에는 감정이란 게 없고, 공간은 사람들이 살아가는 삶의 풍경을 담는다. 필자는 불문학자 김화영이 오래 전에 쓴 에세이 「공간 감수성」을 공명하였는데, 이는 마치 유치환의 시편 「고분에서」를 염두에 두고 쓴 것 같다.

공간이 없는 시간을 상상한다는 것은 불교에서 말하는 공(空)이나 철학이 말하는 무(無)를 상상하는 것만큼이나 어려운 일이다. (……) 우리의 몸이 이해할 수 있는 단 하나의 시간, 육체의 형상으로 번역되지 않은 유일한 시간은 단절된 시간 속에 모든 공간을 한데 떠받들고 있는 순간일지도 모른다. (……) (시를 포함한—인용자) 예술이란 자연적인 시간을 인간 정신의 투지에 의하여 예술적 공간으로 변용시킴으로써 영원을 획득하려는 기도라고 할 수 있지 않을까? 이리하여 공간적 영원은 지옥으로도 인도하지만 예술의 황홀경으로도 인도한다.[18]

시간의 감정이 없는 차가움 속에서 무수한 공간의 지층이 축적해 있다. 시란 것도, 무시간성의 경험 속에서 인간 정신에 의해 공간을 변용시켜 영원을 획득하려고 시도하려고 한다. 이 영원은 시간적이라기보

16) 허만하, 앞의 책, 94쪽.
17) 김화영, 『공간에 관한 노트』, 나남, 1987, 43쪽, 참고.
18) 같은 책, 45~47쪽.

다 공간적인 영원을 말하는 것이다. 시인 유치환이 고분에서 발견한 것도 시간적인 영원이 아니라 공간적인 변용의 영원이다. 이 대목에서 생이 순환하고 반복된다는 관념이 생성한다. 미문의 산문가이기도 한 김화영은 시의 공간성, 공간 감수성에 관한 원론의 심미감을 이미 제공해 주었다.

> 시는 시간적이고 선조적(線條的)인 언어 속에 표현되지만 그것은 소리와 의미의 공간으로 탈바꿈되어야만 한다. 우리의 느리고 둔탁한 산문이 하나씩 하나씩 차례로 이야기 해야 하는 삶을 시는 동시에 돌연히 말해야 한다. 불꽃처럼, 절규처럼, 돌연한 미소처럼 문득 솟아올라야 한다.[19]

시는 시간의 순차적인 단계에 따라 삶의 진행을 말하는 게 아니라, 공간의 조형성 속에서 무시간(성)의 성취 경험을 조성해 보이는 것이다. 불꽃처럼, 절규처럼, 돌연한 미소처럼 문득 솟아오른 생의 구경적인 표상이 있다면, 필자는 서정주의 「국화 옆에서」에서 묘파한 '내 누님 같이 생긴 꽃'이 아닌가 한다. 이런 점에서 볼 때, 유치환의 시편 「고분에서」는 서정주가 보여준 윤회와 연기의 시학과 맥락을 함께하는 측면이 없지 않다. 유치환에게 있어서의 사람, 즉 '나와 더불어 지금 무궁한 하늘을 바라보는 나의 이 지애(至愛)한 사람'은 서정주에게 있어서 '이제는 돌아와 거울 앞에 선, 꽃 같은 누님'에 방불하게 한다. 서정주의 국화꽃이 애인 갱생의 환각적인 우화이거니와, 여기에는 또 윤회 사상과는 별개의 회향(廻向)의 삶 의식을 수반하기도 한다.

> ─돌아가는 것이다.
>
> 그 아득한 시원의 데로
> 이제는 돌아가는 것이다.

---

19) 같은 책, 25쪽.

싸늘한 살갗 하나 사이하고
저쪽과 이쪽이 지척도 아니언만

소리도 닿지 않는 그 억겹리—
이제는 돌아가는 것이다.

석양길 가는 이의
가물가물 뒷자취여, 답 없음이여.

—「사면불」 부분

이제는 돌아가는 것이다. 불교적 용어로 회향이라고 한다. 회전취향
(廻轉趣向)의 준말이다. 모든 불교 의식은 회향의 뜻을 반영한다고 한
다. 회향의 사전적인 정의는 자기가 닦은 선근공덕을 다른 사람이나
자기 수행의 결과로 돌리는 것이다. 오랜 세월에 걸쳐 수행한 노승이
있다고 하자. 이 분이 다음의 말을 중얼거린다고 하자. '산중에 앉아
평생 중생들의 도움으로 살았으니, 이제는 중생 속으로 회향해야지. 모
든 중생이 안락할 수 있도록 원(願)을 세우고, 또 인연 따라 물 흐르듯
이 흘러가야지.' 이 중얼거림이 바로 회향의 참뜻인 게다.

사랑한다고……사랑한다고……
이 한마딧말 님께 아뢰고, 나도
인제는 바다에 돌아갔으면![20]

이 인용문은 서정주의 시편 「석굴암 관세음의 노래」이다. 유치
환의 「사면불」과 마찬가지로 회향을 뜻을 반영한, 소위 불상시(佛
像詩)이다. 유치환의 경주 체험이 반영된 대부분의 시는 무시간성

---

20) 서정주, 『미당 서정주 전집 · 1』, (주)은행나무, 2015, 80쪽.

(timelessness)의 경계 없음의 상태를 지향하고 있다. 서정시의 높은 경지에 도달해 있는 것이 사실이다. 이는 그의 시편 「상봉」에서도 잘 드러나고 있다.

> 時間이여
> 한 번 가곤 영겁으로 망실하는 그것이 아니라
> 무동 위에 무동 타듯
>
> 꽃주저리에 또 꽃주저리 달리듯
> 묵은 등걸 끝에 되 돌아와
> 무수히 이어 피는 時間이여
>
> (……)
>
> 얼마나 다시 있을 이 환한 상봉이여
> 영원한 회귀 위에 피는 것이여
>
> ― 「相逢―鷄林에서」 부분

시간은 무한하고, 삶은 유한하다. 이 치명적인 간극은 일회성의 삶이 연속적인 원환 구조를 가진다는 데서 극복의 단서가 발견된다. 니체의 허무주의와 운명애가 빚어낸 이른바 '영원회귀'란 것의 공상적인 관념이 서정시의 무시간적인 경지에 도달하며, 또한 이때 자아와 세계는 경계 없는 융합 속에서 무(無)로 향해 영원히 되돌아간다. 나뭇가지에 꽃이 핀다는 것이, 한번 진 꽃이 때가 되어 다시 만난다는 것을 의미하고, 이는 또 시인의 직관에 의해 찰나의 환각으로 드러나게 되는 것이다. 영원회귀의 초시간성에 대한 시적 표상이 「상봉」이란 제목으로 인용된 시다.

4. 서정주의 신라정신과, 유치환의 경주 체험

서정주의 신라정신과, 유치환의 경주 체험은 비슷한 것 같지만 서로 뚜렷이 다르다. 시인 서정주에게 신라정신을 형성하게 한 배후의 인물은 소설가 김동리의 백형(伯兄)이기도 한 김범부이다. 그는 소설 「황토기」의 역사(力士)들처럼 시운을 얻지 못한 채 일제강점기의 동양학자로서 불우하게 살았다. 고향이 경주이기도 한 그는 해방 후에 이르면 화랑의 역사적인 존재성을 민족정신의 표상으로 여겼다.

어쨌든 서정주의 신라정신이 김범부의 정신적인 영향을 받으면서 산문적 내지 학구의 체계로서 실현된 것이 『신라연구』이다. 이것은 그의 동국대학교 교수 자격을 획득한 논문이기도 했다. 신라정신의 시적 성취는 1960년에 간행한 자신의 네 번째 시집인 『신라초』에 실려 있는 일부의 시편들이었다. 말하자면, 이상과 이념의 공간인 신라를 선험적인 고향으로 삼았던 시정신의 표상이 바로 그의 신라정신이었다. 이를 가리켜 본인 스스로는 '영원주의'라고 말한 바 있었다. 이 영원주의는 무시간성 및 초시간성의 개념이 아니라, 일종의 시간성의 이념적 수단으로 작동하고 있었다.

> 내 시정신의 현황에 대해서는 최근 몇 군데 말해 보았지만, 간단히 말하여서 영원주의라는 말로써 제목할 수 있는 '역사의식의 자각' 그것이 중심이 되어 있다.

서정주의 소위 신라정신은 시집 『신라초』와 『동천』에 이르러 활짝 꽃을 피웠거니와, 그의 역사시집인 『학들이 울고 간 날들의 시』에서도 그것은 정신적으로나, 심미적으로 더 확충되어 갔다. 신라라고 하는 이름의 기둥말은 이른바 '풍류'로 대체된다. 신라의 풍류는 다름이 아니라 하늘의 뜻을 잘 따르는 일이라고 한다.

---

21) 서정주, 「역사의식의 자각」, 현대문학, 1964, 9, 38쪽.

요컨대 서정주의 신라정신은 역사의식의 자각이다. 자신의 시집들에서 시간성의 감수성이 잘 드러나고 있다.

　　본 연구에서 마지막으로 앞으로 남는 문제는 유치환의 경주 체험의 시편들을 서정주의 신라정신과 어떻게 비교하고 또 대조하느냐 하는 것이다. 이 두 시인이 지향하는 영원성의 문제는 동질적인가, 이질적인가 하는 문제도 흥미롭게 남아 있을 것이며, 신라정신이 역사의식의 문제에 어떻게 매개적인 관념으로 개입하게 되었으며, 경주 체험이 시의 상상력에 현실의 바탕에서 영향을 어떻게 끼칠 수 있었느냐 하는 문제도 긴요하게 관심을 불러일으킬 것으로 예상된다.

　　유치환이 체험한 경주는 서정주의 관념적인 시간의식에 자리하고 있는 신라로 영속되는 매개 개념이 아니다. 그에게 있어서의 경주는 삶의 직접성에 뿌리를 내린 실존적 거점으로서의 장소 개념이다. 따라서 그의 장소정체성은 시적이면서도 동시에 지리적인 감수성을 환기시키는 조건이 되었던 것이다.

　　유치환은 서정주의 경우처럼 역사에 대한 관심이 크게 없었다. 역사에의 관심을 충족시키려면 끊임없는 독서를 통해 충족을 실현해야 한다. 서정주가 삼국유사 등의 고서를 읽으면서 역사를 공부했지만, 유치환의 집에는 사전류 외에는 별다른 책이 없었다. 그는 독서보다는 사색을 매우 즐겼다. 그는 평소에 시를 공부하는 젊은이들에게 '책을 읽지 말고 스스로 사색하라.'고 조언을 하고는 했다.[22] 서정주의 신라정신이 역사의식의 자각에서 비롯했다면, 유치환의 경주 체험은 사상의 깊이와 더불어 자신의 내면 풍경이나 지금−여기에 놓인 삶의 풍경을 드러내는 것의 한 소산이었던 셈이었다. 신라정신이 시간성의 구현이라면, 경주 체험은 장소성의 현현이다. 장소성이란, 인간에 의해 부여된 특정된 장소의 의미를 가리키고, 또 이는 장소애(場所愛), 장소 상상력, 공간 감수성 등의 개념으로 연결되기도 한다.

---

22) 허만화, 앞의 책, 94쪽, 참고.

유치환의 경주 체험이 반영된 시들은 경관(景觀)의 시이다. 경관이라고 해서 경치나 풍경을 말하는 건 아니다. 경관은 경관적인 요소들로 이루어진 하나의 총체 개념으로서, 다양한 힘들의 순간적인 균형 및 평형 상태를 유지하게 하는 지리적인 앙상블인 것.[23] 따라서 그에게 있어서의 경주는 자신의 삶의 실존과 정체성을 드러내는 일종의 경관으로서, 불꽃처럼, 절규처럼, 돌연한 미소처럼 문득 솟아오른 것이었다.

주지하듯이, T. S. 엘리엇은 20세기의 문명을 상징하는바 '황무지(불모지)'라는 삭연한 경관을 만들었다. 이 시적 경관은 20세기 현대문명의 표상으로 기억되고 있다. 비평가 이상섭은 엘리엇이 이 경관을 통해 탁월한 철학적인 시를 빚어냈다고 상찬한 바 있다.

> 죽은 자들과 함께 우리는 태어난다.
> 보라, 그들이 돌아온다. 우리와 함께 온다.
> 붉은 장미의 순간과 검은 향나무의 순간은
> 길이가 같구나. 역사가 없는 민족은
> 시간에서 구원되지 못한다. 역사란
> 무시간의 순간들이 빚는 형상인 까닭이다.

서정주의 신라정신과 유치환의 경주 체험 중에서 어떤 것이 시적으로 가치가 있는 것일까? 시간성과 장소성, 역사의식과 공간 감수성 가운데 시적인 가치의 추는 어느 쪽으로 향하고 있는가? 이에 관한 대답은 엘리엇의 경우처럼 시간과 무시간의 교차점이 파악되는 종합적인 경험이 무엇보다 중요하다는 데 놓여 있다. 탁월한 철학적인 시를 빚어낸 이 경지는 산자와 죽은 자, 시작이 끝이며, 끝이 시작이며, 탄생이 죽음이며, 죽음이 탄생이라는 의식의 전환이 필요한 경지다. 무시간성이니 초시간성이니 하는 것도 이러한 의식에서만 가능하다.[24]

---

23) 전종한 외, 『인문지리학의 시선』, 논형, 2005, 274쪽, 참고.
24) 이상섭, 『역사에 대한 불만과 문학』, 문학동네, 2002, 308~311쪽, 참고.

5. 약론 : 마무르는 말

본 연구는 '유치환의 경주 시절과, 시의 공간 감수성'을 주제로 삼은 논문이다. 지금까지 시인 유치환의 경주 체험을 중심으로 삶의 전기적인 부분을 복원해 보면서 시의 구체적인 체험의 반영을 공간 감수성의 차원에서 탐색해 볼 수 있었다. 마지막 정리의 부분에 이르러, 지금까지 전개해온 논지를, 다음과 같이 네 부분으로 나누어 마무리하고자 한다.

첫째, 유치환의 경주 시절의 삶을, 증언된 기록을 통해 재구성하고자 했다.

본 연구에서는 그의 경주고등학교 제자인 서영수의 글 「청마 시인과 경주」가 가장 중요한 자료가 되었고, 그 밖에 청맥 동인으로서 유치환을 교장으로 모셨던 당시에 경주고등학교 교사로 재직한 시인 김해석의 「위대한 시인의 위대한 아내」란 산문과, 허만하의 저서 『청마풍경』도 보조 자료로 활용되었다.

둘째, 유치환의 시에 반영된 경주 체험의 구체적인 양상을 밝히고자 했다.

그 대표적인 사례는 다음의 두 시편이다. 경주 시절의 시편 「잠자리—석굴암(石窟庵)에서」는 「석굴암대불」에서 공간 속에서 시간이 무화되는 경우처럼 '억년 비정'의 초시간성을 소재로 한 것이다. 영겁이란, 다름이 아니라 외롭게 떠 있거나 떠다니거나 하는 목숨의 반증이 있어야만 존재하는 순수한 허무의지이다. 경주 시절의 유치환이 창작한 최고의 명시인 「고분에서—경주 황오리 오(五)호총」는 시가 가지는 특유한 공간성, 장소정체성 및 공간 감수성이라고 해도 좋을 공간성을 지니고 있다.

셋째, 유치환의 경주 체험이 반영된 시편을 중심으로, 공간 감수성의 시학의 실체를 밝히고자 했다.

서정시가 시간의 순차적인 단계에 따라 삶의 진행을 말하는 게 아니라, 공간의 조형성 속에서 무시간(성)의 성취 경험을 조성해 보이는 것이라면, 유치환의 시편 「고분에서」는 서정주가 보여준 윤회와 연기의 시학과 맥락을 함께하는 측면이 없지 않다. 또 그의 시에는 윤회 사상과는 별개의 회향(廻向)의 삶 의식을 수반하기도 한다. 그의 경주 체험을 드러낸 또 다른 시 「사면불」이 대표적인 경우이다.

넷째, 서정주의 신라정신과, 유치환의 경주 체험이 서로 다른 점을 비교론의 관점에서 파악하려고 했다.

서정주의 신라정신과, 유치환의 경주 체험은 비슷한 것 같지만 서로 뚜렷이 다르다. 신라를 선험적인 고향으로 삼았던 시정신의 표상이 바로 서정주의 신라정신이었다. 이것은 소위 역사의식의 자각이다. 그의 시집들에서 시간성의 감수성이 잘 드러나고 있다. 반면에, 유치환이 체험한 경주는 서정주의 관념적인 시간의식에 자리하고 있는 신라로 영속되는 매개 개념이 아니다. 그에게 있어서의 경주는 삶의 직접성에 뿌리를 내린 실존적 거점으로서의 장소 개념이다. 따라서 그의 장소정체성은 시적이면서도 동시에 지리적인 감수성을 환기시키는 조건이 되었다.

이상과 같이, 본 연구는 경주 시절의 유치환에 대한 삶의 재구성, 유치환의 시에 반영된 경주 체험의 구체적인 양상, 유치환의 경주 체험이 반영된 시편을 중심으로 한 공간 감수성 시학의 실체, 서정주의 신라정신과 유치환의 경주 체험의 서로 다른 점 등을 파악하려고 한 논문이었음을 거듭 밝혀둔다.

세기말의 페미니스트 처용아내의 항변

1

신라로부터 전승된 지금의 무형문화재 중에 처용무만한 것이 없다. 한편 처용가 없는 처용무도 있을 수 없다. 그도 그럴 것이, 처용무 이전에 시와 노래의 결합 형태인 처용가가 있었기 때문이다. 1392년에, 조선이 개국하기 직전에 정치적으로 암살을 당한, 고려 말의 문인이요 학자였던 도은 이숭인이, 신라 처용가를 듣고 난 감상을 남기기도 했다.

그 성조(聲調)가 자못 비장하다.

이 감상을 두고 볼 때, 신라 처용가가 적어도 14세기 말까지 향유되고 있었다는 사실을 알 수 있다. 조선의 궁중에서 연행된 처용무가 고려의 것임이 유력하거니와, 신라의 향가가 고려 말에 이르기까지 불렸다고 하는 사실은 특기할만한 것이라고 하겠다.

여성 시인 정숙이 『신처용가』(1996)를 상재한 지도 이제 한 세대가 되어간다. 이 시집은 이른바 연작시 '처용아내' 여든여섯 편을 실은 것이다. 신라 여인인 처용아내가 시집의 화자로 소환된 시집. 그녀는 나라 신모(神母)인 사소, 박제상의 처 김씨, 색공지신 미실, 정략혼인의 공주 선화, 절세가인의 부인 수로 등에 비하면, 존재감이나 무게감이 떨어진다. 이 별 볼 일 없는 인물인 처용아내를 시의 캐릭터로 되살린 것은 시인의 각별한 상상력의 소산이라고 할 만하다.

연작시 전편을 통틀어서, 화자는 처용아내이고, 청자는 처용이다. 처용은 입도 방긋하지 않는다. 처용아내의 넋두리가 끝이 없을 정도다.

어쩌면 청승맞기도 하다. 처용과 처용아내는 본디 신라시대의 부부이지만, 이 시에서는 현대인 부부로 다시금 살아났다. 이 연작시를 보면, 역사야말로 과거와 현재의 대화라는 경구를 떠올리게 한다.

아래에 인용된 시는 연작시의 서시(序詩)에 해당한다. 이 「처용아내 1」(편의상 부제를 취함, 이하 같음.)은 86편의 전편을 지배하는 주제적인 시편이다. 마치 한용운의 시집 『님의 침묵』의 첫 번째에 배열된 시편 「님의 침묵」이 전편의 주제를 함축하고 있는 것처럼 말이다.

> 가라히 네히라고꼬예?
> 생사람 잡지 마이소예.
> 달이 휘영청 청승 떨고 있지예.
> 밤이 '어서! 어서!' 다구치미 깊어가지예.
> 임카 마시려던 동동주 홀짝홀짝
> 술빼이 혼자 다 비았지예.
> 용광로 부글부글 끓는데 임이 안오시지예.
> 긴 밤 지쳐 살풋 든 잠, 찔레꽃 꺾어 든
> 귀공자를 잔시 반긴 거 뿐인데예.
> 웬 생트집예?
> 셔블 밝은 달 아래서
> 밤 깊도록 기집 끼고 노닥거린 취기,
> 의처증 된기라예?
> 사철 봄바람인 싸나아는 간음 아이고,
> 외로움 속 골빙 든 여편네
> 꿈 한번 살짝 꾼 기 죈가예? 예?

> ― 처용아내 1, 전문

화자가 꿈속에서 외간남자에게 성적인 관심을 가진 것을 두고, 남편인 처용이 자신을 소위 '간음녀'라고 하면서 생트집을 잡는다. 현실도 아니고 꿈속의 외도가 죄이냐고, 항변한다. 꿈속의 외간남자는 누구인가? 찔레꽃 꺾어 든 귀공자다. 세칭 꽃미남이다. 이것은 이 시집이 나온 후에, 그러니까 내가 생각하기로는 21세기 벽두에 느닷없이 등장한 신조어였다. 새로운 말이지만, 유사한 개념은 이미 있었다. 신라 때의 꽃다운 젊은 사내, 즉 화랑(花郞)이 글자 그대로 꽃미남이다. 이 시에서 화자의 꿈속에 등장한, 꽃을 든 남자 귀공자는 신라시대의 엘리트 청년 무사인 화랑과 같은 캐릭터라고 보면 된다.

서시처럼 첫머리에 놓인 앞의 인용 시와 여러모로 유사하게 느껴지는 것은 '처용아내 68'이다.

> 기집이 사나하고 눈만 마차도 서방질이라꼬?
> 우짜꼬! 아래 화전놀이에서 깔쌈해서
> 뚝 기생 오라바이 겉은 장구쟁이 하고 눈마차뿌는데.
> 가심이 두근반 시근반카데. 안쫓가내지예? 예?
> 　　　(……)
> 서방님, 쌈 고마 하입시더.
> 그 칼 때가 아입니더.

— 처용아내 68, 부분

기생오라비 같은 장구장이는 요즘 식으로 말하자면 남성 뮤지션이다. 전근대 사회에서도 연희 공간에서의 재인(才人)은 여자들의 가슴을 설레게 했다. 이 시집이 나온 1990년대 중반의 유명한 장구장이라면, 뉴키즈 온더블럭, 서태지, 신승훈 정도가 아니었을까? 장구장이와 유부녀의 눈맞춤은 스타덤과 팬덤의 관계로 비유된다. 아내가 성적 환상을 좀 가졌다고 해서, 화자는 남편이 아내를 집에서 쫓아낼 수 있느냐고 한다.

정숙의 시집 『신처용가』는, 다시 말해 연작시 '처용아내'는 남성 중심 사회의 모순과 불합리를 까발려냄으로써 성적 평등을 지향하고자 하는 의도로 기획된 전략적인 시집이다. 이 시집의 해설을 덧댄 문학 평론가 김재홍은 정숙의 '신처용가'가 신라의 처용가를 새롭게 해석함으로써 현대 여성의 욕망을 인간해방의 차원으로 승화했다고 평가한 바 있었다. 욕망 중에서도 성적 욕망이 시상의 기저를 이룬다고 할 것이다.

2

정숙의 『신처용가』는 우리나라 페미니즘 문학의 이른바 '블랙홀 시대'라고 평가될 수 있는 1990년대의 문학이 이루어낸 한 성과였다. 주지하듯이, 이 시대의 페미니즘 문학은 문학사적인 의미를 지닌다. 사회주의권의 몰락과 함께 1980년대 문학의 집단주의 성향은 시대사적인 종언을 고했다. 말하자면 진보와 젠더의 연결고리가 자연스럽게 끊어짐으로써 1990년대 페미니즘 문학의 가능성이 열린 것이다. 페미니즘 문학은 개인주의라는 정치적 함의와 무관치가 않았다. 세상이 변한다는 인식 하에서 이루어진 것. 특히 1990년대의 세기말 담론을 형성하는 데도 적잖은 영향을 끼친다. 옥비녀에서 배꼽티로의 전회(轉回)는 세상의 변화를 나타내는 한 징표가 되기도 했다.

> 보싰능게? 돌아댕기는 배꿈 말이라예.
> 춤 안흘리능기 좋지싶어예.
> 서방님예. 지가 옥비네 빼고,
> 삼단 겉은 머리 짤라뿌던 날 기억하시능게?
>   (……)
> 언젠가 뻴라벗고 다닐 날 머잖았지 싶어예? 예?
> 다부로 옥비네 찌른다고 될이 아이지 싶어예.

— 처용아내 60, 부분

내가 회상해도 1990년대 중반에 세칭 '배꼽티'의 등장은 파격적인 것이었다. 여성의 보여주기와 남성의 훔쳐보기의 관계는 서로 밀고 당기는 관계라고 할 수 있었다. 일부 보수주의자들은 사회적인 병적 징후로 보기도 했다. 노출증과 관음증의 밀회랄까? 하지만 세상이 아무리 변해도, 가부장제는 변하지 않는다. 옥비녀는 봉건적 부권제 하에서의 여성의 순종을 표상하고, 배꼽티는 남성의 시각적 쾌락을 위해 존재하는 이색진 패션이다. 젊은 여성이 배꼽티를 입고 거리를 당당하게 활보한다고 해도, 여성 인권의 입지가 반드시 보장되는 것은 아니다. 이 대목에서, 우리는 성성(sexuality)을 생각하지 않을 수 없다. 흔히, 남성에게는 남성성이 있고, 여성에게는 여성성이 있다고들 한다. 무엇이 남성성이고, 또한 무엇이 여성성인가. 단순한 문제는 아닌 듯싶다. 성정체성, 성적 지향성은 개인적인 요인일 뿐만 아니라, 사회적인 요인도 적잖이 차지한다. 일반적으로 볼 때, 남성성은 에너르기, 힘, 지(知) 등으로, 여성성은 하모니, 아름다움, 사랑 등으로 표현된다. 서로 다른 개념을 이렇게 두부를 나누듯이 나누어보는 것이 온당한가, 하는 생각의 여지가 없지 않다. 만약 이와 같은 이해의 틀이 하나의 가설로 인정된다고 한다면, 이것이야말로 성성이라고 말해질 수도 있지 않나?

집안에도 두루뭉실한 산이 있고
빌로 볼품없어도 꽃밭과 튼튼한 말 안있나?
동네 싸나아들 와, 해필 와, 자갈마당에 가노?
집에서 냄비딱고, 굴뚝 소지하믄
덧나능가 머?

눈물로 핀 들국화가 더 애처럽고 더 이뿌다꼬?
길섶에 채송화가 더 근지러븐데 잘 긁어준다꼬?

싸나아들이 철드자 망령든다 카디

갈수록 태산 아이가.

— 처용아내 80, 부분

자갈마당은 기의가 아니라 기표다. 대구에 있었던 대규모 사창가의 이름이다. 전국의 남자들이 가보지는 못해도, 이름 정도는 들어보았을 게다. 가부장 중심 사회일수록 남자의 외도를 용인하는 사회라고 할 수 있다. 바람의 강도에 대한 인식만 보면, 그 사회가 어떤 사회인지 안다. 가부장 사회는 이렇다. 유부남이 피우는 바람이 한순간 스쳐지나가는 산들바람이라면, 유부녀가 피우는 바람은 진종일 낮밤으로 거세게 불어 닥치는 태풍이다.

가부장제의 문화 속에서 남성들의 외도를 용인한 사실은 여성 억압의 근원을 제거하지 못했음을 반증하는 것이기도 하다. 이유는 과거의 여자들이 남자에게 경제적으로나 도덕적으로 의존할 수밖에 없는 사회문화 구조에 있다. 이런저런 두 겹의 의존성으로 인해, 수시로 외도를 일삼는 남편을 둔 한 세대 이전의 여자들은 속수무책인 경우가 적지 않았을 터이다. 나는 시인 정숙이 처용아내를 가리켜 '홧김에 서방질한 간음의 여인' 정도로 암시하거나 재해석한 것이 아닌가, 짐작한다.

옛날에, 작부와 더불어 마주 앉아 있는 술집이나 매음녀가 가랑이를 벌리고 대기한 사창가를 드나든 남편을 둔, 그럼에도 불구하고 홧김에 서방질마저 못한 저 무수한 여자들도 있었다. 그녀들의 속마음은 새까맣게 타들어갔을 게다. 시몬 드 보부아르의 실존주의 관점에서 볼 때, 힘이 없던 그녀들은 불안으로 가득 찬 세계 속의 무(無)의 존재였다. 또한 내면화(internalization)된 타자성의 존재이기도 하고. 이 타자성이야말로 실존주의 관점에서 본 여성의 성성이 아닐까, 한다.

와 남정네는 풍류남아라야 되능교?
인내들은 와 효부, 열부, 끝내는 망부석카는
돌삐가 돼야 되능교?
용왕님께서는 하마 정신이 오락가락
그네를 타시니더. 이 시대 맨 꼬티
맏며느리인 저는 참 안타깝니더. 진짜니더.

— 처용아내 20, 부분

처용아내는 용왕의 맏며느리라고 했다. 처용이 용왕의 장남이라는 데, 설화의 기록에 의하면, 용왕의 아들 중의 한 명일 따름이다. 사서에 의하면, 처용아내는 상당한 미인이었다. 이 연작시를 보면, 처용은 밤 늦게까지 서라벌(경주)에서 놀았다. 작부와 더불어 마주 앉아 있는 술집이거나 매음녀가 가랑이를 벌리고 대기한 사창가이거나 할 터. 이런 처용은 신라 사회에서 풍류남아로 칭송된다. 1990년대의 한국 사회에서도 마찬가지였을 터. 홧김에 서방질한 미인 아내는 어쩌면 남편에 대한, 과거에 대한, 현재에 대한 이글이글 타오르는 질투나 복수감이 작용했을 터. 이런저런 점에서 볼 때, 처용아내는 세기말의 페미니스트가 아닐 수가 없다.

인용 시에서의 '돌삐'는 돌덩이다. 이 돌덩이는 박제상의 아내인 김씨 부인이 왜국으로 간 남편을 그리워하다가 되었다는 이른바 망부석이다. 이 김씨는 신라적이면서 또 유교적인 여성으로 찬미되어 왔다. 오죽 했으면, 오래토록 민간에서 치술령 여신으로 숭배되어 왔을까? 처용아내는 이 돌삐를 거부한다. 이것은 아무짝에도 필요 없는 목석이거나 정절의 표상이다. '시대 맨꼬티'인 말세의 의미도 중의적인 표현이다. 헌강왕대 처용의 출현이 나라의 망조와 관련이 있었듯이, 1990년대 역시 세기말이라고 하지 않았나? 두 겹의 뜻을 머금고 있음이 자명하다.

3

처용가에서 보여준 생물학적인 개념의 성성이 신처용가에로 전회한 것은 사회학적인 개념으로서의 성별(gender)이다. 이 성별은 젠더의 역어다. 1995년에 북경에 개최된 제4차 여성대회 정부 기구 회의에서 섹스 대신에 사용하기로 결정했다는 용어다. 이 용어는 차별적 의미를 전제로 하고 있지만, 궁극적으로는 성적 평등의 가치를 지향하는 개념이기도 하다.

나는 시집 『신처용가』의 문학적 성취가 여성주의니, 실존주의니 하는 사상적인 측면보다 언어형식의 각별한 측면에 있다고 생각한다. 시인 정숙의 시적 서술 전략은 경상도 방언의 끊임없는, 또한 집요한 진술에 있다고 본다. 그냥 경상도 방언이 아니라 원초적이고도, 자연발생적인 경상도 방언이다. 이보다 더 나아가 시적 성취의 경상도 방언이라고 하는 데도 아무런 이견이 없을 듯하다.

> 보소보소, 와 삥그리 웃능게? 야?
> 지가 날개옷 몬 입어이 그리 좋은게?
> 날개옷 찾는다 케살 때 속이 마이 안씨릿능게?
> 두고보소 야? 간들간들 능수버들 될라 카능구메?
> 있잖능게, 지도 마 속이 쬐매 시린기 아이구메.
>
> ― 처용아내 80, 부분

지금의 경상도 젊은 사람들에게는 너무 이질적이어서 외계어처럼 느껴질, 그런 경상도 방언이다. 인용 시의 말투는 내가 어릴 때 듣곤 했던 외할머니와 큰외숙모의 말투와 똑같다. 경주, 영천, 청도, 밀양, 창녕, 경산 등의 고유한 말투가 아닌가, 한다. 내 기억에 의하면, '와 웃능게?'는 '와 윗능게?'라고 해야 더 정확한 발음인 것 같다. 부산으로 시집을 간 우리 어머니는 도시화되는 과정에서 그런저런 말투를 전혀 쓰지 않았다. 나는 인용 시의 말투와, (어쩌면 시집 『신처용가』의 전반적이고 두루뭉술한 어감과,) 내가 경험한 낱말들, 예컨대 누부(누이)·가리늦가(뒤늦게)·무슨 실(마을) 등등은 1960년대까지 살아남아 신라어에 가장 가깝게 잔존하고 있던 형태의 언어 양상이 아닐까, 하고 짐작한다.

> 떨어지네예.
> 비 맞은 장미 꽃잎이 파르르파르르 떨어지네예.
> 아시능게. 서방님, 시들어가는 꽃의 서러붐을예.
> 떨어지는 꽃잎의 그 처절함을예.
> 콧대 센 꽃봉오리만 보지 마이세이.
> 저 슬픈 눈빛 좀 보이세이.
> 하마, 하마 저물어가는 저 햇살!
> 서방님 귀밑에 내린 서리가 멋있어 비네예.

— 처용아내 58, 부분

이 부분은 문식(文飾)의 기준에서 볼 때 시집 『신처용가』의, 가장 아름다운 부분인 것 같다. 꽃잎이 시들어가고, 사물이 낡아가고, 사람이 늙어가는 것을 보면서 느끼는 처연한 무상(無常)의 관념 속에서 비애의 아름다움이 드러난다. 동서고금 문학의 클래식을 보면, 이런 관념은 무시로 비단 위에 수가 놓여지고, 또 아름다운 화원에서 꽃을 피우듯이 했다.

하지만 이러한 시적 언어의 세련됨에도 불구하고, 이것이 독자들 중에 부권제에 대한 굴종으로 읽힌다면 페미니즘 시에 대한 실망감이 될 수도 있을 것 같다. 시집의 해설자인 김재홍이 지적한 바대로, 현실 타개 의지의 실천력이 부족한 욕구불만, 소박한 순응주의로 굴절되어가는 것 같은 아쉬움으로도 비춰질 수 있을 것이다.

굳이 한마디 덧붙이자면, 내가 보기에도 이 시대의 처용아내가 신라의 처용아내보다 더 강렬하고도 한층 매혹적인 불륜을 꿈꾸거나 실행하거나 하지 않은 것이 도리어 오늘의 독자들로 하여금 고개를 갸웃거리게 한다고 여겨진다.

  사르트르가 『존재와 무』에서 말했듯이, 존재하는 대로의 존재는 자유로울 수가 없다. 인간해방이나 인간의 자유를 구성하는 것은 자아를 창조하는 존재의 가능성 여부에 있다. 처용아내가 홧김에 서방질하는 간음 여인의 이미지로 더욱 돋을새김이 되어야 하는데 순종의 여인으로서, 때로 청승맞게 그려진 게 못내 아쉽기만 하다.

해신 장보고와, 색공지신 미실

1. 역사소설과 인물

인간은 죽어야 할 존재이다. 인간이 죽은 다음에도 존재할 수 있는 것은 이야기를 통해서이다.[1] 역사적인 인물은 이미 죽은 존재이다. 어떤 이는 역사의 진공으로 사라지고, 또 어떤 이는 역사 속에 뚜렷한 이름을 새기기도 한다. 사라지거나 새겨지거나 간에, 죽은 존재에 대해 숨결을 불어넣을 수 있는 수단은 역사소설과 사극이다.

역사는 인간의 집단 경험에 대한 기억이거나 기록이다. 인간의 집단 경험에 대한 기억이 잊히거나 무시될 때, 인간은 인간으로서 존재할 수가 없게 된다. 역사가 없다면, 우리는 우리가 누군지, 또는 우리는 어떻게 하여 존재하게 되었는지를 전혀 알 수 없게 되고, 마치 집단적 기억상실증의 희생자가 된 것처럼 암흑 속에서 더듬거리며 무언가를 찾는 신세가 되고 말 것이다.[2] 역사소설이 사건 중심이기보다는 인물 중심인 경우가 적지 않은 것을 상기해보면, 역사가 얼마나 인간의 본질이나 정체성과 관련이 있는가를 알게 한다.

21세기 벽두에 역사소설로서 큰 성공을 거둔 케이스는 인물 중심의 역사소설이었다. 물론 김훈의 「남한산성」이 사건 중심의 역사소설로서 성취적이었지만, 이 글에서 다룰 최인호의 「해신」과 김별아의 「미실」은 현저히 인물 중심의 역사소설이다. 그리고 TV사극으로 재현되기도 했다. 공교롭게도 「해신」의 주인공인 장보고와, 「미실」의 주인공

---

1) 김기봉 지음, 『역사들이 속삭인다』, 프로네시스, 2009, 36쪽.
2) 로버트 V. 다니엘스 지음, 김쾌상 역, 『어떻게 그리고 왜 역사를 연구해야 하나?』, 평단문화사, 1989, 12쪽, 참고.

인 미실은 신라의 인물이다. 그러니까 고대사의 인물들이 21세기의 독자들에게, 또 시청자들에게 소환된 것이다.

살아가는 모든 과정이 문제해결의 과정이라고 해야 할 것이다. 문학 역시 문제해결의 과정 위에 놓인다. 내가 누구인가, 그가 누구인가를 탐색하는 과정 및 결과가 곧 문학이다. 문학의 고전 중에서도 고전인 「오이디푸스 왕」이나 「리어왕」 등에서, 우리는 자기 자신을 반영하는 빛을 볼 수 있다. 나를 낳은 여인이 내 자식을 낳았으니, 악을 뛰어넘는 악이 있다면 그것은 온전히 나의 것이니라. 내가 누구인가를 내게 말할 수 있는 자는 누구인가?

사건이 문제해결의 암시를 줄 수 있어도, 궁극적으로 문제를 해결하는 주체는 바로 인간이다. 문학에서 캐릭터가 무엇보다 중시되는 이유다. 문제가 없는 인간이란, 없기 때문이다.

역사소설에서도 역사적 인물의 문학적인 형상화의 과정을 통해, 궁극적으로 그가 누구인가를, 그의 성격적, 행동적 교훈이 오늘날에 어떤 가치를 부여하는가를 끊임없이 묻고 있다. 최인호가 그린 장보고, 김별아가 창조한 미실이 오늘의 우리에게 어떤 의미와 가치를 던져주는지를 알아볼 수 있는 것이다.

2. 최인호의 「해신」

최인호의 역사소설 「해신」은 21세기 초에 신문에 연재되었다가 2003년에 세 권의 단행본으로 간행되었다. 최인호의 「해신」은 장보고의 사람됨과 애깃거리를 객관적 사실에 근거함으로써 현재적 의미나 가치를 찾으려는 작가의 문제의식이 반영된 소설이다. 다양한 자료의 섭렵과 활용, 광범위한 현장 조사, 실존인물을 위주로 한 플롯 구성은 이 소설에 생동감과 사실성을 더해준다. 장보고에 관한 역사소설의 종류가 적지 않지만 이른바 '역사성'의 기준에 있어서 가장 뛰어난 작품

이라 할 수 있다.[3]

이 역사성은 다름이 아니라 실증주의적 서술 방식이나, 한편으로는 민족주의의 열정 및 정신으로 읽힌다. 작가 최인호는 소설 「해신」에서 역사의 엄정한 객관적 사실을 재현하려고 노력했다. 또한 더 나아가 그를 가리켜 '우리가 본받아야 할 위대한 무역 왕'[4] 말하자면 21세기의 민족지도자로서의 역사적 현재성을 갖춘 인물로 추켜세우는 데 아낌이 없었다.

그런데 최인호의 소설 「해신」에는 역사성만이 존재하는 것은 아니다. 이른바 탈역사(posthistoire)의 성격 및 개념도 존재하고 있다. 이 개념이 수면에 떠오르게 된 것은 포스트모더니즘의 등장과도 관계가 없지 않다. 아닌 게 아니라, 작가가 아무리 역사를 실증적으로 복원한다고 해도, 과거가 잔상이나 어렴풋한 기억만으로 문학에서의 역사성을 온전히 복원할 수 없다는 데서 역사성의 한계를 자각하지 않을 수밖에 없기 때문이다.[5]

역사소설의 실증적 역사성의 한계는 탐방기 형식의 도입 등의 형식 및 의장과 관련된 '작가 개입'에 의해 주관적 감성을 드러내고는 한다. 이 소설의 대미를 장식하는 부분에서는 다음의 인용문이 작가의 실증주의 태도와 민족주의 가치를 다소 누그러뜨리려고 한다.

나는 문득 사당 앞에서 주었던 동백꽃잎을 떠올렸다. 그래서 주머니를 뒤져 꽃잎을 꺼내 한 잎 두 잎 바닷물에 던져 넣었다. 어지러이 눈발이 내리는 푸른 바닷물 속으로 장보고의 넋을 상징하듯 꽃잎은 너울너울 춤을 추며 멀어져가고 있었다. (……) 장보고여. 이제 잘 가시오. 그대의 원통함이 하늘처럼 크다 하여도 다시도 다시도 아까워하지 말고 목 놓아 울듯 붉은 핏꽃으로

3) 권덕영 「역사와 역사소설 그리고 사극」, 『역사와 현실』, 제60호, 2006. 6, 170쪽, 참고.
4) 최인호, 『해신 3』, 열림원, 2003, 197~198쪽.
5) 송희복, 「역사와 문학을 보는 관점 : 장보고계 역사소설의 비교 및 전망」, 한국어문학연구학회, 『한국어문학연구』, 제56집, 2011, 2, 437쪽, 참고.

피어나소서. 동백꽃으로 붉게 피어나소서.[6)]

　작가인 최인호가 또 이 소설에서 공을 들인 것은 염장(염문)에 관한 캐릭터의 부각이라고 할 수 있다. 잔인하고 흉폭하고 교활한 악인 염문의 형상화에 성공을 거두었다. 장보고의 암살자인 그는 역사적인 실존 인물이다. 그러나 작가는 그에 대한 사료가 거의 없기 때문에, 소설의 본문에서 상상력을 발휘함으로써 생기발랄하게 그려진다. 이를테면 그를 무주(광주) 출신의 노예무역 종사자, 피리로 백제악을 연주하는 악공, 본디 천연두 역신을 내쫓는 선신(善神)인 방상씨(方相氏) 탈을 쓰고서 나다니는 신분 위장술의 달인, 장보고의 정치적 라이벌인 김양의 하수인으로서 장보고의 급소에 일격을 가하는 역린자(逆鱗刺)의 자객 등으로 묘사하고 있다. 허구와 상상력의 결이 돋보인다.[7)] 다음의 인용문은 이 소설의 클라이맥스인, 장보고의 암살 장면이다.

　　피리를 불던 염장이 마침내 조심스레 설을 뽑아 들었다.
　　설을 뽑아 내리자 날카로운 칼이 나타났다.
　　거의 동시에 앉아 있던 염장의 몸이 자리를 박차고 일어나 허공으로 솟아올랐다. 순식간의 일이었다.
　　염장의 몸이 새처럼 날아올랐다. 날았던 염장의 몸이 떨어져 내리며 장보고의 목을 곧바로 찔렀다. 이른바 역린자였다. 일격에 급소를 난자당한 장보고는 비명소리조차도 내지 못하고 쓰러졌다. 장보고의 목에서 피가 분수처럼 솟았다.[8)]

　영웅은 이처럼 허무하게 스러졌다. 비극적 영웅의 사라짐으로 말미암아, 우리 역사는 바다의 무대로부터 당분간 멀어졌다. 그러나 장보고와 염장의 관계는 「삼국지연의」의 제갈 량과 사마 의로 비유된다. 현

---

6) 최인호, 앞의 책, 199~200쪽.
7) 송희복, 앞의 논문, 439~440쪽, 참고.
8) 최인호, 앞의 책, 178쪽.

실적으로 제갈 량이 패자이고, 사마 의가 승자이지만, 정신적으론 반대이다.

주지하듯이, 사마 의가 조조 가문을 배신해 권력을 장악함으로써 훗날에 손자가 제위에 올라 천하를 통일하는 데 초석을 다졌지만, 유비 가문의 유지를 받들고 충성을 다한 제갈 량은, 한실 부흥의 뜻을 이루지 못하고 병으로 죽었어도 정신적인 승자로서 후대에 존경을 받아왔다. 이를 두고, 서양식 개념으로 '시적 정의'라고 한다. 장보고의 정신적 승리, 시적 정의는 그로 하여금 역사 무대의 주인공으로 칭송을 받게 했지만, 세속적인 암살자에 지나지 않았던 염장은 사람들의 기억에서 가뭇없이 사라져갔다.

최인호의 「해신」이 역사소설로서 완벽한 것은 아니다.

장보고의 시대는 신라 하대(쇠퇴기)였다. 민심이 동요되고, 정치와 사상이 혼란스러웠다. 중앙의 진골들은 만날 권력투쟁의 늪에 빠져 있었다. 불교도 시대의 변화를 타고 있었다. 성골 시대인 상대 제2기에 '왕즉불'의 불교가 성했다. 진골 시대인 태평성대 중대는 교종의 시대였다. 왕권이 약화된, 지방 호족의 시대인 하대는 선종의 시대였다. 누구나 깨우치면, 부처가 될 수 있다. 입당 구법승들이 귀국해 왕의 전제권이 약화된 틈을 타서 각처에 선문(禪門)을 열었다. 또 하대에 도교, 신선술, 노장, 풍수, 밀교는 말할 것도 없고, 심지어는 요술의 신흥 종교도 유행하기도 했다.[9] 이런저런 다양한 역사의 상을, 소설이 비추어주지 못한 점이 아쉽다.

신라 문성왕이 장보고의 딸을 둘째 왕비, 즉 차비(次妃)로 받아들이려고 했으나, 기득권을 가진 진골 조정 대신들의 반발로 이루어지지 못했다. 이때 군사력은 장보고의 거점인 청해진의 해군력이 왕경(경주)을 수호하는 육상의 군사력보다 우위에 놓여있던 것으로 보인다. 장보고의 딸, 왕의 여자 운운한 것은 중앙과 지방을 잇는 일종의 정략결혼

---

9) 박두규, 「청해진대사 궁복(弓福) 논고」, 『창작과 비평』, 1979, 여름, 315쪽, 참고.

이라고 하겠다.

欲娶淸海鎭大使弓福女爲次妃, 朝臣諫曰, (……) 今弓福海島人也, 其女豈
可以配王室乎, 王從之.[10]

이 정략결혼은 장보고가 먼저 제안했을 것이다. 장보고의 입장에선
신분상승을 의미한다. 하지만 이 계획은 좌절된다. 이유는 해도인(섬사
람)에 있었다. 이로 인해 장보고에게 반란의 기미가 보이자, 이를 두려
위한 중앙권력이 암살의 음모를 꾸며 성공하기에 이른다. 장보고의 비
극은 사실상 신라의 망조였다. 완도가 섬이기에, 그는 해도인이다. 고
향이 섬이 아닐 수도 있지만, 어쨌든 그는 섬에서 살았다. 그 당시의 지
역차별주의 역시 큰 틀의 골품제이다. 그렇다면 그 당시 사람들의 위
상은 지역에 따라, 왕경인과 향읍인(지방민)과 해도인으로 구성되어 있
었다고 추정된다.[11]

3. 김별아의 「미실」

섹스에 대한 무한 자유는 신라 귀족 사회의 전반적인 분위기였다. 색
을 소유하거나 향유하는 것에 자족하지 않고, 귀골을 잉태해 신국(神
國), 신의 나라 즉 신라를 번성하게 해야 한다는 일종의 의무감 같은 것
도 있었다. 신라라고 하는 나라야말로, 국호의 뜻처럼, 날로 새로워(新)
지고, 사방을 망라해야(羅) 하는 나라니까. 미실은 새로 발굴된 역사의
인물이다. 역사의 인물이건 소설 속의 주인공이든 간에, 그녀에 대한
입문의 키 워드는 소위 '색공(色供)'이다. 젊고 아름다운 사람이 나이
든 지체 높은 사람에게 성적으로 육체를 바친다는 것. 소녀가 중년의

10) 이병도 교감, 『삼국사기』, 원문편, 을유문화사, 1989, 113쪽.
11) 송희복, 「한국사의 신분제와, 형평 백주년의 뜻」, 『문학 사학 철학』, 제75호, 2023, 겨울,
73~74쪽, 참고.

왕을 위해, 소년이 왕의 어머니를 위해 교접, 봉사하는 행위는 비일비
재했다. 역사학자 이종욱은 신라 상층부의 난잡한 행위는 시대의 긍정
적인 개념이라고 보았다.

　　신라 골품 사회에서는 색공 즉, 성을 상납하는 것 따위는 문제가 되지 않
　았으며, 색공을 통하여 당사자나 그 배우자는 여러 가지 혜택을 받았다. 색
　공은 신라인들이 골품제의 엄격성을 다소나마 벗어날 수 있는, 이를테면 숨
　통을 터주는 배출구 같은 것이었다.[12]

　신라의 시대적 가치관에 따르면, 색공은 음습한 것이 아니라, 밝고도
건강한 것이었다. 미실은 절세의 미모를 가진, 그러면서도 성적으로 자
유분방한 여인이었다. 미실의 첫사랑은 그녀가 열네 살 때 만난 열다섯
살의 세종(世宗)이었다. 성은 김(金)이며, 신라 식의 이름으로는 '노리
부'다. 현대어로 이르자면 '누리마루' 혹은 '누리만이'라고 하겠다.
　미실의 새로운 파트너는 사다함(斯多舍)이었다. 미실과 사다함에 관
한 염사(艶事)가 김별아의 역사소설 「미실」에서 상당한 의미의 비중을
차지하고 있다. 사다함의 아버지는 구리지(仇梨知)였다. 구리지의 아버
지인 비량공은 법흥왕의 왕비인 벽화후와 사통한 불륜관계였는데 두
사람 간의 정사는 사람들의 눈에 띄지 않는 측간, 즉 왕비의 전용 화장
실에서 이루어졌다. 구린 데서 그 짓을 해 낳은 아들이라고 해서 이름
이 구리지라는 설이 유력하다. (왕도 왕비의 불륜을 알고도, 비량공의 인물됨이
아까워 묵인했다고 한다.) 미실과 사다함은 뜨겁게 타올랐다. 소설에서 밀
애의 장소는 동굴 안. 그는 그녀의 다리를 올려 어깨에 걸면서, 굳건한
양경(생식기)을 망설임 없이 밀고 들어갔다. 그녀는 고개를 젖혀 숨결을
토하고, 그는 손발을 떨면서 힘차게 파정(사정)한다. 이때 동굴 밖으로
운무가 흩어졌다.[13]

---

12) 이종욱 지음, 『색공지신 미실』, 푸른역사, 2005, 34~36쪽.

그런데 작가 김별아의 성 묘사 전략이 현대인의 생각 틀을 지나치게 드러내고 있다는 점에서 다소 작위적이다. 독자들의 유인성을 위한 성 묘사 전략이라면, 통속소설의 수준으로 떨어진다. 이 가치 판단의 문제는 독자들의 몫이 될 수밖에 없다. 나는 기본적으로 긍정하는 입장이다.

벗어나고 싶다! 육신을 통해 육신을 벗어나 도저한 쾌감의 영지에 뛰어들고 싶다!

미실은 뒷걸음쳐 동굴의 벽에 등을 기댔다. 서늘하고 축축한 바위의 기운이 느껴졌다. 사다함이 그녀의 다리를 올려 어깨에 걸었다. 어둠 속에서 매끄러운 허벅지가 희게 번쩍거렸다. 굳건한 양경이 망설임 없이 밀고 들어왔다. 미실은 고개를 젖히고 입을 벌려 뜨거운 숨을 토해 내었다. 숨결은 점차 거칠어지면서 탄식이 되었다. 사다함의 코끝에서 타는 냄새 혹은 야릇한 비린내가 스쳤다. 미실의 깊은 곳은 끈끈하고 따뜻했다.[14]

신라의 수도인 서라벌이 화강암 지대인데 은밀한 색사를 향유할만한 공간, 장소성으로서의 동굴이 있었는지의 여부는 잘 모르겠다. 소설의 배경이 지금의 경주를 벗어난 곳이라고는 생각되지 않는다. 어쨌든 김별아는 여성작가답게도 서늘하고 축축한 바위의 기운에서부터 끈끈하고 따뜻한 여성기의 온기에 이르기까지 섬세한 표현력을 발휘하고 있다. 문학평론가 김미현은 소설로 그려진 미실을 가리켜, 치명적이기에 위험한 여성 주체의 기표이자, 인간으로서의 여성(성)을 구현하고 있는 떠도는 환유이라 했다.[15] 사뭇 적절한 비평적 견해가 아닐 수 없다. 이것은 작가인 김별아에게도 해당되는 표현이기도 하다.

신라 여인 미실은 오늘의 윤리적인 기준에서 볼 때, 화려한 남성편력의 여가수 마돈나와 같다. 보기에 따라선, 고삐 풀린 망아지다. 그녀는 김세종과 사다함은 말할 것도 없고, 설원과 친동생 미생과 한데 얽

13) 송희복, 「성애의 님도 보고 권력의 뽕도 따다」, 『경남문학』, 138호, 2022, 봄, 22쪽, 참고.
14) 김별아 장편소설, 『미실』, 문이당, 2005, 89~90쪽.
15) 같은 책, 351쪽, 참고.

혀 다중색사(그룹섹스)마저 해댔다. 두 눈을 뜨고 못 볼 지경이다. 30대의 무르익은 몸을 가진 미실은 13세의 소년 왕인 진평왕에게 색사(섹스)의 기술을 몸으로 가르쳐준다. 어린 진평왕은 할아버지, 아버지, 숙부에 이어서 미실과 육체적인 인연을 맺어온 것이다. 그렇게 되면 권력의 그물망 속에 들어설 수밖에 없다. 미실은 최순실과 같은 국정 농단은 '저리, 가라!'라고 할 정도다. 나는 재작년에 발표한 비평문 「성애의 님도 보고, 권력의 뽕도 따다」에서 다음의 견해를 밝혔다.

삼국시대를 바라보는 고려시대의 사서는 이를 가능한 한 감추려고 했다. 유교적 합리주의 사관에 의해 기술된 『삼국사기』의 유교적 성 모럴과, 불교적인 설화의 요소가 적이 개입된 『삼국유사』의 함축된 '금음행(禁淫行)' 계율 같은 것과 상당히 이질적인 면을 보이고 있기 때문이다. 현대인이 보기에 경악을 금치 못할 만한 난장판 막장 드라마의 얘깃거리들을 차분히 바라보아야 한다. 김별아의 역사소설인 「미실」은 디테일한 묘사와 허구적인 극화 및 분식으로 인해 필사본 『화랑세기』보다 한 술 더 뜨고 있는 형국을 보인다.

미실의 이야기는 새로 발굴된 『화랑세기』에서부터 김별아의 역사소설로까지 흘러들었다. 이 이야기를 신라의 고유한 관점에서 이해를 해야지, 유교나 불교의 관점에서 이해하려고 해서는 안 된다고 본다. 이 이야기는 두말할 나위도 없이 고대의 토착신앙과 관련이 있을 것이다.

우리는 애최 천신을 숭배했다. 환인(桓因)이거나 한울님이다. 그러다가 신단수 아래의 신시(神市)를 베풀어서는 산신을 숭배했다. 신시란, 세계적으로 유포된 고대의 소위 '신전(神殿)도시'다. 신을 모신 전각, 전당을 중심으로 형성된 도시다. 이와 반대되는 개념을 '세속도시'라고 한다. 우리는 우리를 배달민족이라고 자칭하는데, 배달은 다름이 아

16) 송희복, 앞의 글, 24쪽.

니라 박달나무다. 박달나무는 북방 샤머니즘의 신목으로서 자작나무의 일종이라고 한다. 청동기 시대가 되어 농경 사회가 열리자, 지신이 우리에게 필요한 신격이었다. 지금도 지신밟기라는 의례가 남아있다.

유교와 불교가 들어오기 이전에 천신과 산신과 지신을 모시던 풍속이 있었다. 풍요와 다산이 세속적 삶의 가치였던 상고 시대에 성적으로 자유로웠던 것은 어김없는 사실이라고 하겠다. 여기에 또 다른 차원의 원(原)신라의 관점이 전제되어 있었던 것이다. 미실의 사례에서 짐작할 수 있듯이, 본래의 신라는 모계 중심의 여성숭배 사회였던 것이 자명해 보인다.

4. 코스튬 피스

흥미로운 사실이 하나 있다. 장보고와 미실의 이름을 잘 살펴보면, 이들의 캐릭터 성격을 더 뚜렷하게 비추어준다. 라틴어 격언에 '이름이 곧 운명이다(nomen est omen).'라는 문장이 있듯이, 고대사의 인물은 그 사람의 사람됨이나 삶의 자취와 관련이 있는 게 적지 않다.

장보고의 본명은 본디 궁복(弓福)이었다. 궁복이 신라 식 이름이라면, 장보고는 이두(吏讀) 식으로 조어한 중국식 이름이다. 그에게는 성이 없었다. '궁'이 성은 아니라고 본다. 궁복은 명사수를 뜻한다. 이 궁이 궁 변의 장(張)이란 중국식 성으로 바뀐 것이다. 활시위를 길게 한다는 뜻이다. 복이 보고(保皐)인 것은 받침 발음을 잘하지 못하는 외국인을 위해 배려한 흔적이라고 보인다. 필자의 이름인 '희복' 역시 외국인에게 발음이 쉽지 않기 때문에, 여권 상의 내 영문 이름을 '후이보그(hui-bog)'라고 삼았다. 어떻게 보면, 장보고처럼 중국 사람의 이름 같다.

미실의 '미'는 고대어로 물(水)을 가리킨다. 실은 신라어로서, 골짜기, 계곡, 마을 등을 의미하는 낱말이다. 그렇다면, 미실은 물이 흐르는 계곡이다. 예사롭지 않은 여성기를 가진 특출한 여자다. 한자식 표현이라면, 사내의 몸을 녹이고, 남정네의 혼을 빼앗는 명기(名器)에 해당한다.

최인호의 「해신」은 TV사극으로도 큰 성공을 거두었다. 한때 국민적인 드라마였다고나 할까? 미실이 드라마 「선덕여왕」에 등장하더니, 김별아의 「미실」을 원작으로 한 드라마를 곧 제작한다고 한다. 웹툰 제작도 예고된 바 있다. 시각적인 면으로 인해 19금(禁) 성인만화로도 만들어질 수도 있다.

정통 역사학자들은 시각적으로 통속화된 역사소설 유를 일컬어서 이른바 '코스튬 피스(costume piece)'라고 폄하하기도 했었다. 그 시대의 의상을 입히고 분장을 한 시대극 같은 역사소설 정도로 이해하면 된다. 최인호의 「해신」과 김별아의 「미실」을 보는 시각도 이처럼 부정적일 수도 없지 않다.

그러나 멀티미디어 시대의 영상역사학도 인정되고 있는 이 시대에 또 다른 성격의 탈역사성을 이런 데서 돌아볼 여지도 있다. 역사소설과 탈역사성은 모순의 개념이라기보다, 새로운 사회문화 현상으로 간주해야 할 시점이 온 것 같다. 신라도 관념 속의 신라가 아닌, 시각적 쾌락으로 향유하는 신라의 상으로 거듭나면 좋을 것이다.

천 년을 거슬러 신라로 가다

1

시인이면서 평론가인 이승하 교수(중앙대)의 코멘트에는 무게감이 실려 있다. 서정주의 『신라초』(1961) 이래 신라의 정신을 본격적으로 탐색한 시집이 있다면, 그게 바로 유자효의 『신라행』(2021)이라고.[1] 그러고 보니, 두 시집은 60년의 격세를 두고 상재되었다.

세상은 원환(圓環)의 구조를 지니고 있다. 유자효는 약관의 나이에 서정주의 충실한 제자였다. 서정주와 유자효는 한때의 짧은 시절에 긴밀한 사제지간이기도 했던 것이다. 그는 이 시절을 두고 '황금시대'라고 회고하기도 했다. 그가 방송국의 언론인으로서의 사회적인 성장을 거듭하면서 문학과도, 또 서정주와도 멀어져 갔다. 하지만 세상은 돌고 돈다. 늘그막에 이르러서야 그는 서정주가 이루어놓았던, 그토록 웅숭깊은 신라의 문학 세계상, 혹은 저 문학 세계로서의 신라의 역사 상(像)으로 회귀한 것이다.

유자효의 시집 『신라행』을 보면, 앞부분이 중요한 부분임을 대번에 알 수 있겠다. 이른바 신라행 연작시 15편이 이 시집의 핵심 내용이다. 옛 신라 사람들을 만나면 물어보고 싶은 시인의 궁금증이 열다섯의 시편으로 표현된 것이다. 연작시 첫머리에 놓인, 서시적 성격의 시는 이렇다. 시인은 자존의 땅인 신라에 살았던 옛 사람들을 만나러 떠난다. 과거와 현재도 원환의 시간적인 구조를 가진다.

---

1) 이승하, 「고난을 극복하는 사람들에게 전하는 위로의 말」, 유자효 시집, 『신라행』, 동학사, 2021, 126쪽, 참고.

2

우리에게 무엇이 신라인가? 또 왜 신라인가? 이 근본적인 질문이 우리에게 필요하다. 신라가 지금의 정치적인 이해관계에 따라 휘둘리고 있는 사실이 이해가 잘 되지 않는다. 이해가 잘 된다면, 정치적인 진보주의자다. 경상도 하면, 대부분 보수골통이라고들 한다. 이 무지막지한 선입견 때문에, 신라도 정치적인 타깃의 대상이 되는 것이다.

백제와 고구려의 지배세력은 한반도에서 온전히 떠났다. 백제의 왕족인 '부여' 씨와, 그 왕비족인 '사택' 씨는 아예 사라졌다. 백제 왕가의 혈통은 일본 국왕의 혈통 속에 일부 스며들었다. 아키히토 일왕이 백제 모계의 후손으로서 인연을 느낀다고 한 말은 역사의 '팩트'라고 할 수 있다. 백강 전투에 참가해 패주한 왜군 따라 일본으로 간 백제 귀족들과 그 유민들이 규슈 지역에 소위 '백제촌'을 건설해 오랫동안 살다가 일본인으로 흡수되었다. 고구려의 지배세력도 만주족에 일찍이 동화되었었다. 우리가 다름 아닌, 바로 신라인 것이다. 한국어의 기원은 신라어이고, 경주 지역어는 한국어의 이른바 '라티움'이다. 장구한 흐름의 라틴어가 시작된 샘터요, 소지역인 라티움은 언어 기원의 장소성을 상징하는 말이다.

신라를 비판하거나 부정하는 것은 우리와 우리를 분열시키는 몹쓸 정치적인 책동에 다름없다. 정치는 정치고, 정체성은 정체성이다. 신라를 정치적인 편견 속에 끌어들여서는 안 된다. 유자효의 연작시 '신라행 4'에 해당하는 「신라는 죽지 않는다」에 나의 이런 생각이 암시되어 있다. 그는 신라에서 고려로, 고려에서 조선으로, 조선에서 대한민국으로 이름이 바뀌어도 우리의 정체성이 바뀌지 않았다고 말한다. 신라가 결코 죽지 않은 이유다. 어쨌거나, 연작시의 첫 번째 시편부터 살펴보자.

천 년을 거슬러 신라로 간다
천 리를 더듬어 신라로 간다
그곳은 찬란한 꿈이 깃든 곳
전륜성왕의 꿈과
부처의 꿈이 함께 깃든 곳
살아 이상향을 이루고자 했던
장부들과 신녀들의 땅
한반도에 사람이 살면서부터
가장 나라다웠던 나라
황금의 나라
대륙의 북방에서 온 사람들과
바다 건너 남방에서 온 사람들이
가족을 이루어 함께 살던 곳
천 년을 거슬러
천 리를 더듬어
찾아가는 신라
언제 돌아보아도 슬프지 않은
자존의 땅
신라 사람들

—「신라행 1」 전문

이 시를 보면, 다문화적인 신라관이 두드러져 보인다. 불교 이전의
이상적 제왕인 전륜성왕을 불교에서 받아들였고, 유교 이전의 이상적
제왕인 삼황오제를 유교에서 받아들였듯이, 통일신라의 시대에 이르
면 토착신앙이나 샤머니즘 등의 기층문화 위에 유불이 습합되어 문화
적인 융성 및 융화를 이룬다.

시의 본문에 나오는 장부(丈夫)나 신녀(信女)는 불교의 남녀 신도를
가리키지만, 화랑이나 무녀가 되기도 한다는 점에서, 토착신앙이나 샤
머니즘과도 관련성이 전혀 없지 않다. 무엇보다도 신라 사람들의 원류

193

를 두고, 대륙의 북방에서 온 사람들과 바다 건너 남방에서 온 사람들이 가족 공동체를 형성해 공존하는 사람들이라고 했다. 여기에 단일민족이라는 폐쇄적인 관념은 개입되지 않는다.

시인 유자효는 신라의 예술품에 대해 섬세한 심미적 감각을 가지고 있다. 위대한 건축가 김대성, 거대한 우주를 초미세, 극미의 공예품으로 장엄케 한 감은사지 사리장엄구, 알 듯 모를 듯한 미소로써 비극적인 황홀을 표현한 조각품 미륵보살 반가사유상 등을 소재로 한 시를 썼다. 내가 무엇보다 관심을 집중시킨 건 「왕의 곤충」이다. 다음에 인용한 것은 그 전문이다.

비단벌레 찬란한 날개로 장식한 말다래
천마를 타고서 간다
날아서 간다
왕은 살아 육신의 세상을 살고
죽어 신령이 됐다
천 년의 시간을 건너
무덤에서 빛을 뿜는
초록 비단벌레
그대의 주인은
분명 살아 역사였음을
무지갯빛 광채로 보여주는
아득한 전설

— 「왕의 곤충」 전문

규모가 큰 경주 대릉원 내의 한 왕릉인 천마총에는 그 유명한 천마도가 보관되어 있다. 천마도는 자작나무 껍질로 만든 화면에, 하늘로 향해 나는 말을 그린 그림이다. 최근에는 말이 아니라, 머리에 뿔이 나 있어 상상의 동물인 용이나 기린으로 보는 견해도 있다. 이때 말하는 기린은 우리가 아는 시각 영상의 기린이 아니라 상상의 동물로서의 기린이다. 하지만 말의 머리에 뿔이 나 있다고 해서, 말이 아닌 것은 아니다. 성경 「요한계시록」에는 사후세계인 하늘로 가는 사자를 상징하는 말이 사자의 머리와, 뱀을 닮은 꼬리의 형상을 한 것으로 묘사되어 있다.

하늘로 나는 것이 종래의 말이라면 이것은 주수(呪獸)요, 용이나 기린과 같은 상상의 동물이라면 신수(神獸)다. 주술적인 짐승이라면 신과 인간의 매개적인 중매자이고, 신령한 짐승이라면 토템의 신격이 부여된 초월적인 것의 표상이다.

신라에서 말이 신화의 세계, 죽음의 세계에서도 중요한 기능을 했지만, 현실의 세계, 삶의 세계에서도 소중한 생활수단이었다. 일본의 정창원에 소장된 신라 촌락문서를 연구한 한 논문을 보면, 신라 사회에서 우마(牛馬), 즉 마소의 중요성이 충분히 확인되고 있다. 먹고 사는 데야 소, 그러니까 민간에 농우(農牛)가 소중한 자산이 되겠지만, 나라의 안정과 평화를 지키는 말은 군용으로 사용되었다. 더 공적인 성격을 지녔다고 하겠다. 신라의 촌락문서에 의하면, 군용이었을 말을 나라에서 가호마다 배정하여 사육시켰을 가능성이 있으며, 대부분의 말은 관마였으며, 사유마는 극소수였을 것으로 추정된다.[2]

그런데 천마총의 주인공인 왕은 누구일까? 지금으로선 제22대 신라왕인 지증왕일 가능성이 가장 높다. 국호를 처음으로 '신라'라고 칭했고, 마립간 대신에 왕이라고 자칭한 최초의 왕이다. 시인은 지증왕이 죽어서 비단벌레의 찬란한 날개로 장식한 말다래에 그려진 천마를 타고서 신이 되어 승천했다고 했다. 말이 제왕의 권위나 권력과 합치되는 사례는 동서양에 무수히 널려 있다. 그러니까 말은 삶의 현실에 있어서 교통을 위한 운송수단이 되지만, 죽음의 세계에 있어선 영혼을 저승으로 인도하기 위한 장송수단이 된다.

---

2) 이태진, 「신라 촌락문서의 우마」, 벽사 이우성 교수 정년퇴임 기념논총 간행위원회, 『민족사의 전개와 그 문화(下)』, 창작과비평사, 1990, 131~132쪽, 참고.

말의 안장 양쪽에 늘어뜨려 놓은 기구인 말다래는 초록 비단벌레의 날개로 장식되어 있다. 최근에는 경주 쪽샘 지구의 어린 공주 묘에서 발굴된 것을 재현한, 즉 청록색 비단벌레 날개를 붙인 꽃잎 장식 판이 공개되기도 했다. 일반적인 의미의 말다래는 직물로 짜여 있으나, 천마도의 그것은 각별하게도 자작나무 껍질로 제작되었다.

천마니 자작나무니 하는 것은 북방 샤머니즘과 관련이 된다. 천마는 샤먼이요, 자작나무는 신목(神木)에 다름이 아니다. 시인에 의하면, 천마도 그림 자체가 예술의 궁극이다. 지증왕이 서기 514년에 승하했으니, 신라 사회가 불교를 공인하기 13년 전의 일이다. 불교 이전의 신라 사회에서라면, 토착신앙이나 샤머니즘이 국가 의례를 장악할 수밖에 없었던 것이다. 천마는 하늘로 향해 나는 주술적인 말인 동시에, 하늘에까지 왕의 영혼을 나르는 장송수단으로서의 말인 것이다.

이런 점에서 볼 때, 그림과 시가 서로 다른 것이기는 하지만, 또 고대와 현대가 이질적인 시대이지만, 신라의 천마도는 프랑시스 잠의 시편 「나귀와 더불어 천국으로 가고자 하는 기도」와 유사한 면이 없지 않다고 보인다. 죽어서 좋은 데 가려고 하는 것은 모든 인간의 가장 소박한 염원이 아닐까? 이 관점에서 양자는 서로 일치한다. 이 대목에서, 나귀니 당나귀니 하는 낱말은 말(馬)의 완곡어법으로 쓰이는 표현이기도 하다.[3]

이른바 「청조가」는 『화랑세기』가 발굴된 이후에 알려진 시가 작품이다. 내 생각으로는 제목인 '청조가'를 '파랑새의 노래'로 순화하는 것이 좋겠다. 이 노래는 신라의 향찰 문자로 전하지 않고 한역으로 전해지고 있다는 점에서 불구적인 성격의 향가이다. 향가의 형식에도 '장가'가 있었다고 하는데 「청조가」가 그런 형식이 아니었을까 짐작된다.

───────────────

3) 아지자·올리비에리·스크트릭 공저, 장영수 옮김, 『문학의 상징·주제 사전』, 청하, 1990, 114~115쪽, 참고.

사다함은 10대의 나이로 대가야 정벌의 영웅이 되었지만, 개선하고 보니 연인인 미실은 세종전군의 부인이 되어 궁궐로 들어가 버렸다. 그래서 애끊는 심정으로 노래했던 것이다.[4] 사다함의 원(原) 텍스트는 아(我)와 오(吾)라고 하는 1인칭 화자의 시점으로만 되어 있으나, 유자효의 개작 텍스트에는 1인칭에서 3인칭으로 시점 이동을 보여주고 있다.

> 나는 너와 부부가 되기를 원하였으나
> 너는 이제 남의 아내가 되었으니
> 나는 한 마리 푸른 새 되어
> 너의 배를 빌어
> 나의 아들을 낳으리
>
> 영혼으로 정인의 꿈에 나타나
> 자신의 아들을 갖게 했으니
> 그 아이는 정녕 누구의 자식이 되는 것인가
>
> 싸움터에서는 선봉이 되어 공을 세우고
> 상으로 받은 노비는 풀어주고
> 전답은 병사에게 나누어주고
> 어머니와 사통한 친구를 용서하고
> 그 친구가 죽자 7일 동안 통곡하다 숨진
>
> 그가 지상에 머문 시간은 17년이었으나
> 죽어 영생을 사는
> 풍월주 사다함이여
>
> ― 「청조가」 전문

---

4) 사다함이 미실의 상실을 슬퍼하면서 「청조가」를 지어 불렀는데, 노랫말이 몹시 구슬퍼서 사람들이 다투어 암송하고 서로 전하기도 했다. 사다함이 친구인 무관랑이 죽어 슬퍼한 나머지 병들어 7일 만에 주었다고 하는데, 사실은 미실을 잃은 슬픔으로 인해 죽었다고 보는 것이 합리적이다. (이종욱 지음, 『색공지신 미실』, 푸른역사, 2005, 65~66쪽, 참고.)

개작본에서 아쉬움이 있다면, 1인칭 화자의 시점이 일관되게 제시되었더라면, 시가의 작품성을 확보하는 데 더 유효했을 것이라고 본다. 개작본의 제1연은 화자의 화법이 온전히 원 텍스트를 재현한 것이라고 하겠다. 그 나머지인 제2·3·4연은 부연에 지나지 않는다. 적어도, '나'의 아들을 갖게 했으니……내가 지상에 머문 시간은 비록 17년이었으나, 세상 사람들은 내가 죽어 영생을 사는 풍월주 사다함이라고 하였네, 하는 정도로 만족을 했더라면 한다.

시인 유자효가 사다함을 신라의 햄릿 같은 독백의 캐릭터로 발전시키지 못한 것이 못내 아쉽기도 하지만, 그를 현대시의 인물로 끌어들인 발상은 획기적이라고 하겠다. 역사를 이해하는 식견이 없으면, 시인의 상상력은 '꽝'이 될 수밖에 없다. 서정주의 신라초도 유자효의 신라행도 식견이 있었기에, 역사나 고전을 시적으로 재해석할 수 있었던 것이다.

앞으로 젊은 시인들이 사다함을 시적 고전의 캐릭터로 확장하면 좋겠다. 나는 미실보다 사다함이 '선대의 사연'과 함께 더욱 주목을 받을 문학적인 인물이라고 본다. 미실이 모든 걸 성취한 몰약(沒藥) 같은 헤로인(여주인공)이라면, 사다함은 비극적 환멸의 햄릿 같은 히어로(주인공)다. 또한 어머니와 사통한 친구(무관랑)를 용서했다는 점에서, 처용보다 더욱 너그럽고, 한층 지독(?)했다.

유자효의 개작 텍스트인 「청조가」와 유사한 텍스트성을 지닌, 또 다른 개작 텍스트가 있다. 즉, 「앵무가」이다. 이것이 장형의 시이기 때문에, 연작시 '신라행' 열다섯 편 중에서 오페라의 피날레와 같은 신작 「앵무가」의, 또 다른 오페라의 피날레와 같은 종장(終章)인 제4장만을 인용해본다.

　　네 한 줄기 가벼운 바람이 되어
　　포롬한 연기가 되어

이슬 맺힌 풀잎 하나

산길에 스스로 진 꽃송이까지

찾다가 부르다가 헤매이다가

다시금 부서지는 파도의 성

그 피안까지 쉬임없이 날아가다가

명부의 어느 가장자리쯤

매운 독초의 그늘 아래서

그리운 너의 짝을 다시 본다면

기막힌 서러움을 어찌할까나

네 자진해서 어찌할까나

— 「앵무가」 부분

제42대 신라왕 흥덕왕이 지었다는 원 텍스트인 「앵무가」가 세상에 전해지지 않고 있다. 유자효의 신작 텍스트만이 있을 뿐이다. 원 텍스트는 9세기 초반으로 거슬러 올라간다. 내용은 아주 슬픈 내용이다.

짐작하건대 황제의 하사품을 가지고서, 당나라의 사신으로 중국에 간 신하가 귀국했다. 하사품이 앵무새 한 쌍이었는데, 신라에 온 지 오래되지 않아서 암컷이 죽었다. 짝 잃은 수컷이 슬프게 울기를 그치지 않으니 사람들에게 수컷 앞에 거울을 걸어두도록 명했다. 새가 애초에 짝인 줄 알았지만 마침내 자신의 그림자인 것을 알게 되자 실망한 끝에, 거울을 쪼다가 울다가 하다가 죽어버렸다. 이로 인해 왕이 노래를 지었다.[5]

시를 지었다고 하지 않고 노래를 지었다고 했으니, 한시가 아니라 향가임을 알 수 있다.

유자효의 「앵무가」는 일반적인 의미의 서정시라기보다 단편서사시

---

[5] 有人奉使於唐將鸚鵡一雙而至不久雌死而孤雄哀鳴不已王使人掛鏡於前鳥見鏡中影擬其得偶乃啄其鏡而知其影乃哀鳴而死王作歌云未詳 (『三國遺事』, 卷二, 興德王條).

라고 볼 수 있다. 서사 구조가 뚜렷하기 때문이다. 제1장에서는 시인이 중국(아니면, 서역)에서 온 앵무새 한 쌍의, 비록 짧은 시간이었지만 행복한 시절을 노래한다. 이 부분에서 시인의 상상력은 날개를 펼친다. 제2장은 암컷의 죽음을 소재로 한다. 시인은 여기에서 짝의 티끌만한 움직임도 없는 안타까움을 노래하고 있다. 수컷과 마음이 동일시된 결과다. 제3장에서는 홀로 된 수컷 앵무새의 눈망울에 비치는, 안개처럼 어리는 슬픔을 묘사하고, 또 밤이면 무심히 허공으로 번지어 홀로 피 흘리는 목쉰 부르짖음 끝의 치명적인 그리움에 비탄한다.

제4장인 종장은 문학적으로 가장 뛰어난 부분이다. 주제의 장이라고 할 수 있다. 수컷 앵무새가 죽어서 죽음의 세계인 명계(冥界)로 찾아가 그리운 짝인 암컷 앵무새의 영혼과 재회한다. 일종의 신화적인 모티프라고 할 수 있다. 상상력의 드높은 경지에 초월성이 놓이는 법이다.

삼국사기에 의하면, 흥덕왕이 왕비를 잃었다는 내용이 나온다. 그의 「앵무가」가 지어질 무렵의 일인 것 같다. 고구려 유리왕의 「황조가」와 신라 흥덕왕의 「앵무가」는 배우자와의 헤어짐을 소재로 한 시가이다. 전자가 생이별이라면, 후자는 사별이다. 생이별도 서럽거늘, 하물며 사별이랴.

어디까지나 내 생각이거니와, 유자효의 「앵무가」는 시인 자신의, 가장 대표적인 작품이 아닌가, 한다. 이 시는 시인 자신이 20대인, 그러니까 반세기 이전으로 거슬러가서 쓴 것이라고 한다. 반세기 전의 이것이 초고인지 완성본인지 알 수 없다. 서정주가 만약 이 시를 봤다면, '자효, 너 잘 썼어!'라고 말하면서, 또 껄껄 웃으면서 칭찬했을 게다. 서정주의 신라가 풍류의 눈길로 바라본 것의 소산이라면, 유자효의 신라는 비감에 젖어든 것의 결과라고 하겠다. 서정주가 사상적인 측면을 추구했다면, 그는 심미적인 성격을 지향했다고나 할까?

3

이상으로, 유자효의 연작시 '신라행' 중에서 네 편의 개별적인 시를 골라 비평적으로 살펴보았다. 이제, 행간에 빈틈이 생기는 자리에 부족한 의미를 덧대어보려고 한다. 이미 다루어진 네 편에서 서로 일치되는 이미지가 있다면, 새의 이미지다. 신라로 가다는 시간의 개념을 넘어 과거로 향해 흘러가는 것. 특히 파랑새와 앵무새는 직접 연결되는 면이 있다. 즉, 사랑을 잃은 슬픔이 공통분모다.

사다함의 「청조가」가 죽음을 노래한 게 아니지만, 죽음과 다름이 없이 치명적이다. 메테를링크의 파랑새가 '유행(流行)하는 유형의 요정들'로 이해되기도 하지만, 일반적으로는 '하늘나라의 사자(使者)' 정도로 비유되기도 한다.[6] 유자효의 천마 이미지 역시 왕의 영혼을 하늘로 모시고 가는 사자다. 이때 천마는 새의 변형이라고 할 수 있다. 만약 신라가 아닌 가야라면, 천마는 오리로 대체됨 직하다.

그런데 무엇이 신라정신인가?

여럿 가운데 한 가지만 말해 보라면, 대체로 이런 게 아닌가, 한다. 이를테면 하늘과 땅, 삶과 죽음, 신불(神佛)과 중생이 서로 교통하고, 서로 조화하는 가운데 실현되는 공감의 부분들, 이러한 것들에 대한 잠정적인 믿음이 아닐까. 내게 문득 생각되면서 떠오르는 개념이 바로 그것이다.

---

6) 아지자 · 올리비에리 · 스크트릭 공저, 앞의 책, 271쪽, 참고.

제3부 : 산고 몇 편

한용운과 김범부의 교유
신라적 젠더에 대하여
최치원의 생애와 풍류
신라정신이 뜬금없나?

—후기를 대신하며

한용운과 김범부의 교유

1. 역사소설과 인물

　만해 한용운(1879~1944)은 한 시대의 국사(國士)였다. 청산에 칩거하면서 백운을 바라보면서 좌선을 일삼던 한낱 산중의 선사가 아니라, 주권 상실의 시대적인 상황에서 사라진 나라를 혼신으로 근심하던 강지(剛志)의 지식인이었다.

　올해 3·1운동 백주년을 즈음하여 많은 행사와 담론이 쏟아져 나오고 있는데도, 좀 아쉬운 점은 그가 이 역사적인 운동의 첫머리에 서서 기획하고 모의하고 주도하고 실행하였다는 이야기가 별로 나오지 않고 있다는 사실이다. 그의 전기적인 사실을 살펴보면, 1918년부터 사회적인 활동의 폭이 부쩍 넓어진다. 불교계의 활동에만 국한되어 있던 그가 불교 대중화의 기치를 내걸고 잡지 『유심』의 편집·발행인으로서도 활동한다. 또 그는 같은 해에 불교중앙학림의 강사로 취임해 교육자로서 일을 한다.

　기미년 거사의 실마리는 1918년 11월 말 경에 한용운과 최린의 만남에서 비롯된 것으로 보인다. 한용운은 당시에 사회적인 영향력이 컸던 천도교와 뜻을 함께 하기로 했던 것 같다. 최린을 통해 오세창과 손병희 등의 인물과 접촉을 한 것이다. 그와 천도교는 공감대를 형성했다. 또 서북 지역의 기독교 세력과 영남 지역의 유교 세력에도 손을 뻗치었다. 그는 거국적인 거사를 위해 면우 곽종석을 만나려고 경남 거창에까지 내려갔다.

　하지만 최종 확답을 받기 전에 그가 상경한 까닭에 독립선언서 인쇄에 유교 측의 동참이 문서로 공식화되지 못했다. 그가 마지막으로 만난 이는 월남 이상재였다. 동참을 호소했다. 그러나 그는 이상재로부터 일이 잘못되면 폭동이 일어나 많은 사람들이 다칠 것이니 독립선언이 아니라 총독부에 독립청원을 하자는 역(逆)제안을 받게 된다. 이에 그는 이것은 조선이 일본의 예속국으로서 비굴하게 선처를 바라는 것에 지나지 않는다고 간주했다.[1]

해방을 맞이하고 얼마 되지 않아 김법린은 「3·1운동과 불교」라는 제목의 회고록을 『신생』 창간호(1946, 3)에 발표한 바 있었다. 이 가운데서 한용운을 각별히 회상한 부분이 『한용운 전집』(1973)에 재수록된 바 있었다. 아마 3·1운동 전야인 시점인 것 같다. 그는 불교중앙학림에 재학하던 제자들을 종로구 계동에 있던 자신의 거처로 긴급하게 불러 모았다. 김법린, 백성욱, 김상헌 등 열 명 안팎의 학생들이었다. 그는 그 동안 민족의 독립을 위한 거사를 기획해 왔고, 천도교계와 유교계의 지도자들과 접촉해온 진행의 과정을 설명하면서 제자들이 해야 할 일을 일러두었다. 김법린의 회고록에 실린 그의 당시 어록을 인용하면 다음과 같다. 그의 목소리는 진지하고도 절박함이 묻어나 있다.

우리 서명한 33인은 명월(明月 : 다음 달) 태화관에 회동하여 독립 선언식을 거행할 터이다. 저간(這間) 나의 동정에 대하여 퍽 궁금하였을 것이다. 대략 나는 이상과 같이 활동하였다. 군들과 이제 분수(分手 : 이별)하면 언제 만날는지 알 수 없다. 조국의 광복을 위하여 결연히 나선 우리는 아무 애(碍 : 거리낌)도 없고 포외(怖畏 : 두려움)도 없다. 군들도 우리의 뜻을 동포 제위에게 널리 알려 독립 완성에 매진하라. 특히 군들은 서산·사명의 법손임을 굳이 기억하여 불교 청년의 역량을 잘 발휘하라. 밤이 벌써 자정이니 빨리 물러가라.[2]

1) 김삼웅, 『만해 한용운 평전』, 시대의창, 2006, 149~151쪽, 참고.
2) 김법린, 「3·1운동과 만해」, 『한용운 전집 (4)』, 신구문화사, 1973, 415쪽.

이 인용문은 3·1운동 전야의 긴박한 사정을 잘 보여주고 있다. 한용운의 의기가 굳건함도 잘 드러나 있다고 하겠다. 그가 제자들에게 임진왜란 때의 승병장인 서산대사와 사명당대사의 법손, 즉 불가의 후손임을 명심하면서 잘 처신할 것을 당부하고 있음이 인상적이다. 이때 모인 제자들은 훗날 불교계의 주요한 인물로서, 또 문교부 장관과 동국대학교 총장 등의 사회 지도층을 형성하면서 대한민국 국가 건설에 기여한 사람들이다.

기미년의 거족적, 거국적인 거사는 한용운의 신상에 큰 시련을 안겨주었다. 경찰에 붙잡혀 조사를 받는 과정에서 고문에 시달리고, 형이 확정된 이후에 서대문 감옥에 수감되어 3년간에 걸쳐 영어의 몸으로 구속의 상태로부터 벗어나지 못한다. 이 3년 이상의 조사와 옥고 속에서 그가 남긴 어록이나 글월은 문답식 경찰심문조서 및 「조선독립이유서」, 그리고 십 수 편의 옥중시의 형태로 지금까지 남아있다. 특히 시인이면서 동시에 독립운동사를 연구한 학자인 조지훈에 의해 '육당(최남선)의 독립운동서(기미독립선언서)에 비하면 시문(時文 : 그 시대의 글)으로서 한 걸음 나아간 것이요, 조리가 명백하고 기세가 웅건할 뿐 아니라 정치 문제에 몇 가지 예언을 해서 적중한 명문'[3]이라고 평가를 받은 「조선독립이유서」는 「조선 독립의 서(書)」라고 불리기도 하고, 상해판 『독립신문』에 원고의 부본이 빼돌려져 실릴 때에는 제목이 「조선 독립에 대한 감상의 대요(大要)」라고 붙여지기도 했다.

전체의 문장이 '自由는 萬有의 生命이요 平和는 人生의 幸福이니 故로 自由가 無한 人은 死骸와 同하고 平和가 無한 者는 最苦痛의 者라……'[4]로 시작되는 이 글은 오슬로 대학교 블라디미르 티호노프 교수가 말했듯이 자유의 찬탄이며, 자유주의의 선언인 동시에, 자유의 비폭력 본질과 자유의 절대성을 힘써 강조한 글이다.[5] 한용운의 자유정

---

3) 조지훈, 「민족주의자 한용운」, 『한용운 전집 (4)』, 앞의 책, 363~364쪽.
4) 권영민 엮음, 『한용운문학전집 (6)』, 태학사, 2011, 35쪽.

신이 잘 드러난 산문임에 틀림없다.

그런데 비문학적인 논장문에 지나지 않는다. 따라서 이 글이 문학적 텍스트의 범주에 들어가지 않기 때문에 문인으로서의 한용운의 글이라기보다 독립운동가로서의 그의 글로 간주될 수밖에 없다고 본다. 이 글은 비교적 장문의 글이다. 장과 절이 분명하게 구획된 이 글 가운데 '3. 조선독립선언의 이유' 중에서도 '(2)조국사상'이 가장 우수한 문식(文飾)의 힘을 발휘하고 있다고 보인다. 원문과 현대문을 동시에 실어본다.

越鳥는 南枝를 思하고 胡馬는 北風을 嘶하느니 此는 基本을 忘치 아니함이라. 動物도 猶然하거든 況萬物의 靈長인 人이 어찌 基本을 忘하리오. 基本을 忘치 못함은 人爲가 아니오 天性인 同時에 萬有의 美德이라. 故로 人類는 基本을 忘치 아니할 뿐 아니라 忘코자 하여도 得치 못하느니 半萬年의 歷史國이 다만 軍艦과 鐵砲의 數가 少함으로써 他人의 蹂躪을 被하여 歷史가 斷絶됨에 至하니 誰가 此를 忍하며 誰가 此를 忘하리오. 國을 失한 後 往往愁雲悽雨의 中에 歷代 祖先의 號泣을 見하고 中夜淸晨의 間에 宇宙 神明의 呵責을 聞하니 此를 可히 忍하면 何를 可히 忍치 못하리오. 朝鮮의 獨立을 可히 侵치 못하리로다.[6]

월나라 새는 남녘의 나뭇가지를 슬피 그리워하고 오랑캐 땅 말은 북녘의 바람을 따라 애처롭게 우나니, 이는 그 본바탕을 잊지 않아서다. 동물도 이러하거늘 하물며 만물의 영장인 사람이 어찌 그 근본을 잊을 수 있겠는가. 근본을 잊지 못함은 인위가 아니라 천성이며 또한 만물의 미덕이기도 한 것이다. 따라서 인류는 그 근본을 잊지 못할 뿐 아니라 잊고자해도 잊을 수 없는 것이니 반만년의 역사를 가진 나라가 다만 군함과 총포의 수가 적다는 것으로 말미암아 남의 유린을 받아서 역사가 단절되었음에 이르렀으

5) 블라디미르 티호노프, 「기미독립선언서 '공약 삼장'의 집필자에 관하여」, 『2001 만해축전』, 만해사상실천선양회, 2001, 433쪽, 참고.
6) 권영민 엮음, 앞의 책, 43쪽.

니 누가 이를 참으며 누가 이를 잊겠는가. 나라를 잃은 뒤 때때로 수심에 가득 찬 기색과 처연한 빗줄기 속에서 역대 조상의 통곡을 보거나, 아니면 깊은 밤과 청신한 새벽에 천지신명의 꾸지람을 듣거나 하니, 이를 능히 참는다면 무엇을 가히 참지 못한다고 할 것인가. 조선의 독립은 누구도 감히 침해하지 못할 일이다.[7]

이 글은 한용운이 옥중에서 마음을 다잡아 조선 독립의 염원이 담긴 내용을 서술한 것이다. 그의 「조선독립이유서」가 명문이라면, 이 부분의 돋보임이 있어서가 아닌가 하고 생각된다. 결기 어린 정신도 정신이지만 언어 형식의 측면에서 문학적인 표현력도 매우 뛰어나다. 또한, 한용운이 스스로 밝힌 이른바 조국 사상이란 당시 민족주의 사학자들이 강조한 바 있었던 민족의 '정신'이나 '혼'과 '얼'의 개념과 통하는 것이며, 국권 회복을 위한 고조된 독립 사상에 다름이 아닌 것이다.[8] 말하자면, 이 글은 관념론 형태의 낭만적 민족주의 사상이 잘 반영된 모범적인 글이다.

이 글의 내용 중에서 또 주목해야 할 사실은 국제정치학적인 역학 관계와 이에 따른 그의 예언적 안목이 아주 정확했다는 점이다. 20년 후 앞으로 있을 아시아태평양 전쟁에 대한 예견은 탁월하다. 또 26년 후의 일본 제국주의의 패망은 그의 말처럼 제2의 (제1차 세계대전의 패전국인) 독일의 꼴이 되고 만다. 기존의 현대문 정본을 인용해본다.

만일 일본이 침략주의를 여전히 계속하여 조선의 독립을 부인하면, 이는 동양 또는 세계 평화를 교란하는 일로서 미일, 중일 전쟁을 위시하여 세계적 연합 전쟁을 유발하게 될지도 모른다. 그렇게 되면 일본에 가담할 자는 영국 정도가 될는지도 의문이다. 어찌 실패를 면하겠는가. 제2의 독일이

---

7) 여러 가지 역본을 참조하면서 필자가 하나의 정본으로 정리해본 결과이다.
8) 고명수, 「조선독립이유서에 나타난 만해의 독립 사상」, 『2001 만해축전』, 앞의 책, 391~392쪽.

될 뿐이니, 일본의 무력이 독일에 비하여 크게 부족함은 일본인 자신도 수긍할 것이니 지금의 대세를 역행치 못할 것은 명백하지 아니한가. 또한 일본이 조선 민족을 몰아내고 일본 민족을 이식하려는 몽상적인 식민 정책도 절대 불가능하다.[9]

만해 한용운이 3 1운동의 주모자로서 옥고를 치르고 출감했다. 훗날 제자요 사상적인 추종자가 된 최범술의 회고에 따르면, 출감한 직후에, 조선불교청년회 주최로 YMCA 회관에서 강연회가 열렸다. 그의 강연을 들으러 온 사람들이 운집했다고 한다. 그의 강연은 2시간 동안 이어졌다. 그는 마지막으로 다음의 인상적인 말을 남기면서 강연을 마감했다.

개성 송악산에서 흐르는 물이 만월대의 티끌은 씻어가도 선죽교의 피는 못 씻으며, 진주 남강의 흐르는 물이 촉석루 먼지는 씻어가도 의암(義巖)에 서리어 있는 논개의 이름은 못 씻는다…[10]

이 말은 청중으로부터 우레 같은 갈채를 받았다고 한다. 뿐만 아니라, 임석한 일본 경찰마저 박수를 보냈다고 회고했다. 그 이후 최범술은 한용운을 스승으로 모시면서 정신적으로나 사상적으로 큰 영향을 받게 된다. 그가 만당(卍黨)[11] 사건과 조선어학회 사건에 연루되어 또 다시 고초를 당하게 된 배경에 한용운이라는 인물이 존재하였던 것이다.
시인 한용운은 3년간의 옥중 생활 속에서 한시(漢詩)로 쓴 일련의 옥중(獄中) 시와 그 몇 년 후에 상자된 시집 『님의 침묵』에 실린 88편의

9) 권영민 엮음, 앞의 책, 32~33쪽.
10) 같은 책, 431쪽.
11) 만당의 만(卍) 자는 그리스, 페르시아 등의 장식 미술에서 사용되던 상징이었으나, 중국에서는 문자로 수용했다. 인도에서는 이것을 '스와스티카'라고 한다. 길상, 부처의 경지, 태양과 만물의 순환을 뜻하는 상징이다. 독일 나치의 상징인 '하켄크로이츠'와는 정반대의 의미가 내포된 평화의 상징이기도 하다. 만당은 만(卍)해 한용운을 중심으로 한 모임(무리)라는 뜻으로 애쳐 사용된 것일지도 모른다.

한글 시로 창작의 입지를 마련했다. 그가 쓴 시 중에서 가장 직접적인 항일시 한 편을 꼽으라면, 다음의 시가 아닌가 한다.

당신이 가신 뒤로 나는 당신을 잊을 수가 없습니다.
까닭은 당신을 위하느니보다 나를 위함이 많습니다.

나는 갈고 심을 땅이 없으므로 추수가 없습니다.
저녁거리가 없어서 조나 감자를 꾸러 이웃집에 갔더니, 주인은 "거지는 인격이 없다. 인격이 없는 사람은 생명이 없다. 너를 도와주는 것은 죄악이다."고 말하였습니다.
그 말을 듣고 돌아 나올 때에 쏟아지는 눈물 속에서 당신을 보았습니다.

나는 집도 없고 다른 까닭을 겸하여 민적(民籍)이 없습니다.
"민적 없는 자는 인권이 없다. 인권이 없는 너에게 무슨 정조(情操)냐?" 하고 능욕하려는 장군이 있었습니다.
그를 항거한 뒤에 남에게 대한 격분이 스스로의 슬픔으로 화하는 찰나에 당신을 보았습니다.
아아, 온갖 윤리, 도덕, 법률은 칼과 황금을 제사지내는 연기인 줄을 알았습니다.
영원의 사랑을 받을까, 인간 역사의 첫 페이지에 잉크 칠을 할까, 술을 마실까 망설일 때에 당신을 보았습니다.

— 「당신을 보았습니다」 전문

인용한 시 「당신을 보았습니다」의 전문이다. 이 시가 한용운의 시집 『님의 침묵』에 실려 있는 시들 가운데서 시인 자신의 옥중 체험을 가장 잘 반영하고 있는 시라고 짐작되는 데는 3·1운동 전후의 시대상황을 적절하게 보여주고 있기 때문이다. 일제는 식민 통치를 위해 민적을 정리했다. 이 시에 적시되어 있는 '당신'을 가리켜 송욱이 무심

---

12) 같은 책, 121쪽.

(無心)의 경지이므로 이미 오래 전에 민족의 독립을 암시한다고 지적했다.[13] 여기에서 당신이 무심의 경지라면, 그건 공(空)의 시적인 구현이다. 반야심경의 '색즉시공, 공즉시색'이라는 연쇄적인 수사에서 잘 드러나는 이른바 공 사상의 진경을 이 시에서 잘 보여준 이유다.

한용운은 이 시의 내용처럼 일제강점기에 민적이 없었다. 민적이 있다는 것은 일본의 국민이요, 황국신민이기 때문이다. 사회적인 활동의 제약이 큰 것은 이루 말할 수 없었을 것이다. 그의 어린 딸 한영숙 역시 민적에 이름이 올라있지 않아 소학교에 보내지 못했다고 한다. 일제강점기 민적의 법적인 상황에 관해서 다음의 글을 인용하고자 한다.

일제의 한국 병합 후 1912년 3월에 조선민사령을 제정 시행하여 민사에 관해서는 일본 민법이 의용되었으나, 친족·상속에 관하여는 관습에 의하도록 되어 있었으므로 호적도 종전대로 민적법이 시행되었다. 총독부는 1918년 1월에 조선민사령급민적법개정조사위원회를 조직하여 조사 심의를 한 결과 1921년 12월 18일에 창씨 제도 실시에 따라 개정되어 해방 당시까지 시행되었다. 이 호적령에 의한 호적 제도는 1914년에 개정된 일본 호적법을 본 딴 것이며, 이로써 우리의 호적 제도는 일본 호적법과 전혀 동일한 것으로 되었고……[14]

일제의 민적법에도 흔들림이 없었던 한용운은 일제강점기에 항일 불교의 상징적인 존재였다. 그는 소위 불교 사회주의에도 깊은 관심을 가졌다. 석가의 경제 사상을 불교 사회주의라고 규정하고는 이에 관해 향후 저술할 포부와 계획을 가지기도 했다.[15] 안병직에 따르면, 한용운의 독립사상의 핵심은 자유주의에 입각한 불교 사회주의에 있다. 그는 한용운의 독립사상을 통해 역사 발전의 동인이 국민 대중의 자유정신

---

13) 송욱, 『한용운 시집 '님의 침묵' 전편해설』, 과학사, 1974, 169쪽, 참고.
14) 박병호, 『근대의 법과 법사상』, 도서출판 진원, 1996, 324~325쪽.
15) 『한용운 전집 (2)』, 신구문화사, 1973, 292쪽, 참고.

의 발전에 있다고 보았고, 그것이 독립의 역량 또한 국민 대중으로부터 나온다고 보았다.[16]

이 대목에서 말하는 사회주의는 당대의 정치적인 이념으로서의 사회주의라기보다 불교 근본주의의 원시적인 경제 공동체를 가리키는 것이다.

아닌 게 아니라, 한용운은 『삼천리』(1931, 11)와의 대담에서, 말하자면 '석가의 경제 사상을 현대어로 표현하자면 불교 사회주의이다.'라는 등의 자기 견해를 밝히기도 했지만, 이 사회주의를 이데올로기의 개념으로 보았다기보다 적극적인 사회 평등의 구현 정도로 간주했을 가능성이 높으며, 또 불교 사회주의에 관한 사상과 저술의 체계는 구상했지만, 결국에는 실행에 옮기지 못했다.

2. 김범부의 독립운동과 풍류사상

만해 한용운이 한 시대의 국사이듯이, 범부 김정설(1897~1966) 역시 동양철학을 바탕으로 한 사상가 못지않게 독립운동가로서의 삶을 살았다. 그를 두고 일반적으로 본명보다는 김범부라고 부른다. 그의 아우인 김동리 역시 본명이 아니라, 필명이다. 새로 구성한 김범부의 연보에 따르면, 그는 1912년 16세의 병약한 몸으로 창의를 시도했다. 그는 경주 읍성 남문에 격문을 붙이고 청년들을 규합해 경주와 울산의 경계인 치술령으로 들어가 바위굴을 중심으로 유격 활동을 벌였다. 이 이후에는 산사에 은거해 『월남 망국사』를 읽었다고 한다.[17]

김범부의 독립운동은 그 자신의 옥고(獄苦) 경험과 긴밀한 관계를 맺는다.

---

16) 안병직, 『3·1운동』, 한국일보사, 1975, 148쪽.
17) 부록 2, 「새로 구성한 김범부 연보」, 김범부 지음, 『풍류정신의 사랑, 김범부의 생각을 찾아서』, 한울, 2013, 207쪽.

그의 옥고는 여러 가지의 증언이 있지만 정확하게 잘 알려지지 않고 있다. 그가 주로 옥고를 경험한 시기는 경남 다솔사에 은거할 시절이었다.

① 다솔사에서 해인사 사건으로 일제에 피검되어 1년간 옥고를 치렀다. (이종후의 김범부 선생 약력에서)

② 김범부가 다솔사에 있을 때 형사들이 수시로 방문해 예의를 갖추었지만, 포승으로 묶은 채 연행해 갔다가 조사를 한 후에 유치장 생활을 하게 한 다음에 되돌려 보내곤 했다. (가족들의 증언)

③ 1941년 여름에 경기도 경찰부에 끌려가 여러 달 감방 신세를 졌고, 1942년 봄에는 경상남도 경찰부에 끌려가 역시 장기간 감방 신세를 졌다. (아우 김동리의 증언)

④ 김범부는 평생의 동지인 최범술과 함께 경상남도 경찰부에 끌려간 것은 1941년 초가을이었고, 비밀 감방에서 1년 넘게 영어 생활을 한 끝에 1942년 가을과 겨울을 전후하여 풀려났다. (간수 신형로의 증언)

이상의 증언을 볼 때, ①과 ②는 이른바 만당 사건과 관련이 무관치 아니한 것으로 보이며, ③과 ④는 조선어학회 사건과 관련이 있는 것으로 추정된다. 이 같은 옥고의 경험으로 본다면, 김범부는 1급의 독립운동가로 보아야 할 것이다. 그가 한 시대의 어둠을 지탱하면서 버텨온 사상이 있다면, 풍류 사상이라고 할 수 있다.

풍류는 무엇인가? 이 말의 시작은 중국의 진(晉)나라에서 비롯하였으니, 2천년 정도 되어간다. 바람(風)을 갈무리하는 것이 산이요, 흘러가는 것(流)이야말로 물이니, 풍류는 산과 물을 합성한 말이라고 보인다. 화랑, 즉 '꽃사내(꽃미남)'들이 '모둠살이'를 하면서 산수를 유람하면서 노닐었다. 최치원의 말마따나, 풍류는 나라의 현묘한 도이다. 우리의 풍류는 우리의 토착신앙과 관련을 맺은 정신세계라고 본다. 그

---
18) 같은 책, 208~209쪽, 참고.

옥하고 미묘하기에 언어로 표현하기가 어려워 중국에서 유입된 한자어 '풍류'라는 유명론(唯名論)에 기댈 수밖에 없었다. 이 풍류가 제도화된 것은 신라 진흥왕 때였다. 풍류를 실현하는 집단이 꽃사내들이 모인 화랑이었다. 서기 575년 진흥왕 때의 일을 보면, 화랑이 상마도의와 상열가악을 실천했다고 했다. 함께 도의를 연마하고, 함께 음악을 즐겼다. 이 집단은 삼국통일이란 큰일을 남기고, 점차 역사 속으로 사라져갔다.

지금 우리 사회는 어떤가? 시간적으로는 압축 사회요, 공간적으로는 과밀 사회다. 압축 성장을 이루었으니, 압축 갈등이 일어날 수밖에 없고, 나라가 좁다 보니 악플러와 가짜뉴스 메이커가 날뛴다. 음악마저 오빠부대들이 이익집단화한지 오래다. 이 압축과 과밀의 사회에 온갖 '-빠'들의 맹신 집단과, 많은 '-충'들의 혐오 집단이 동거하고 있다. 풍류 정신이 없어서다. 함께 도의를 연마하고 함께 음악을 즐기는 여유가 사라져서이다.

거대한 산과 도도한 강에 비하면 인간의 마음은 협애하다. 박경리의 「토지」에 나오는 말마따나, 산천(山川)의 포용성 속에는 왜놈과 조선 놈의 차별도 없다. 지금의 사정을 말하면, 산천 사상에는 보수 반공과 진보 반일로 나누어지지 않고, 광화문과 서초동으로 쪼개어지지 않는다. 산천은 무언가? 풍류의 또 다른 표현이다. 그래서 옛 역사서에도 풍류를 두고 '유오산수'라는 말을 남기지 않았나, 싶다. 김범부는 이 풍류 사상에 심취되어, 다솔사에서 아우인 소설가 김동리와 더불어 한 시대를 견뎌낸 것이다.

3. 일제강점기에 함께 산 두 인물

한용운을 따르던 젊은 승려들은 하나 같이 친일의 덫에 빠지지 않고 어두운 시대인 일제 강점기를 버텨냈다. 그의 제자 중에서 항일에 가장 적극적이었던 이는 범산 김법린과 효당 최범술이었다. 한용운과 그의 제자들 가운데 세대적인 중간 역할을 한 이가 바로 김범부였다. 그는 재가의 속인이었지만, 3·1운동 직후에 불교중앙학림 강사였던 한용운이 감옥으로 잡혀간 빈자리를 채워 불교철학을 강의한 일이 있었다. 특히 그는 김법린, 최범술과 무척 가까웠다. 최범술이 경남 사천의 다솔사 주지로 오래 있었는데, 이 고찰은 사실상 자신의 소유였다. 김범부와 김법린이 경제적으로 곤궁하다는 사실을 알고 서울에서 가족과 함께 내려오게 하여 절 주변에 거처를 마련해 주었다. 최범술은 그 밖의 어려운 동지들도 초치하고, 심지어 스승으로 모시던 한용운의 생활도 보살펴야 하는 처지에서, 가을걷이 3백석으로는 자신에게도 참으로 버거운 일이라고 술회한 바 있었다.[19] 김범부 자신의 회고에 의하면, 승려의 신분인 김법린, 최범술과는 마치 동지처럼, 도원결의한 의형제처럼 잘 지냈다고 했다.

특히 불교 운동은 교권 운동으로서가 아니라 그것은 독립운동의 일부분이었다. 내가 범산을 안 것도 그 무렵 한용운 씨가 운영하는 불교 지(誌)의 주간으로 있을 때부터이다. 그 뒤 그와는 여형약제(如兄若弟)한 사이가 되었고, 한때 동거도 했으며, 비록 감옥은 다를지라도 같은 시기에 옥살이도 했다. 그러니까 일제 말기 왜경이 한창 과민할 때 범산과 나는 사천 다솔사에서 그곳 주지이며 동지인 최범술과 더불어 학원을 경영하고 있었다. 범산은 역시 다솔강원 원장으로 있으면서 틈틈이 불경과 한국 역사를 교수하며 조국 정신을 고취하기에 진력하였다. 우리 셋은 비록 도원결의를 한 것은 아닐지라도 언제나 진배없었고, 또 세상 사람들이 그렇게 '삼범(三凡)'이라고 불렀다. 범산(梵山)은 호요, 범술(凡述)은 아명이며, 범부(凡夫)는 내 자이건만, 우연하게도 무슨 돌림자를 쓴 것처럼 일치된 것은 사실이다.[20]

---

19) 채원화 편, 『효당 최범술 문집 (1)』, 민족사, 2013, 641쪽, 참고.
20) 대한일보, 1961. 3. 18.

김범부는 김법린(범산), 최범술과의 각별한 인간관계를 말하고 있다. 특히 김범부와 다솔사의 관계는 개인을 넘어 가족으로까지 확대했다.[31] 이 세 사람은 만해 한용운을 중심으로 한데 서로 뭉치면서 한 시대의 어둠과 맞서고 있던 것이다. 이 세 사람은 만당 사건과 조선어학회 사건에 연루되어 고초를 겪었지만, 한용운이 떠나간 해방 이후에는 정치인으로서, 교육자로서 사회적으로 두드러지게 활동하였다. 이들은 각각 제2대 국회의원, 문교부 장관, 제헌국회의원을 지냈고, 또한 계림대(→영남대)학장, 동국대학교 총장, 해인대학교(→경남대학교) 국민대학교 이사장직을 역임했다.

앞의 인용문을 보면, 한용운과 김범부의 첫 만남이 있었던 시점을 어렴풋이나마 알 수 있다. 김범부가 김법린을 한용운이 운영하는 불교지(誌)의 주간으로 있을 때부터 알았다는 것은 이 무렵에 한용운 역시 알았다는 셈이 된다. 여기에서 말하는 불교 지란, 『유심』을 두고 말한다. 말하자면, 한용운과 김범부의 첫 만남은 3·1운동 직전인 것으로 추정된다. 18년 아래의 김범부가 한용운을 두고 '형님'이라고 호칭을 한 것은 오랫동안 친분 관계를 유지했음을 반증한다. 두 사람이 한 자리에 앉아 대화를 나눈 장면은 소설가 김동리의 글에서 유일하게 반영되어 있다.

……만해 선생이 내 백씨(김범부─인용자)를 보고, "범부, 우리나라 고승전에도 소신공양을 한 이가 있소?" 하는 것이다. 내 백씨가 웃는 얼굴로 만해 선생을 건너다만 보고 있는데, 만해 선생이 다시 입을 열어, "중국 고승전에서는 소신공양이니 분신공양이니 하는 가끔 나오는데, 우리나라에서는 별로 눈에 뜨지 않아……" 했다. 그때야 내 백씨도 천천히 입을

---

31) 김범부와 최범술은 평소 형제처럼 지냈다. 큰 아들인 김지홍은 최범술의 제자(상좌)가 되어 다솔사의 사무를 맡고 있었다. 소설가 김동리 역시 다솔사에서 10리에 떨어진 광명학원 교사로 재직하면서 문학 창작을 겸하고 있었다. 김동리는 한 살 아래의 조카인 김지홍과 친구처럼 지냈다. (김정숙, 『김동리 삶과 문학』, 집문당, 1996, 149쪽, 참고)

열며 "글쎄요, 별로……형님이 못 보셨다면야……"하며 자기도 기억이 없노라는 것이다. 내가 참견했다. "소신공양이 뭡니껴?" 나에게 있어서는 처음 듣는 이야기였다. 그러자 이번에는 주지 스님 (최범술—인용자)이 그 대답을 맡았다. "옛날 수좌 스님들이 참선을 해도 뜻대로 도통이 안 되니까 자기 몸을 스스로 불태워서 부처님께 제물로 바치는 거라. 성불할라고……" [32]

소설가 김동리는 만해 한용운과 자신의 가형이 나누는 대화 가운데 소신공양을 처음으로 듣고 큰 충격을 받게 된다. 이 경험이 훗날 소설 「등신불」을 창작하게 된 모티프가 된다. 이때가 1939년이었다. 한해 전에 소위 만당 사건으로 피체된 최범술, 김범부 등이 풀려나게 되자 축하를 위해 한용운은 다솔사로 달려 왔다. 최범술 역시 평소에 존경해 마지않았던 한용운의 회갑연을 다솔사에서 베풀어드린다.

다솔사는 일제강점기의 말에 독립운동의 온상이 되었다. 비밀리에 조직된 결사 '만당'의 강령은 ①정교분립(政教分立), ②교정확립(教政確立), ③불교대중화의 세 가지였다. 강령 자체로만 본다면 불교 종단개혁에 비중을 뒀던 것으로 파악할 수 있지만, 불교계 인사들이 3·1운동, 임시정부 등 굵직굵직한 독립투쟁에 참여해 왔듯이, 만당은 항일불교의 상징으로, 그 존재만으로도 독립운동에 큰 힘이 되기도 했다. 소위 만당 사건은 해인사와 다솔사 중심의 인맥이 조선의 독립운동에 연루되어 있음이 드러남으로써 포착된 항일 민족주의 사건인 것이다.

소설가 김동리가 1937년 4월부터 1942년 6월까지 다솔사가 운영한 준교육기관인 광명학원에서 교사로 활동한 것도 일제하의 한글운동의 일환이므로 결코 가볍게 볼 수 없다. 한 연구가는 '김동리가 중심인물로 나오는 근대 문학사에서 귀중한 역사'[33]라는 평가가 내려지

---

32) 『다솔사 다(茶)정신』, 다솔사 차 축제 추진위원회, 2013, 61쪽, 재인.
33) 김광식, 「다솔사와 항일 비밀결사 만당」, 『불교연구·48』, (사)한국불교연구원, 2018, 157쪽.

기도 했다.

만해 한용운은 1944년 해방을 1년 남겨두고 세상을 떠났다. 1주기가 될 무렵에 해방이 되었다. 김범부는 한용운 1주기의 추도문을 썼는데, 이것은 1946년 『신생(新生)』 창간호에 실리게 된다. 전문을 다음과 같이 인용해 본다.

선생님이 우리를 버리신 지 어느덧 1년이 되나 봅니다. 아니 선생님이 우리를 버리시다니, 선생님은 이 자리에서는 그 추상 같은 기개와 폭포 같은 열변으로써 우리의 간담을 서느렇게 하십니다. 선생님, 이제야 마침내 우리의 날은 왔습니다.

눈앞의 강산은 예 보던 채 새로우며, 머리 위에 일월은 다시금 맑았습니다.

아아, 선생님, 이날에 어찌 선생님이 잠잠하십니까? 마침내 한 말씀도 들려주지 않습니까? 아니, 아니, 선생님께서는 그 우레 같은 소리로 '일어나라, 나아가라, 3천만 한마음으로 오직 한 길, 의(義)로운 길로'를 삼천리강산이 흔들리게 소리쳤습니다. 초목금수도 못 들었을 리 없거든 하물며 우리들이며, 더구나 우리들이오리까? 그러나 우리들은 상기도 피와 함께 숨 쉬는 여생(餘生)일세라. 선생님의 색신이 아울러 계셔 이날 이 강산 이날 이 일월을 함께 보고자 일부러 두 말씀이 없으십니다. 아아 선생님, 잘 때나 깰 때나 앉을 때나 설 때나, 오직 한마음으로 기다리고 기다리던 그날이 왔습니다. '일어나라, 나아가라, 3천만 한마음으로 오직 한 길, 의(義)로운 길로'를 분명히 들었습니다. 길이 맹세합니다. 아아, 선생님, 길이길이 소리쳐 시끄러워지이다.[34]

---

34) 『한용운 전집 (4)』, 신구문화사, 1973, 406쪽.

신라적 젠더에 대하여

1

이 자리에 토론자로 불러주셔서 우선 감사를 드립니다. 엄밀히 따지면 오늘 발표 내용은 제 전공으로부터 좀 벗어난 분야입니다. 요즘 인문학 분야의 융합과 통섭의 시선이 중요하게 생각되고 있으며, 또 텍스트 상호관련성이 중시되고 있기 때문에 인접 분야의 학인들이 서로 얼굴을 맞대고 토론을 함께 해본다는 것도 좋은 일이라고 봅니다. 제가 주최 측으로부터 요청을 받은 사실은 토론의 대상에 있어서 「은유로 읽는 삼국사기의 신라 여성」을 중심으로 삼고, 「신목태후에 대한 새로운 이해」를 보조적으로 해달라는 것이었습니다.

2

발표 주제의 하나인 「은유로 읽는 삼국사기의 신라 여성」은 신라의 남녀가 상호 존중의 분위기 속에서 서로의 결여를 채우면서 사랑을 완성해 갔다는 결론을 이끌고 있는 발표문이라고 생각됩니다. 이 발표문을 위해 전제로 삼은, 두 가지의 개념 틀이 있어 보이네요. 하나는 남성과 여성의 지닐성에 관한 대조적인 틀입니다. 남성성이 목표지향성이라면, 여성성은 관계지향성입니다. 전자가 권위 · 애국 · 현실 · 완성의 개념을 충족시켜주는 개념이라면, 후자는 믿음 · 동참 · 소통 · 유대의 개념을 충족시켜주는 개념이라고 봅니다. 이 대목에서, 저는 얼핏 사다함과 미실을 떠올려 보았습니다. 제 말의 흐름이 샛길로 빠지는 것

219

같아서 이에 관해선 더 이상 언급하지 않겠습니다. 다른 하나는 카를 융의 여성의 자아관이 뜻밖에 등장하고 있습니다. 여자들에게 중년기 (35-45세) 이전까지, 자아(ego)가 형성되고 자아 콤플렉스가 강화된다. 이 단계에서 자아와 외부 세계를 연결해주는 중재자를 퍼소나(persona) 라고 불렀다. 다음 단계인 중년기 이후부터는 여자들이 자신의 다른 점을 찾는다고 했어요.

　　Self라는 개념이 Ego를 대신하여 인격의 중심에 선다. Ego는 작고 과민 한 개인적 세계다. Self는 더 넓고 객관적 세계를 향한다. 양[-]이라는 표 상이 강화된 것처럼, 자신의 감정, 사고, 욕망 등을 더 솔직하게, 더 체계 적으로 바라본다. 세상에서 할 수 있는 여성의 역할[=]과 눈에 보이지 않 는 세계, 인류까지를 아우르는 지혜[=]를 지니게 된다. 은유는 이런 세계 와의 만남이다. 『삼국사기』의 신라 여인은 이런 과정 속에서 호명된 은유 다.

은유란 두말할 나위도 없이 이미 주어진 개념의 틀을 뛰어넘어서 새 로운 의미를 확장하는 소통 수단입니다. 발표자는 세 가지로 호명된 은유로써 신라 여성의 특징을 들여다보고 있습니다.

그 첫 번째는 야합은유입니다. 발표자는 이를 자유분방한 당대의 삶 을 통해 보여준 것으로 봅니다. 기혼자인 김춘추와 김유신의 여동생인 문희의 정략적인 혼인담이 전형적인 야합은유일 터. 김유신은 자기 여 동생이 첩으로는 안 된다고 생각했죠. 야합이 이루어지고 나니, 김춘추 의 전처는 역사의 기록에서 슬그머니 사라지고 맙니다.

두 번째는 경쟁은유입니다. 양성 불평등의 오랜 역사를 보면, 여자는 여자끼리 경쟁하게 마련이죠. 발표문에는 풍부한 사례들이 많이 있으 니, 관심이 있는 청중께서는 발표 자료집을 참고하시기를 바랍니다.

세 번째는 헌신은유입니다. 신라의, 삼국의 여성들이 국익을 위해 희 생하는 경우를 말합니다. 재미있는 대표적인 사례는 서기 792년의 원성왕 때의 기사로군요. 파견한 사신이 당나라로 들어갈 때, 미녀인 김정란(金井蘭)을 바쳤는데, 그녀는 국색(國色)으로서 몸에서 향기가 났다. 이 김정란이라는 신라 미인은 국제 급 미모의 조공녀입니다. 신라가 당나라에 미인을 바쳤다는, 소위 '조공녀 외교' 기록이 더러 있습니다. 중국에서는 고향을 등진 여자가 불쌍히 여겨져 대체로 돌려보냈다고 합니다. 그런데 이 김정란은 얼마나 아름다운지 돌아왔다는 기록이 없습니다. 헌신이 바로 애국인 거죠.

이상의 은유 유형과는 체계가 다른 것이 있지요. 다름 아니라, 이른바 영적 은유입니다. 무언가 중요한 대목일 때 또 다른 여인상인 노구(老嫗), 신비의 할미가 등장하곤 합니다. 신라뿐만 아니라, 백제의 기사에도 두 번, 고구려의 기사에도 세 번 등장한다죠. 할미는 야합은유나 헌신은유에 나타나는 미인들과 다른 노추한 여인입니다. 대신에 영적이면서, 샤먼적이죠. 신비의 할미들이 혁거세를 발견한다든지, 탈해를 이끈다든지 함으로써 국가 창출에 정신적인 모태가 됩니다. 또 어떤 할미는 바람난 왕을 꾸짖고는 여우로 변해 사라집니다.

저는 이 발표문을 읽으면서, 야사 삼국유사도 아닌 정사 삼국사기에서도 무한한 스토리와 콘텐츠가 있구나, 생각하고는 내심 놀라지 않을 수가 없었습니다. 몇 줄 되지 아니한 문장의 행간에도, 은유와 상징, 또한 우리가 미처 깨닫지 못한 상상력이 내장되어 있겠지요. 스토리는 무엇일까요? 허구로 구조화되기 전의 전체 줄거리를 말합니다. 여기에서 한 걸음 더 나아가, 플롯은 스토리를 인과관계로 구성한 것입니다. 그럼, 스토리텔링은요? 일반적으로는 디지털 매체를 기반으로 한 이야기하기라고 규정합니다. 나는 이렇게 비유하고 싶어요. 이야기의 옷에다 이야기의 옷을 더 입히는 것. 이를테면 이야기의 덧옷이라고나 할까요? 대표적인 사례가 있다면, 온 세상의 바다를 돌아다닌, (목각으로 된 중국의) 오리 이야기가 있습니다. 본래의 이야기를 과대포장하는 게 스토리텔링이라고 합시다. 그러면, 문화콘텐츠란 무엇일까요? 본래의 콘텐츠를 과대포장하는 것이 아닐까요?

오늘의 발표문은 삼국사기에도 스토리와 콘텐츠가 다양하게 존재하고 있음을 보여주고 있습니다. 그래서 제가 이번 기회에 얻은 정보도 적지 않았습니다. 이 자리에 불러주신 분들에게도 감사하게 생각하구요. 그런데 좀 아쉬운 점이 하나 있다면, 담론의 틀 거리가 된 세목의 설정이 왜 하필이면 야합과 경쟁과 헌신인가, 또한 영적인 것인가 하는 것입니다. 제가 아무리 살펴보아도 설정 기준이 모호하다고 보입니다. 그렇다고 카를 융의 이론을 가져온 것 같지도 않아 보이구요.

저는 카를 융의 자아관보다 선행하는 (초유의) 정신분석의 이론인 프로이트적인 자아관의 구조라면 어땠을까 하는 생각을 떨쳐버릴 수가 없었어요. 저는 사실 말씀을 드리자면, 카를 융이니 프로이트니 하는 정신분석가들에 관해 잘 모릅니다. 제 전공도 아니고요. 때마침 최근에 제가 시인 윤동주의 자아이상과 부끄러움에 관한 글을 정리하면서 관련된 책을 들춰보기도 해서 더 관심을 가질 수가 있었지요.

우선, 카를 융과 프로이트의 이론에서 언급되는 용어의 뜻은 서로 다를 거라고 봅니다. 프로이트 이론의 가장 기본이 되는 성격 구조는 '이드–자아–초자아'라고 하겠습니다. 프로이트 정신분석학에서는 이를 가리켜 성격의 구조 이론이라고 말하지요.

이드(Id)하면, 우리는 본능을 떠올리지요. 이 용어의 역어를 '원(原)본능'이라고 하는 경우도 있더군요. 굳이 말하자면, 무의식을 구성하는 에너지와 힘의 비이성적인 덩어리요, 의식 활동을 이루는 과정의 배후에 있는 구조적 무의식을 가리킵니다. 이와는 반대로, 초자아(Super-ego)는 두 가지의 요소로 나누어지는데요, 하나는 자아이상 혹은 양심이라고 불리고, 다른 하나는 처벌하거나 비난하는 부분입니다. 후자의 경우는 죄의식과 불안을 초래하는 무의식의 구조이거나, 자아 비판적인 사고와 행위를 말하는 것입니다. 또한, 이 두 가지의 것에 비하면 자아(Ego)는 한편으로 본능의 욕구와 다른 한편으로 초자아의 욕구를 만족시키거나 중재하면서 동시에 현실과도 조화를 이루어야 하는 통합적인 기능을 수행하는 중차대한 임무를 맡고 있습니다.

신라 여성 가운데 본능의 욕구에 충실한 모티프를 보여준 이로서는 성적 욕구가 강하게 자리하고 있는 미실, 진성여왕, 수로부인 등이 아닐까요? 미실은 소설가 김별아의 스토리텔링에 의해 색녀(色女)의 이미지와 의미를 더욱 확장했지요. 진성여왕은 미소년들과 몸을 섞었다죠. 수로부인은 동해 용왕과 황홀한 외도를 즐겼다는 은유의 징후가 엿보이고요. 이들은 일단 본능의 욕구에 충실한 모습을 보이는 게 사실입니다. 이번 발표의 사례에서는 소지 마립간의 잠행을 받아들인 열여섯 살 소녀 벽화(碧花) 이야기와, 결국 살인극을 불러일으킨 질투하는 여자들, 이 가운데 특히 남모와 준정의 이야기 등이 이 모티프의 범주에 해당합니다.

자아의 모티프는 정치적 야합이나 외교의 희생양이 된 여자들에서 찾을 수 있겠지요. 김문희와 선화공주, 왜국 왕의 요청으로 며느리로 간 아찬 급리의 딸과 입당 조공녀인 국색 김정란 등이 이 유형에 속하겠지요.

마지막으로, 양심적 초자아의 모티프는 강수 부부의 스토리가 가장 전형적인 사례로 보입니다. 외교 문서를 작성하는 데 최고의 경지에 도달한, 가야계 출신의 강수는 대장장이 딸과 혼전 정사를 맺습니다. 어찌 보면 야합 같지만 현실의 득실보다는 이상의 실현에 가깝습니다. 강수의 아버지가 아들에게 평판(신분)에 어울리는 배우자를 만나라고 하지만, 강수는 한 여성에 대한 의리를 지킵니다. 그가 죽은 후에 그의 아내에게 국은을 베풀려고 하자 천한 신분으로 만족하게 살았기에 그것을 거절합니다. 강수의 아내야말로 가장 걸맞은 양심적 초자아의 여인상이라고 하겠죠. 요컨대 그녀가 자아이상을 실현했다면, 강수는 양심을 지켰다고 보겠습니다.

이밖에도 치술령 신모의 이야기도 이 세 번째의 유형, 즉 인성의 구조적 패턴으로서의 초자아의 개념에 포함될 듯합니다. 살아생전에 박제상의 아내요 죽어서는 치술령의 신모가 된 김씨 부인의 망부석은 민간의 피해자 표상에서 유교적 정절의 표상으로 격상됩니다. 먼훗날에 유교 이념이 그녀의 죽음을 이상화한 거지요. 또 다른 예들도 있습니다. 남자의 입장에서 본 초자아의 인간상은 처자가 보고 싶어서 죽음마저 불사한 품석, 왕비 장화부인을 죽어서도 잊지 못했다는 흥덕왕이 포함될 듯합니다. 이 스토리의 옷들은 신라인의 자아이상을 잘 보여주는 사례라고 하겠습니다. 이제 스토리텔링이라는 덧옷을 입혀야 하겠지요. 올해 국역된 책인 『코헛의 프로이트 강의(Kohut's Freudian Vision)』에 의하면, 자아이상의 특징 중의 하나로, 앞으로의 좌절에 적응하는 강력하고도 도덕적인 완벽성을 꼽고 있네요.

이상으로 제가 말씀 드린 것은 한낱 대안적 가설에 지나지 않습니다. 참고가 된다면, 다행으로 여기겠습니다.

3

역사 분야의 연구인 「신목태후에 대한 새로운 이해」는 사실은 제가 감당할 논문이 아닌 것 같습니다. 주최 측의 요청도 있고 해서, 역사학의 문외한인 제가 감히 한 말씀 드릴까 합니다.

신목태후는 긴가민가 하는, 좀 애매한 캐릭터라는 인상을 떨칠 수가 없네요. 이름의 '목'자부터가 동음이자로 전해지고 있습니다. 사서(史書)의 지필묵에 의하면 '목(穆)'으로 기록되어 있고, 금석문에 새겨진 바에 의하면 '목(睦)'으로 전해오고 있네요. 신목태후는 신문왕의 비이자, 효소왕과 성덕왕의 친모입니다. 왕비와 왕모로 살았으니, 보통의 삶을 넘어선 여인입니다. 왕비가 되기 이전에는 또 다른 남자가 있었으니, 자신의 외사촌이더군요. 정상적인 족내혼인지, 불륜의 관계인지도 잘 알려져 있지 않습니다. 새로 등극한 아들 왕이 선왕의 아들이 아니라, 자기 외사촌의 아들인 것도 행간에 정치적인 파란곡절이 숨어 있는 것 같습니다. 여자의 처지로서 화랑의 우두머리인 화주(花主)를 역임한 것도 정치적인 힘을 소유하고 있었다고 봐야 하겠습니다. 아들을 등에 업고 통일신라를 호령했는지, 아니면 아들에 의해 권력의 야욕이 꺾였는지 잘 알 수 없습니다.

7세기 후반기에 살았던 한 고대 여인의 일대기를 이처럼 정교하게 재구성한 것은 실로 놀라운 일이라고 봅니다. 문학 연구에서도 한 작가의 평전이 흔히 있지만 이처럼 실증적인 사례는 사뭇 드문 일입니다. 특히 신라 왕실의 경우에는 가계도, 혼맥(婚脈)도, 이성 관계도 매우 복잡합니다. 여기에서 제가 의문을 가지는 것은 한 인물을 중심의 축으로 한, 그러한 복잡한 삶의 재구성이 오늘날의 우리에게 어떠한 유용성과 현재성을 주느냐 하는 것입니다. 지식과 정보의 자족감 넘어서 제기되는 문제점과 시사점이 아쉽습니다. 저는 최근에 실학자 유득공의 국역본을 손에 잡히는 대로 다음의 내용을 읽었습니다.

(신라의 지배층이) 오빠에게 시집가고 누이에게 장가드니 그 추함은 말할 수 없었다. 왜와 친하고 가까이 하더니 그 풍속에 물들었던 것이다. (……) 우리나라의 근본은 오직 고구려인저.

지금 우리 지식인 사회에 확산해가는 반(反)신라 정서가 실학자에게도 있었음이 확인되는군요. 보는 바와 같이, 팩트라기보다 편견에 가까운 내용이로군요. 신라와 왜가 적대 관계인 기간이 거의 십중팔구라고 할 수 있는데, 그 풍속에 물이 들었다뇨? 지금 우리 현실을 잠식하고 있는 '반신라관'의 정체를 정확하게 인식하고, 이해하고, 전제하는 것이 신라를 연구하시는 분들에게 긴요한 일이라고 저는 보는데, 이것을 하나의 학문적인 문제의식으로 수용하고 있는지의 여부가 매우 궁금합니다. 이에 관해 고견을 여쭙고 싶습니다.

4

토론자가 감히 자기 의견의 결론을 맺는다는 것이 좀 주제 넘는 일입니다만, 오늘 제 말씀을 어쨌든 갈무리하겠습니다. 신라의 여인네는 본능의 실현이 자유로웠던 것으로 보입니다. 조선의 여인들은 현모양처와 부덕(婦德)의 미덕이라는 고정적인 틀 속에 갇혀 있었습니다. 이에 비해 신라의 여인네는 개방적이고, 자기결정적이면서, 또한 자유분방했습니다.

이 자리에서 제가 흥미롭게 생각하는 것은 양성평등 사회의 지향과 관련된 저간의 시사점입니다. 어쩌면 적어도 성적인 욕구와 본능을 추구하는 데 있어서는 소위 '미투 운동'에서 보듯이 양성평등의 공동체를 향한 진통을 현재 우리사회는 겪고 있다고 봐야 하겠지요.

남성 편력과 권력욕을 향유한 미실이나 신목태후, 또한 진성여왕의 사례를 두고 보면, 고대 사회가 현대 사회보다 오히려 양성평등의 저울추가 있었던 것으로 파악됩니다. 프로이트 심리학에서도, 인간의 심리적 건강은 본능이나 초자아가 너무 지나치게 우세하지 않게, 또한 현실과도 조화를 추구하는 자아에 의해 잘 아우르는 데서 이룩된다고 보았습니다. 이 개인의 심리 건강은 사회적인 건강성의 바탕과 지표가 되겠지요.

이상으로, 제 말씀을 마칩니다. 감사합니다.

최치원의 생애와 풍류

1

고운 최치원은 시대적으로 볼 때 변혁기의 인물이다. 말기를 장식한 인물인 동시에 초기를 연 인물이기도 하다. 그는 우리 고대사의 인물이면서 우리 문화의 중세사를 처음으로 연 획기적인 인물이기도 하였다.

그는 문헌에 경주 사람이라고 되어 있다. 하지만 근본인 가계는 알 수 없다고 한다. 이 모순된 진술에는 그가 왕경인이 아니라, 지방 출신임을 암시하고 있다. 그의 신분이 6두품이요, 출신은 향읍인이다. 그래도 해도인인 장보고보다는 인간적으로 대접을 받았으리라고 본다. 만약에 그가 지방 출신이라면, 지금의 부산 사람일 가능성이 가장 높다.

울산에 개운포가 있었다면, 부산에는 해운포가 있었다. 개운포와 해운포는 바다와 강이 만나는 곳으로 물산이 풍부하고 물류가 왕성한 곳이다. 개운포의 해상세력이 처용이었다면, 해운포의 해상세력은 최치원의 아버지 견일이다. 해운포는 지금 부산의 해운대구, 수영구 일대다. 고대의 장산국, 중세 동래 고읍성, 근세 경상좌수영 등의 역사적인 장소성을 갖춘 곳이다. 부산의 방송인이면서 재야사학자인 한 사람이 최치원을 부산 사람이라고 강하게 주장했지만, 아직은 근거가 미약하다. 한 가지 추론이 가능하다면, 자와 호는 일반적으로 연고 지명에 따오는 것이 상례다. 동국여지승람에 신라의 최치원이 해운포에서 대를 쌓고 놀았다고 했다. 여기에서 대는 누각이나 정자를 말한다. 그가 어느 날에 해운대를 지나다가 바닷가 경승지 이름을 자호를 갖다 붙인

게 아니라, 해운포 출신이니까 고향 이름을 자신의 자호로 삼았다는 사실이 더 설득력이 있다. 그가 조기 유학을 한 것도 해외 경험을 가진 아버지의 덕이다. 그는 해운포에서 출발해 입당했는지도 모른다.

그가 중국에서는 크게 성공을 했지만, 당시의 동아시아 국제 표준인 중화(中華)에 귀화하지 않고, 귀국했다. 그는 중국에서도 신라에서도 온전히 적응하지 못하는 소위 경계인이었다. 그의 시편(詩片)인 '세로소지음(世路少知音)'에서 보듯이, 세상에는 자신을 알아줄 사람들이 적었다. 후인인 김시습이 '신세모순'이라고, 허균이 '불여세합'이라고 한 것과 같다. 자아와 세계 사이에 모순을 일으키고, 또 자신은 세상과 더불어 화합할 수 없다는 것이다. 그의 흔적은 주로 부산경남 지역에 남아있다. 우스갯소리로, 경주 최씨의 인구 분포가 수도권이나 대구경북보다 부산경남에 훨씬 많은 것도 이 때문이 아닌가, 말하기도 한다.

그가 타계한 시점도 신라가 멸망한 이전의 시기인지, 아니면 그 이후의 시기인지 잘 알 수 없다. 그가 신라를 노랗게 물든 낙엽으로, 고려를 푸른빛을 띤 소나무로 비유한 것으로 보아, 그는 자신의 나이 61세 때 고려가 개국한 것을 지켜본 것 같다. 하지만 신라가 멸망한 때까지, 즉 고려가 통일한 때에 이르기까지는 아마도 살지 못한 것 같다. 만약 살았다면, 그의 나이는 88세였다.

2

그에 대한 역사적 평가는 어떤가? 그의 행적이 이런저런 모순을 안고 있는 것처럼, 그에 대한 평가도 긍부정이 혼재되어 있다. 편협한 국수적인 관점에서 보자면 중세 보편주의라는 셈판을 두들긴 최초의 인물이라는 점에서 비판을 받기도 한 역사 인물이다. 주지하듯이 그는 중국에서 크게 문명을 떨치다가 쇠운머리에 달한 통일 신라의 말기에 초현실의 은자로 살아갔다.

그는 동인(東人) 의식과 동문(同文) 의식을 동시에 가지고 있었다. 이 두 의식은 상충하는 의식이다. 전자가 고대 종족주의라면, 후자는 중세 보편주의이기 때문이다. 요즘 식의 표현대로라면, 주체와 사대라고도 할 수 있다. 그는 신라인, 한반도인이라는 자각이 뚜렷했다. 이런 자각이 없었다면, 기대 수준의 입신이나 출세가 보장되지 않을 줄을 번연히 알면서도 굳이 신라로 귀국해야 할 이유가 없었을 것이다. 조선시대의 한문소설 「최고운전」에서는 그가 중국에의 대타(對他) 의식을 가진 자주적인 인물로 그려졌다.

동문 의식이란, 한문이 중국의 문자만이 아니라 천하가 함께 쓰는 문자라는 관념이다. 한문이 국제 표준의 의사소통 수단이라고 여길 수밖에 없는 문자관이라고 할까? 공맹(유교)의 가르침도 한문으로 전파하고, 또 수용된다. 그가 우리나라에서 한문학사와 유학사의 첫머리에 놓이는 인물이란 사실은 두루 알려져 왔다. 문종이니 유종이니 한다.

최치원이 친불교적인 인물이란 사실은 그런대로 알려져 왔지만 조선 시대의 유학자에게 비판의 대상이 되었다는 것은 뜻밖이다. 그가 유불선 삼교에 두루 능통하였기에 조선시기에 들어서면 서산 대사와 같은 선승에게는 크게 추앙을 받았다. 하지만 퇴계 이황과 같은 성리학자에게는 '부처에게 아첨하는 자'라는 낙인이 찍히고 만다. 특히 이황은 이런 말까지 했다고 한다. "그를 문묘에 제사지내다니, 어찌 선성(先聖 : 공맹)을 심히 욕되게 하는 것이 아니겠나?" 이 정도였다니 놀랍기가 그지없다.

그가 남긴 금석문에는 대체로 불교적인 내용들이 많다. 그의 친형이 신라 말기에 화엄종의 승려 현준(賢俊)이었다는 사실도 그리 잘 알려져 있지 않다. 그가 비문에서 앞 시대의 명승인 진감선사(眞鑒禪師) 혜소(慧昭)를 높이 평가한 것을 보면, 그가 경계를 넘나드는 인물로서의 열린 시각, 혹은 다문화적인 안목을 가졌던 사실을 잘 알게 한다.

지난 세월 중국에서 이름을 얻었고, 장구(章句)로써 살지고 기름진 맛을 보았으나 아직 성인의 도에 흠뻑 취하지는 못하였다. (우물 안의 개구리처럼) 우물 안에 깊숙이 엎드려 있었던 것이 오직 부끄러울 뿐이다. 하물며 법(法)은 문자를 떠난지라 말을 붙일 데가 없으니, 굳이 말한다면 끌채를 북쪽으로 두면서 남쪽의 영(郢) 땅에 가려는 격이 되리라.

혜소와 최치원은 모두 다문화적인 인간상이다. 두 사람 모두 중국으로 가 공부했다. 혜소가 구법승이라면, 최치원은 유학사(遊學士)라고 하겠다. 또 모두 귀국해 뜻을 펴려고 했다. 최치원은 인용문에서 우리에게 중국의 한문과 같은 문자가 없음을 한탄하고 있다. 아직 성인의 도에 취하지 못해 부끄러운 것은 혜소에게도, 자신에게도 해당된다고 하겠다. 하지만 혜소는 불교음악인 범패를 받아들여 오늘날에 이르기까지 쌍계사에서 계승하게 하고, 최치원이 시문으로써 후대의 문사와 유자에게 큰 영향력을 끼쳤으니, 마냥 중세 보편주의자라고 비판만 할 수 있겠는가, 하는 생각이 든다.

최치원이 후세에 남긴 글 중에서 가장 유명한 것은 역사서 『삼국사기』권4에 실려 있는 「난랑비서(鸞郎碑序)」이다. 일종의 비문이지만 우리 고대사, 우리 고대문화의 비밀이 담겨있는 글이기도 하다. 비록 전문이 아니고 병서(竝序)의 일부분에 지나지 않지만 화랑의 예를 통해 풍류의 해석을 내린 최치원의 생각은 우리 고유 사상의 근원을 탐구하려는 뚜렷한 목적 아래 펼쳐져 있다. (최영무, 『역주 최치원 전집 · 2』, 아세아문화사, 1999, 316면, 참고.) 이 병서의 앞부분은 다음과 같다.

나라에 현묘한 도가 있으니, 풍류라고 이른다. 이것의 가르침을 세우는 근원은 『선사』라는 책에 상세히 갖추어 있다. 따라서 풍류는 유불선 세 가르침을 포함해 뭇 중생과 접해 이들을 교화한다. (國有玄妙之道, 曰風流. 設敎之源, 備詳仙史. 實內包含三敎, 接化群生.)

풍류는 이를테면 '포함삼교, 접화군생'이다. 글월이라기보다 빛나는 문장(紋章) 같다. 세 갈래 가르침들이 포함된 채 뭇 생명과 더불어 서로 이어져 융화된 것이 바로 풍류다. 고대의 고유 사상이 유불선 세 가르침을 포함하면서도, 또 이것이 이 유불선에 의해 엷어져온 것도 어김없는 사실이다. 최치원이 말한 풍류는 사상의 수준이 웅숭깊은 심연이요, 심해다. 이 개념의 참뜻을 정확하게 이해하고 인식하는 것이 그의 사상의 요체를 간파하는 일이기도 하다.

풍류의 또 다른 의미는 예술이나 고상한 취향의 대유법으로 사용하기도 했다. 이 풍류를 두고 '유풍여류(遺風餘流)'의 준말, 즉 남아있는 풍속과 시류(時流)를 가리키는 말로 부회된 것이 아닐까, 생각한다. 대체로 보아, 풍류는 중국에서 시문(詩文)을, 우리나라에서 가무악, 일본에서 다도와 꽃꽂이 따위를 각각 지칭한다. 우리는 전통 사회에서 현악기 연주를 '줄풍류'라고 했다. 속어로는 중국에서 남녀 사이의 일을 풍류라고도 한다. 남녀 간의 일들이 형사사건으로 이어지거나 민사재판의 소재가 되는 것을 두고, 소위 '풍류송사'라고 한다.

사상사적인 측면에서 볼 때는 얘기가 좀 달라진다. 축자적인 의미와 맥락에서 곧이곧대로 해석하자면, 풍류는 바람의 흐름이다. 바람인 '풍'이 우리의 것으로 토착화된 고유사상 같은 것이라면, 흐름인 '류'는 바깥으로부터 우리에게 흘러들어온 외래사상과 같은 것이다. 그렇다면 '접화군생'이 '풍'이요, '포함삼교'는 '류'다. 유불선도 우리식으로 융합된 것이라면, 우리의 뭇 삶 속에서 접화, 즉 토착화한다. 풍화작용을 일으킨다.

북한에서는 최치원이 풍류와 관련해 광범위한 안목의 세계 이해자로 인식하기보다는 계급투쟁의 가능성을 연 진보적인 지식인으로서 높이 평가하고 있다. (물론 유교적 한계도 지적하고 있다.) 북한의 방대한 역사서술 『조선전사』에서는, 그의 사상적인 키 워드의 하나인 '생지(生知)'에 대하여 긍정적으로 평한다. 이르되, 그가 사람이 나면서부터 안다는 견해를 반대하면서 사람이 사물을 인식하는 데서 후천적인 경험지식 즉 나서 배워서 아는 과정을 중시했다. 그의 후천적 경험론은 불교 선종의 관념을 일부 수용한 일종의 교육계발론인 것이다.

3

최근에 불교학자 고영섭(동국대)이 「고운 최치원의 풍류 이해와 삼교 인식」(『문학 사학 철학』, 2024, 가을)이란 논문에서, 신라의 화랑정신이 현묘지도인 풍류에서 나왔다는 일반론에 이견을 보이지 않았으나, 삼교가 유불선이 아니라, 이 이전의 고유사상이란 독창적인 가설을 내놓음으로써 인문학계에 파문을 던지고 있다.

환국은 천신(天)인 환인을 숭배한 나라이고, 배달국의 산신(山 / 地)인 환웅을 숭배했던 나라였다. 조선은 천신사상과 산신사상을 포용하면서 통치자 즉 샤먼인 무속(人)을 숭배했던 나라였다. 이들, 천신교, 산신교, 무속교는 고유사상 즉 토착사상으로 자리를 잡았다. (……) 최치원은 이러한 천지인 삼재를 아우른 현묘지도를 풍류도라고 명명하였다. 이것은 온전히 그의 사상이라고 할 수는 없지만 그가 풍류도를 정리한 체계라는 점에서 그의 사상이 아니라고 할 수도 없다. (117쪽)

최치원이 보았다는 책 『선사(仙史)』는 상고 이래로 전해져 온 일종의 역사서인데 만약 오늘날까지 존속해 왔다면 중국의 『주역』이나 『춘추』처럼 무척이나 오래된 고서일 것이다. 고영섭의 말대로라면, 우리의 상고사는 하늘의 시대, 땅의 시대, 사람의 시대로 나누어진다. 나라의 이름은 각각 환국, 배달국, 조선국이다. 통치자는 환인, 환웅, 단군이다. 이러한 변화와 축적의 과정 속에서 현묘지도인 풍류도가 형성되고, 또 전개해온 것이다.

이른바 무속교인 샤머니즘은 제정일치의 청동기 시대에 청동거울과 청동칼과 청동구슬과 같은 무구(巫具)를 들고 한반도에 이주해온 지도자 샤먼을 숭배하는 가르침이다. 단군이 고유명사인지, 왕을 가리키는 보통명사인지 불분명하지만 청동기 시대의 대표적인 샤먼인 것은 틀림없다. 조선시대의 민간에서 늘 찾던 무당을 일컬어 '당골'이라고 했는데, 단군이 샤먼임을 반증한 말이기도 하다. 지금은 '단골집'이니 '단골손님'이라는 말로 남아있다.

우리 인문학계에 논쟁이 활발하지 않다. 인문학의 침체 역시 이런 데서 원인을 찾을 수 있다. 최치원이 말한 풍류의 바탕이 된 '삼교'가 기존의 일반론 유불선이냐, 아니면 고영섭의 새로운 의견대로 '천신교, 산신교, 무속교'냐 하는 주장이 하나의 새로운 문제의식을 던져주면서 학구적인 논쟁으로 발전해 나아갔으면 한다. 풍류의 실체가 밝혀지면, 신라정신의 본령도 쉽게 간파될 수 있어서다.

끝으로 한 가지 말을 덧붙이자면, 최치원은 학문도 심학(心學)과 구학(口學)으로 나누었다. 오늘날의 관점에서 보면, 심학이 이성과 도덕성을 모색하는 철학에 가깝다면, 구학은 인간의 진실을 드러내는 문학에 가깝다. 그는 심학과 구학 사이에 아무런 경계를 짓지 않았다. 인간의 도덕성은 말과 글을 통해 소통되고, 말과 글의 문학성은 인간의 마음에 의해 구현된다.

신라정신이 뜬금없나?

—후기를 대신하며

    올해 연말이면, 내 저서가 간행된다. 나에게는 유례없는 최소량 간행이다. 책의 제목은 '문학 속의 신라정신 연구'다. 2010년대에 주로 발표한 논문에다 짧은 비평문 몇 편을 덧붙였다. 다만 아쉬운 게 있다면, 애최 문학과 역사, 또한 사상과 예술까지 포함한 인문학 과제 탐구의 학술서로 확장하려고 했으나, 문학에 국한된 감이 없지 않다는 사실이다. 또한 학문의 외로움을 견디지 못해 중도하차한 기분이 드는 것도 사실이다. 무엇보다 나를 더욱 외롭게 만든 건, 이 시대에 왜 뜬금없이 신라정신이냐는 시선이다. 대체로 남의 시선으로 뭔가 느낌이 전해온다. 이런 유의 시선이라면, 앞으로 고구려벽화를, 또 고려대장경을, 누가 연구하려고 들겠는가, 하는 생각도 앞선다.

    이른바 신라정신이란 용어는, 신라시대에 없었다. 현대에 이르러 쓰이는, 사뭇 두루뭉술한 표현이다. 이 표현과 가장 합치되는 신라시대의 용어를 굳이 찾으면, 그것은 다름이 아니라 '풍류'다. 풍류라고 하면 이미지가 좋지 않은, 속화된 것이라고 보는 시각이 없지 않다. 우리나라에서 소위 풍류객이라고 하면 대체로 바람둥이요, 중국에서의 풍류운사니 풍류송사니 하는 것은, 남녀 간의 로맨스나 불륜, 혹은 법정에서 다루는 연애 사건이나 간통 사건을 말하기도 한다.

    하지만 의미가 속화되기 이전의 풍류의 순수 개념은 축자적인 의미인 '바람의 흐름'에서부터 웅숭깊은 '도(道)'의 개념에 이르기까지 제 나름의 논리의 정합성을 갖춘 용어이기도 하다. 또 의미의 다양성으로 인해 이 용어에는 매우 미묘하고 복잡한 함의가 내포되어 있다.

이 용어는 신라 때와 지금이 다르게 사용되고, 신라 때에도 시대에 따라, 사람들에 따라 다르게 쓰였을 것이다.

문무왕 때 오만불손한 당나라 사신이 왔다. 신라 활이 명품인 줄 알고, 명궁을 만드는 장인을 인신 조공할 것을 요구했다. 하급 관리로서 최고기술자인 구진천(仇珍川)이 중국으로 잡혀가다시피 했다. 그는 당의 황제 태종의 회유에도 굴하지 아니하고, 끝까지 신라 기술을 누설하지 않았다. 그는 결국 황제에게 죽음을 당했다. 박제상이 일본에서 왜왕에게 죽음을 당한 것과 같은 충절이다. 그런데 올해 이런 일이 벌어졌다. 산업기술안보수사대는 중국으로 반도체 기술을 유출한 30여 명을 수사했다. 삼성전자 고위급을 지낸 최진석과, D램의 달인인 오 모를 구속했다. 이들은 7백 여 개의 20나노미터 급 반도체 기술을 중국에 제공한 것이다. 핵심 인물인 두 사람은 60대 나이에 무슨 부귀영화를 누리겠다고, 아주 귀중한 기술 안보를 흘러 보냈을까? 구진천과 이들 사이에는 천수 백년의 격세의 시대적인 차이가 있지만, 공익과 사익에 대한 생각도 천양지차다. 구진천의 정신은 신라정신 여럿 중의 한 정신인 것은 틀림이 없다.

최치원은 풍류를 두고, 이른바 '포함삼교'과 '접화군생(接化群生)'으로 표현했다. 포함삼교가 유불선의 융합인가 하는 의문 및 성찰은 최근에 여기저기에서 제기되어온 것 같다. 풍류가 유교의 삼강오륜, 불교의 권선징악, 노장(老莊)의 무위자연을 수용했지만, 삼강오륜이 유교 가치의 전부가 아니며, 권선징악이 불교 윤리의 전부가 아니며, 무위자연이 노장 사상의 전부가 아니다. 이런 점에서 볼 때 포함삼교가 유불선의 융합이라고 단정할 수 없다. 신라 상대(성장기)에는 풍류가 토착신앙의 성소인 신궁(神宮)이나 화랑제도와, 신라 중대(태평성대)에는 불교의 비약적인 발전과 함께 과학과 예술의 꽃을 피운 사실과도 관련이 있다. 그러니까 접화군생이란 표현에 다양한 해석이 뒤따를 수밖에 없다. 물론 학문에서는 해석이 다양하면 다양할수록 바람직하다.

나는 풍류의 현재성에 비추어 소위 접화군생을 이렇게 본다. 즉, 광범위한 인적 네트워크 속에서 문화 접변을 추구한다는 것의 의미로 본다면 또 어떤가? 최치원이 표현한 '접화'는 자신의 또 다른 표현인 '대동지화(大同之化)'와 일맥상통한 표현이라고 본다. 세상을 크게 같아지게 하는 것은 갈수록 양극화되고 '이익집단화' 되어가는 우리의 마음을 열거나 넓히거나 할 것이다. 오늘날에 이르러 풍류라고 하는 낱말의 기표가 재능이나 바람기 정도로 속화되어 있긴 하지만, 접화와 대동지화의 큰 울타리를 만들어가기도 한다.

나는 신라 하대(쇠퇴기)의 신라정신에 더욱 의미나 가치를 부여하고자 하는 입장이다. 혜초, 혜소, 장보고, 최치원 등은 신라 하대를 대표하는 인물들이다. 이들은 우물 속의 개구리의 수준을 넘어서, 중국, 일본, 서역을 돌아다니면서 견문을 넓히고, 자신의 재능을 발휘했다. 개개인의 재능이 모여 신라의 재능이 되었던 터. 오늘날의 관점에서 비추어 보면, 배용준에서부터 시작해 싸이, BTS, 한강, 임윤찬 등으로 이어져온 한류인이 21세기의 대표적인 풍류적 인간상이 아니겠나? 방시혁과 봉준호는 화랑의 우두머리인 풍월주 같은 존재다. 이들의 재능이 지금의 한국을 세계화시킨다.

바람을 부르고, 흐름을 타는 것이 어찌 한류뿐이랴. 반도체와 자동차를 생산하는 기술이 바람을 부르고, 원전과 방위산업의 수출이 흐름을 탄다. 이런 바람과 저런 흐름이 속된 말로 우리를 먹여 살릴 것이다.

그래도 신라정신이 뜬금없나?

지식인이나 학자들의 마음속에는, 신라정신에 대한 편견도 이제나 저제나 만만찮게 자리하고 있다. 이것을 두고 폐쇄적 독점과 배타적 전유(專有)를 떠올리는 이들이 적지 않을 것이다. 하지만 하대로 갈수록 신라정신은 역사의 미래 세력에 양보하는 정신을 보이기도 했다. 왕즉불 사상에서 누구나 참선을 하면 부처가 될 수 있다는 관념, 어선과 상선만으로 동아시아 해상을 장악할 수 있다는 믿음은 지방 호족들에게, 왕경인(진골)이 아닌 향읍인과 해도인에게 미래의 희망이었다. 특히 장보고의 암살 이후에도 해상세력이 잔존하고 있었다. 하나의 가설에 의하면, 울산 개운포의 처용, 부산 해운포의 견일, 서해 일대의 작제건 등이 그들이다. 처용은 아리비아 상인으로 귀화한 인물이며, 견일은 최치원의 아버지이며, 작제건은 왕건의 조부라는데 앞으로 검증할 만하다. 골품제에 대한 기득권이 신라를 망해가게 하는 긴 과정이었다. 신라 하대는 바로 이 과정이라고 하겠다. 최치원이 천년 묵은 신라를 황엽으로, 신흥 고려를 청송으로 비유한 것도 미래의 역사를 염두에 둔 열린 생각의 신라정신이었을 터.

시의(時宜)에 따르니, 따르지 않니 하는 쟁점과 무관하게도, 신라정신이니, 풍류니 하는 개념은 일반 독자들에게 관심의 대상이 되지 못할 것이다. 귀신 씨나락 까먹는 소리처럼 들릴지도 모르겠다. 내가 100부 간행으로 만족하는 이유다. 남들이 알아주지 않아도 거리낌이 없다면, 이 없음이야말로 깊은 무(無)를 응시하는 배움의 정신, 혹은 학문의 이유가 아니겠나, 싶다.

문학 속의 신라정신 연구

2024년 12월 20일 1판 1쇄 인쇄
2024년 12월 27일 1판 1쇄 발행

지은이 송희복
펴낸이 민성혜

펴낸곳 글과마음
출판등록 2018년 1월 29일 제2018-000039호
주소 (06367) 서울특별시 강남구 광평로 280, 1106호(수서동)
전화 (02) 567-9731
팩스 (02) 567-9733
전자우편 writingnmind@naver.com
정가 22,000원

ISBN : 979-11-981860-2-7